U0822995

季先生与吕叔湘先生（右二）、许国璋先生（右一）、周祖谟先生（左一）合影。

季先生与邓广铭先生（右二）、田余庆先生（左二）等在中山大学。

本书出版得到了季羡林基金会的部分资助

季羡林學術著作選集

# 回忆中国学人及文化问题新思考

张光璘　编

新世界出版社
NEW WORLD PRESS

图书在版编目（C I P）数据

回忆中国学人及文化问题新思考 / 季羡林著；王树英编. -- 北京：新世界出版社, 2017.9
（季羡林学术著作选集；1）
ISBN 978-7-5104-6260-3

Ⅰ. ①回… Ⅱ. ①季… ②王… Ⅲ. ①回忆录—中国—当代②中华文化—文集 Ⅳ. ①I251②K203-53

中国版本图书馆CIP数据核字(2017)第083307号

# 回忆中国学人及文化问题新思考

编　　者：张光璘
责任编辑：张世林　陈晓云
审　　读：杨汝模
封面设计：贺玉婷
版式设计：张世林
责任印制：王宝根
出版发行：新世界出版社
社　　址：北京市西城区百万庄大街24号（100037）
总编室电话：+86 10 6899 5424　　6832 6679（传真）
发行部电话：+86 10 6899 5968　　6899 8705（传真）
本社中文网址：http://www.nwp.cn
本社英文网址：http://www.newworld-press.com
本社电子信箱：nwpcn@public.bta.net.cn
版权部电子信箱：frank@nwp.com.cn
版权部电话：+86 10 6899 6306
印　　刷：北京亚通印刷有限责任公司
经　　销：新华书店
开　　本：710×1000　　1/16
字　　数：210千字　　　印　　张：19.75
版　　次：2017年9月第1版　2017年9月北京第1次印刷
印　　数：1－1400册
书　　号：ISBN 978-7-5104-6260-3
定　　价：1200.00 元（全十二册精装）

新世界版图书　版权所有　侵权必究
新世界版图书　印装错误可随时退换

# 季羡林学术著作选集编辑委员会

主　　编　王树英

副主编　张光璘

编　　委　（以姓氏笔划为序）

王树英　刘　建　李　南

张光璘　葛维钧　薛克翘

特邀编委　张世林

# 《季羡林学术著作选集》编选说明

季羡林先生是北京大学资深教授、著名学者，长期以来，季先生的作品畅销于世，受到社会各界人士的热烈欢迎。但这些作品大多为季先生各时期创作的散文。季先生一生创作出版散文集二十余部，一百五十万字以上，其中有许多精品脍炙人口，他完全可以称得上是一位散文家。但是，季先生毕竟主要是一位学者，他终生笔耕不辍，孜孜以求的是他的学术研究，他对社会的主要贡献也是他的学术成就，散文只是他的一种“余兴”。

季羡林先生是一位百科全书式的学者，他毕生从事的学术研究的对象涉及语言、文学、美学、艺术、宗教、中外文化交流等众多领域。其学术著作大致包括以下内容：印度古代语言、印度历史与文化、中印文化关系、中国文化与东方文化、佛教、比较文学与民间文学、东西方文化比较、糖史、吐火罗文研究等。这些著作都具有很高的学术价值，得到国内外学术界的高度评价。而且，季先生的学术著作，深入浅出，联系实际，独辟蹊径，发人深省，为广大读者所喜爱。

为了便于读者阅读，我们编辑了这套选集。本选集从季羡林先生的学术著作中，精选出论著二百余篇，辑为十二卷，依次为《印度古代语言及吐火罗文研究》（葛维钧编）、《印度历史与文化》（王树英编）、《印度作家作品评论集》（刘建编）、《佛教》（李南编）、《糖史》（葛维钧编）、《中印文化交流》（王树英编）、《中国文化与东方文化》（刘建编）、《东西文化比较》（张光璘编）、《比较文学与民间文学》（薛克翘编）、《学海泛槎——学术回忆录》（薛克翘编）、《回忆中国学人及文化问题新思考》（张光璘编）、《序跋集》（王树英编）。选集所选内容基本涵盖了季先生学术研究的各个领域，所选论文皆为季先生在各学术领域中的代表作。

我们怀着敬仰和缅怀的心情编选这套选集，尽管我们殚精竭虑、费尽心力地收集、编选季羡林先生的文章，但仍难免有遗漏或不当之处，殷切希望得到读者的指教和帮助。

季羡林学术著作选集编辑委员会

2013 年 1 月

# 目　录

## 回忆中国学人

## 文化问题新思考

# 回忆中国学人

# 西谛先生

西谛先生不幸逝世，到现在已经有二十多年了。听到飞机失事的消息时，我正在莫斯科。我仿佛当头挨了一棒，惊愕得说不出话来。我是震惊多于哀悼，惋惜胜过忆念，而且还有点惴惴不安。当我登上飞机回国时，同一架飞机中就放着西谛先生等六人的骨灰盒。我百感交集。当时我的心情之错综复杂可想而知。从那以后，在这样漫长的时间内，我不时想到西谛先生。每一想到，都不禁悲从中来。到了今天，震惊、惋惜之情已逝，而哀悼之意弥增。这哀悼，像烈酒，像火焰，燃烧着我的灵魂。

倘若论资排辈的话，西谛先生是我的老师。三十年代初期，我在清华大学读西洋文学系。但是从小学起，我对中国文学就有浓厚的兴趣。西谛先生是燕京大学中国文学系的教授，在清华授课。我曾旁听过他的课。在课堂上，西谛先生是一个渊博的学者，掌握大量的资料，讲起课来，口若悬河泻水，滔滔不绝。他那透过高度的近视眼镜从讲台上向下看挤满了教室的学生的神态，至今仍宛然如在目前。

当时的教授一般都有一点所谓“教授架子”。在中国话里，“架子”这个词儿同“面子”一样，是难以捉摸，难以形容描绘的，好像非常虚无缥缈，但它又确实存在。有极少数教授自命清高，但精神和物质待遇却非常优厚。在他们心里，在别人眼中，他们好像是高人一等，不食人间烟火，而实则饱餍粱肉，进可以攻，退可以守，其中有人确实也是官运亨通，青云直上，成了羡慕的对象。存在决定意识，因此就产生了架子。

这些教授的对立面就是我们学生。我们的经济情况有好有坏，但是不富裕的占大多数，然而也不至于挨饿。我当时就是这样一个学生。处境相同，容易引起类似同病相怜的感情；爱好相同，又容易同声相求。因此，我就有了几个都是爱好文学的伙伴，经常在一起，其中有吴组缃、林庚、李长之等等。虽然我们所在的系不同，但却常常会面，有时在工字厅大厅中，有时在大礼堂里，有时又在荷花池旁“水木清华”的匾下。我们当时差不多都才二十岁左右，阅世未深，尚无世故，正是天不怕、地不怕的时候。我们经常高谈阔论，臧否天下人物，特别是古今文学家，直抒胸臆，全无顾忌。幼稚恐怕是难免的，但是没有一点框框，却也有可爱之处。我们好像是《世说新语》中的人物，任性纵情，毫不矫饰。我们谈论《红楼梦》，我们谈论《水浒》，我们谈论《儒林外史》，每个人都努力发一些怪论，“语不惊人死不休”。记得茅盾的《子夜》出版时，我们间曾掀起一场颇为热烈的大辩论，我们辩论的声音在工字厅大厅中回荡。但事过之后，谁也不再介意。我们有时候也把自己写的东西，什么诗歌之类，拿给大家看，而且自己夸耀哪句是神来之笔，一点也不脸红。现在想来，好像是别人干的事，然而确实是自己干的事，这样的率真只在那时候能有，以后只能追忆珍惜了。

在当时的社会上，封建思想弥漫，论资排辈好像是天经地义。一个青年要想出头，那是非常困难的。如果没有奥援，不走门子，除了极个别的奇才异能之士外，谁也别想往上爬。那些少数出身于名门贵阀的子弟，他们丝毫也不担心，毕业后爷老子有的是钱，可以送他出洋镀金，回国后优缺美差在等待着他们。而绝大多数的青年经常为所谓“饭碗问题”担忧，我们也曾为“毕业即失业”这一句话吓得发抖。我们的一线希望就寄托在教授身上。在我们眼中，教授简直如神仙中人，高不可攀。教授们自然也是感觉到这一点的，他们之所以有架子，同这种情况是分不开的。我们对这种架子已经习以为常，不以为怪了。

我就是在这样的气氛中认识西谛先生的。

最初我当然对他并不完全了解。但是同他一接触，我就感到他同别的教授不同，简直不像是一个教授。在他身上，看不到半点教授架子。他也没有一点论资排辈的恶习。他自己好像并不觉得比我们长一辈，他完全是以平等的态度对待我们。他有时就像一个大孩子，不失其赤子之心。他说话非常坦率，有什么想法就说了出来，既不装腔作势，也不以势吓人。他从来不想教训人，任何时候都是亲切和蔼的。当时流行在社会上的那种帮派习气，在他身上也找不到。只要他认为有一技之长的，不管是老年、中年还是青年，他都一视同仁。因此，我们在背后就常常说他是一个宋江式的人物。他当时正同巴金、靳以主编一个大型的文学刊物《文学季刊》，按照惯例是要找些名人来当主编或编委的。这样可以给刊物镀上一层金，增加号召力量。他确实也找了一些名人，但是像我们这样一些无名又年轻之辈，他也决不嫌弃。我们当中有的人当上了主编，有的人当上了特别撰稿人。自己的名字都皇皇然印在杂志的封面上，我们难免有些沾沾自喜。西谛先生对青年人的爱护，除了鲁迅先生外，恐怕并世无二。说老实话，我们有时候简直感到难以理解，有点受宠若惊了。

在这样的情况下，我们既景仰他学问之渊博，又热爱他为人之亲切平易，于是就很愿意同他接触。只要有机会，我们总去旁听他的课。有时也到他家去拜访他。记得在一个秋天的夜晚，我们几个人步行，从清华园走到燕园。他的家好像就在今天北大东门里面大烟筒下面。现在时过境迁，房子已经拆掉，沧海桑田，面目全非了。但是在当时给我的印象却是异常美好，至今难忘的。房子是旧式平房，外面有走廊，屋子里有地板，我的印象是非常高级的住宅。屋子里排满了书架，都是珍贵的红木做成的，整整齐齐地摆着珍贵的古代典籍，都是人间瑰宝，其中明清小说、戏剧的收藏更在全国首屈一指。屋子的气氛是优雅典丽的，书香飘拂在画栋雕梁之间。我们都狠狠地羡慕了一番。

总之，我们对西谛先生是尊敬的，是喜爱的。我们在背后常常谈到他，特别是他那些同别人不同的地方，我们更是津津乐道。背后议论人当然并不能算是美德，但是我们一点恶意都没有，只是觉得好玩而已。比如他的工作方式，我们当时就觉得非常奇怪。他兼职很多，常常奔走于城内城外。当时交通还不像现在这样方便。清华、燕京，宛如一个村镇，进城要长途跋涉。校车是有的，但非常少，有时候要骑驴，有时候坐人力车。西谛先生挟着一个大皮包，总是装满了稿子，鼓鼓囊囊的。他戴着深度的眼镜，跨着大步，风尘仆仆，来往于清华、燕京和北京城之间。我们在背后说笑话，说郑先生走路就像一只大骆驼。可是他一坐上校车，就打开大皮包拿出稿子，写起文章来。

据说他买书的方式也很特别。他爱书如命，认识许多书贾，一向不同书贾讲价钱，只要有好书，他就留下，手边也不一定就有钱偿付书价，他留下以后，什么时候有了钱就还账，没有钱就用别的书来对换。他自己也印了一些珍贵的古籍，比如《插图本中国文学史》、《玄览堂丛书》之类。他有时候也用这些书去还书债。书贾愿意拿什么书，就拿什么书。他什么东西都喜欢大，喜欢多，出书也有独特的气派，与众不同。所有这一切我们也都觉得很好玩，很可爱。这更增加我们对他的敬爱。在我们眼中，西谛先生简直像长江大河，汪洋浩瀚；泰山华岳，庄严敦厚。当时的某一些名人同他一比，简直如小水洼，小土丘一般，有点微末不足道了。

但是时间只是不停地逝去，转瞬过了四年，大学要毕业了。清华大学毕业以后，我回到故乡去，教了一年高中。我学的是西洋文学，教的却是国文，用现在的话说，就是“不结合业务”，因此心情并不很愉快。在这期间，我还同西谛先生通过信。他当时在上海，主编《文学》。我寄过一篇散文给他，他立即刊登了。他还写信给我，说他编了一个什么丛书，要给我出一本散文集。我没有去搞，所以也没有出成。过了一年，我得到一份奖学金，到很远的一个国家里去住了十年。从全世界范围来看，这正是一个天翻地覆的时代。在国内，有外敌入侵，大半个祖国变了颜色。在国外，正在进行着第二次世界大战。我在国外，挨饿先不必说，光是每天躲警报，就真够呛。杜甫的诗：“烽火连三月，家书抵万金。”我的处境是“烽火连十年，家书无从得”。同西谛先生当然失去了联系。

一直到了1946年的夏天，我才从国外回到上海。去国十年，漂洋万里，到了那繁华的上海，连个落脚的地方都没有。我曾在克家的榻榻米上睡过许多夜。这时候，西谛先生也正在上海。我同克家和辛笛去看过他几次，他还曾请我们吃过饭。他的老母亲亲自下厨房做福建菜，我们都非常感动，至今难以忘怀。当时上海反动势力极为猖獗，郑先生是他们的对立面。他主编一个争取民主的刊物，推动民主运动。反动派把他也看作眼中钉，据说是列入了黑名单。有一次，我同他谈到这个问题。完全出乎我的意料，他的面孔一下子红了起来，怒气冲冲，声震屋瓦，流露出极大的义愤与轻蔑。几十年来他给我的印象是和蔼可亲，平易近人，光风霁月，菩萨慈眉。我万万没有想到，他还有另一面：疾恶如仇，横眉冷对，疾风迅雷，金刚怒目。原来我只是认识了西谛先生的一面，对另一面我连想都没想过。现在总算比较完整地认识西谛先生了。

有一件事情，我还要在这里提一下。我在上海时曾告诉郑先生，我已应北京大学之聘，担任梵文讲座。他听了以后，喜形于色，他认为，在北京大学教梵文简直是理想的职业。他对梵文文学的重视和喜爱溢于言表。1948年，他在他主编的《文艺复兴·中国文学专号》的《题辞》中写道："关于梵文学和中国文学的血脉相通之处，新近的研究呈现了空前的辉煌。北京大学成立了东方语言文学系，季羡林先生和金克木先生几位都是对梵文学有深刻研究的。……在这个'专号'里，我们邀约了王重民先生、季羡林先生、万斯年先生、戈宝权先生和其他几位先生们写这个'专题'。我们相信，这个工作一定会给国内许多的做研究工作者们以相当的感奋的。"西谛先生对后学的鼓励之情洋溢于字里行间。

解放后不久，西谛先生就从上海绕道香港到了北京。我们都熬过了寒冬，迎来了春天，又在这文化古都见了面，分外高兴。又过了不久，他同我都参加了新中国开国后派出去的第一个大型文化代表团，到印度和缅甸去访问。在国内筹备工作进行了半年多，在国外和旅途中又用了四五个月。我认识西谛先生已经十几年了，这一次是我们相聚最长的一次，我认识他也更清楚了，他那些优点也表露得更明显了。我更觉得他像一个不失其赤子之心的大孩子，胸怀坦荡，耿直率真。他喜欢同人辩论，有时也说一些歪理。但他自己却一本正经，他同别人抬杠而不知是抬杠。我们都开玩笑说，就抬杠而言，他已达到出神入化的境界，应该选他为“抬杠协会主席”，简称之为“杠协主席”。出国前在检查身体的时候，他糖尿病已达到相当严重的程度，有几个“＋”号。别人替他担忧，他自己却毫不放在心上，喝酒吃点心如故。他那豁达大度的性格，在这里也表现得非常鲜明。

回国以后，我经常有机会同他接触。他担负的行政职务更重了。有一段时间，他在北海团城里办公，我有时候去看他，那参天的白皮松给我留下了难忘的印象。这时候他对书的爱好似乎一点也没有减少。有一次他让我到他家去吃饭，他像从前一样，满屋堆满了书，大都是些珍本的小说、戏剧、明清木刻，满床盈案，累架充栋。一谈到这些书，他自然就眉飞色舞。我心里暗暗地感到庆幸和安慰，我暗暗地希望西谛先生能够这样活下去，多活上许多年，多给人民做一些好事情……

但是正当他充满了青春活力，意气风发，大踏步走上前去的时候，好像一声晴天霹雳，西谛先生不幸过早地离开我们了。他逝世时的情况是什么样子，谁也说不清楚。我时常自己描绘，让幻想驰骋。我知道，这样幻想是毫无意义的，但是自己无论如何也排除不掉。过了几年就爆发了“文化大革命”，我同许多人一样被卷了进去。在以后的将近十年中，我是如临深渊，如履薄冰，天天在战战兢兢地过日子，想到西谛先生的时候不多。间或想到他，心里也充满了矛盾：一方面希望他能活下来，另一方面又庆幸他没有活下来，否则他一定也会同我一样戴上种种的帽子，说不定会关进牛棚。他不幸早逝，反而成了塞翁失马了。

现在，恶贯满盈的“四人帮”终于被打倒了。普天同庆，朗日重辉。但是痛定思痛，我想到西谛先生的次数反而多了起来。将近五十年前的许多回忆，清晰的、模糊的、整齐的、零乱的，一齐涌入我的脑中。西谛先生的一举一动，一颦一笑，时时奔来眼底。我越是觉得前途光明灿烂，就越希望西谛先生能够活下来。像他那样的人，我们是多么需要啊！他一生为了保存祖国的文化，付出了多么巨大的劳动！如果他还能活到现在，那该有多好！然而已经发生的事情是永远无法挽回的。“念天地之悠悠”，我有时甚至感到有点凄凉了。这同我当前的环境和心情显然是有矛盾的，但我无论如何也抑制不住自己。我常常不由自主地低吟起江文通的名句来：

> 春草暮兮秋风惊，秋风罢兮春草生；
> 绮罗毕兮池馆尽，琴瑟灭兮丘垄平。
> 自古皆有死，莫不饮恨而吞声。

呜呼！生死事大，古今同感。西谛先生只能活在我们回忆中了。

1980年1月8日初稿

1981年2月2日修改

# 我记忆中的老舍先生

老舍先生含冤逝世已经二十多年了。在这一段相当长的时间内，我经常想到他，想到的次数远远超过我认识他以后直至他逝世的三十多年。每次想到他，我都悲从中来。我悲的是中国失去一个热爱祖国、热爱人民的正直的大作家，我自己失去一位从年龄上来看算是师辈的和蔼可亲的老友。目前，我自己已经到了晚年，我的内心再也承受不住这一份悲痛，我也不愿意把它带着离开人间。我知道，原始人是颇为相信文字的神秘力量的，我从来没有这样相信过。但是，我现在宁愿做一个原始人，把我的悲痛和怀念转变成文字，也许这悲痛就能突然消逝掉，还我心灵的宁静，岂不是天大的好事吗？

我从高中时代起，就读老舍先生的著作，什么《老张的哲学》、《赵子曰》、《二马》，我都读过。到了大学以后，以及离开大学以后，只要他有新作出版，我一定先睹为快，什么《离婚》、《骆驼祥子》等等，我都认真读过。最初，由于水平的限制，他的著作我不敢说全都理解。可是我总觉得，他同别的作家不一样。他的语言生动幽默，是地道的北京话，间或也夹上一点山东俗语。他没有许多作家那种忸怩作态让人读了感到浑身难受的非常别扭的文体，一种新鲜活泼的力量跳动在字里行间。他的幽默也同林语堂之流的那种着意为之的幽默不同。总之，老舍先生成了我毕生最喜爱的作家之一，我对他怀有崇高的敬意。

但是，我认识老舍先生却完全出于一个偶然的机会。三十年代初，我离开了高中，到清华大学来念书。当时老舍先生正在济南齐鲁大学教书。济南是我的老家，每年暑假我都回去。李长之是济南人，他是我的唯一的一个小学、中学、大学“三连贯”的同学。有一年暑假，他告诉我，他要在家里请老舍先生吃饭，要我作陪。在旧社会，大学教授架子一般都非常大，他们与大学生之间宛然是两个阶级。要我陪大学教授吃饭，我真有点受宠若惊。及至见到老舍先生，他却全然不是我心目中的那种大学教授。他谈吐自然，蔼然可亲，一点架子也没有，特别是他那一口地道的京腔，铿锵有致，听他说话，简直就像是听音乐，是一种享受。从那以后，我们就算是认识了。

以后是激烈动荡的几十年。我在大学毕业以后，在济南高中教了一年国文，就到欧洲去了，一住就是十一年。中国胜利了，我才回来，在南京住了一个暑假。夜里睡在国立编译馆长之的办公桌上；白天没有地方呆，就到处云游，什么台城、玄武湖、莫愁湖等等，我游了一个遍。老舍先生好像同国立编译馆有什么联系。我常从长之口中听到他的名字。但是没有见过面。到了秋天，我也就离开了南京，乘海船绕道秦皇岛，来到北平。

以后又是更为激烈震荡的三年。用美式装备武装到牙齿的国民党反动军队，被彻底消灭。蒋介石一小撮逃到台湾去了。中国人民苦斗了一百多年，终于迎来了解放的春天。我们这一群知识分子都亲身感受到，我们确实已经站起来了。就在这样的情况下，我在当时所谓故都又会见了老舍先生，上距第一次见面已经有二十多年了。

我现在已经记不清楚我们重逢时的情景。但是我却清晰地记得起五十年代初期召开的一次汉语规范化会议时的情景。当时语言学界的知名人士，以及曲艺界的名人，都被邀请参加，其中有侯宝林、马增芬姊妹等等。老舍先生、叶圣陶先生、罗常培先生、吕叔湘先生、黎锦熙先生等等都参加了。这是解放后语言学界的第一次盛会。当时还没有达到会议成灾的程度，因此大家的兴致都很高，会上的气氛也十分亲切融洽。

有一天中午，老舍先生忽然建议，要请大家吃一顿地道的北京饭。大家都知道，老舍先生是地道的北京人，他讲的地道的北京饭一定会是非常地道的，都欣然答应。老舍先生对北京人民生活之熟悉，是众所周知的。有人戏称他为“北京土地爷”。他结交的朋友，三教九流都有。他能一个人坐在大酒缸旁，同洋车夫、旧警察等旧社会的“下等人”，开怀畅饮，亲密无间，宛如亲朋旧友，谁也感觉不到他是大作家、名教授、留洋的学士。能做到这一步的，并世作家中没有第二人。这样一位老北京想请大家吃北京饭，大家的兴致哪能不高涨起来呢？商议的结果是到西四砂锅居去吃白煮肉，当然是老舍先生做东。他同饭馆的经理一直到小伙计都是好朋友，因此饭菜极佳，服务周到。大家尽兴地饱餐了一顿。虽然是一顿简单的饭，然而却令人毕生难忘。当时参加宴会今天还健在的叶老、吕先生大概还都记得这一顿饭吧。

还有一件小事，也必须在这里提一提。忘记了是哪一年了，反正我还住在城里翠花胡同没有搬出城外。有一天，我到东安市场北门对门的一家著名的理发馆里去理发，猛然瞥见老舍先生也在那里，正躺在椅子上，下巴上白糊糊的一团肥皂泡沫，正让理发师刮脸。这不是谈话的好时机，只寒暄了几句，就什么也不说了。等我坐在椅子上时，从镜子里看到他跟我打招呼，告别，看到他的身影走出门去。我理完发要付钱时，理发师说：老舍先生已经替我付过了。这样芝麻绿豆的小事殊不足以见老舍先生的精神，但是，难道也不足以见他这种细心体贴人的心情吗？

老舍先生的道德文章，光如日月，巍如山斗，用不着我来细加评论，我也没有那个能力。我现在写的都是一些小事。然而小中见大，于琐细中见精神，于平凡中见伟大，豹窥一斑，鼎尝一脔，不也能反映出老舍先生整个人格的一个缩影吗？

中国有一句俗话："好死不如赖活着。"这一句话道出了一个真理。一个人除非万不得已决不会自己抛掉自己的生命。印度梵文中"死"这个动词，变化形式同被动态一样。我一直觉得非常有趣，非常有意思。印度古代语法学家深通人情，才创造出这样一个形式。死几乎都是被动的。有几个人主动地去死呢？老舍先生走上自沉这一条道路，必有其不得已之处。有人说，人在临死前总会想到许多许多东西的，他会想到自己的一生的。可惜我还没有这个经验，只能在这里胡思乱想。当老舍先生徘徊在湖水岸边决心自沉时，眼望湖水茫茫，心里悲愤填膺，唤天天不应，唤地地不答，悠悠天地，仿佛只剩下自己孤身一人，他会想到自己的一生吧！这一生是忠诚于祖国、忠诚于人民的一生，然而到头来却落到这等地步。为什么呢？究竟是为什么呢？如果自己留在美国不回来，著书立说，优游自在，洋房、汽车、声名禄利，无一缺少，舒舒服服地过一辈子，说不定能寿登耄耋，富埒王侯。他不是为了热爱自己的祖国母亲，才毅然历尽艰辛回来的吗？是今天祖国母亲无法庇护自己那远方归来的游子了呢？还是不愿意庇护了呢？我猜想，老舍先生决不会埋怨自己的祖国母亲，祖国母亲永远是可爱的，在任何情况下都是可爱的。他也决不会后悔回来的。但是，他确实有一些问题难以理解，他只有横下一条心，一死了之。这样的问题，我们今天又有谁能够理解呢？我想，老舍先生还会想到自己院子里种的柿子树和菊花。他当然也会想到自己的亲人，想到自己的朋友。所有这一些都是十分美好可爱的。对于这一些难道他就一点也不留恋吗？决不会的，决不会的。但是，有一种东西梗在他的心中，像大毒蛇缠住了他，他只能纵身一跳，投入波心，让弥漫的湖水给自己带来解脱了。

两千多年以前，屈原自沉于汨罗江。他行吟泽畔，心里想的恐怕同老舍先生有类似之处肥。他想到："蝉翼为重，千钧为轻；黄钟毁弃，瓦釜雷鸣。"他又想到："世人皆浊我独清，众人皆醉我独醒。"难道老舍先生也这样想过吗？这样的问题，有谁能够答复我呢？恐怕到了地球末日也没有人能答复了。我在泪眼模糊中，看到老舍先生戴着眼镜，在和蔼地对我笑着；我耳朵里仿佛听到了他那铿锵有节奏的北京话。我浑身颤抖，连灵魂也在剧烈地震动。

呜呼！我欲无言。

1987年10月1日晨

# 他实现了生命的价值

## ——悼念朱光潜先生

听到孟实先生逝世的消息，我的心情立刻沉重起来。这消息对我并不突然，因为他毕竟是快九十岁的人了，而且近几年来，身体一直不好。但是，如果他能再活上若干年，对我国的学术界，对我自已，不是更有好处吗？

现在，在北京大学内外，还颇有一些老先生可以算做我的师辈。因为，我当学生的时候，他们已经是教授了。但是，我真正听过课的老师，却只剩下孟实先生一人。按旧日的习惯，我应该称他为业师。在今天的新社会中，师生关系内容和意义都有了一些改变。但是，尊师重道仍然是我们要大力提倡的。我对于我这一位业师，一向怀有深深的敬意。而今而后，这敬意的接受者就少掉重要的一个了。

五十多年前，我在清华大学西洋文学系念书。我那时是二十岁上下。孟实先生是北京大学的教授，在清华大学兼课，年龄大概三十四五岁吧。他只教一门文艺心理学，实际上就是美学，这是一门选修课。我选了这一门课，认真地听了一年。当时我就感觉到，这一门课非同凡响，是我最满意的一门课，比那些英、美、法、德等国来的外籍教授所开的课好到不能比的程度。朱先生不是那种口若悬河的人，他的口才并不好，讲一口带安徽味的蓝青官话，听起来并不“美”。看来他不是一个演说家，讲课从来不看学生，两只眼向上翻，看的好像是天花板上或者窗户上的某一块地方。然而却没有废话，每一句话都清清楚楚。他介绍西方各国流行的文艺理论，有时候举一些中国旧诗词作例子，并不牵强附会，我们一听就懂。对那些古里古怪的理论，他确实能讲出一个道理来，我听起来津津有味。我觉得，他是一个有学问的人，一个在学术上诚实的人，他不哗众取宠，他不用连自己都不懂的“洋玩意儿”去欺骗、吓唬年轻的中国学生。因此，在开课以后不久，我就爱上了这一门课，每周盼望上课，成为我的乐趣了。

孟实先生在课堂上介绍了许多欧洲心理学家和文艺理论家的新理论，比如李普斯的感情移入说，还有什么人的距离说等等。他们从心理学方面，甚至从生理学方面来解释关于美的问题。其中有不少理论我觉得是有道理的，一直到今天我仍然记忆不忘。要说里面没有唯心主义成份，那是不能想象的。但是资产阶级的科学家，只要是一个有良心、不存心骗人的人，他总是会在不同程度上正视客观实际的，他的学说总会有合理成份的。我们倒洗澡水不应该连婴儿一起倒掉。达尔文和爱因斯坦难道不是资产阶级的科学家吗？但是，你能说，他们的学说完全不正确吗？我们过去有一些人习惯于用贴标签的办法来处理学术问题，把极其复杂的学术问题过分地简单化了。这不利于学术的发展。这种倾向到了十年浩劫期间，在“四人帮”的煽动下，达到了骇人听闻的荒谬的程度。“四人帮”竟号召对相对论一窍不通的人来批判爱因斯坦，成为千古笑谈。孟实先生完全不属于这一类人。他老老实实，本本分分，自己认识到什么程度，就讲到什么程度，一步一个脚印，无形中影响了学生。

离开清华以后，我出国一住就是十年。在这期间，国内正在奋起抗日，国际上则是第二次世界大战。“烽火连八年，家书抵亿金”。在一段相当长的时间内，我完全同祖国隔离，什么情况也不知道，1946年回国，立即来北大工作。那时孟实先生也转来北大。他正编一个杂志，邀我写文章。我写了一篇介绍《五卷书》的文章，发表在那个杂志上。他住的地方离我的住处不远。他的办公室（他当时是西方语言文学系主任，我是东方语言文学系主任）和我的办公室相隔也不远。但是我无论如何也回忆不起来，我曾拜访过他。说起来似乎是件怪事，然而却是事实。现在恐怕有很多人认为我是什么“社会活动家”。其实我的性格毋宁说是属于孤僻一类，最怕见人。我的老师和老同学很多，我几乎是谁都不拜访。天性如此，无可奈何，而今就是想去拜访孟实先生，也完全不可能了。

我因为没有在重庆或者昆明呆过，对于抗战时期那里的情况完全不了解。对于朱先生当时的情况也完全不清楚。到了北平以后，听了三言两语，我有时候也同几个清华的老同学窃窃私议过。到了1949年北平解放前夕，按朱先生的地位，他完全有资格乘南京派来的专机离开中国大陆的。然而他没有这样做，他毅然留了下来，等待北平的解放。其中过程细节，我完全不清楚。然而这件事却给我留下了深刻的印象：朱先生毕竟是经受住了考验，选择了一条唯一正确的道路。

我常常想，在解放前，中国的知识分子大概分为三类：先知先觉的、后知后觉的、不知不觉的。第一类是少数，第三类也是少数。孟实先生（还有我自己），在政治上不是先知先觉；但又决非不知不觉。爱国无分少长，革命难免先后，这恐怕是一条规律。孟实先生同一大批旧社会来的知识分子一样，经过了几十年的观察与考验、前进和停滞，既走过阳关大道，也走过独木小桥，最终还是认识了真理，认为共产党指出的道路是唯一正确的，因而坚定不移地在这一条路上走下去。孟实先生有一些情况我原来并不清楚。只是到了前几年，我读到他在抗战期间从重庆给周扬同志写的一封信，我才知道，他对国民党并不满意，他也向往延安。我心中暗自谴责：我没有能全面了解孟实先生。总之，我认为，孟实先生一生是大节不亏的。他走的道路是一切正直的中国知识分子都应该走的道路。

这一条道路当然也决不会是平坦的。三十多年来，风风雨雨，几乎所有的老知识分子都在风雨中经受磨炼。最突出的例子当然是十年浩劫。孟实先生被关进了牛棚。我是自己“跳”出来的，一跳也就跳进了牛棚。想不到几十年前的师生现在成了“同棚”。牛棚生活不是三言两语所能说清的。在这里暂且不谈。孟实先生在棚里的一件小事，我却始终忘记不了。他锻炼身体有一套方术，大概是东西均备，佛道沟通。在那种阴森森的生活环境中，他居然还在锻炼身体，我实在非常吃惊，而且替他捏一把汗。晚上睡下以后，我发现他在被窝里胡折腾，不知道搞一些什么名堂。早晨他还偷跑到一个角落里去打太极拳一类的东西。有一次被“监改人员”发现了，大大地挨了一通批。在这些“大老爷”眼中，我们锻炼身体是罪大恶极的。这是 件微不足道的小事，然而它的意义却不小。从中可以看出，孟实先生对自己的前途没有绝望，对我们的事业也没有绝望，他执著于生命，坚决要活下去。否则的话，他尽可以像一些别的难兄难弟一样，破罐子破摔算了。说老实话，我在当时的态度实在比不上他。这一件事，我从来没有同他谈起过，只是暗暗地记在心中。

“四人帮”垮台以后，天日重明，孟实先生以古稀之年，重又精神抖擞，从事科研、教学和社会活动。他的生活异常地有规律。每天早晨，人们总会看到一个瘦小的老头在大图书馆前漫步。在工作方面，他抓得非常紧，他确实达到了壮心不已的程度。他译完了黑格尔的美学，又翻译维柯的著作。这些著作内容深奥，号称难治，能承担这种翻译工作的，并世没有第二人，孟实先生以他渊博的学识和湛深的外语水平，兢兢业业，勤勤恳恳，争分夺秒，锲而不舍，“焚膏油以继晷，恒兀兀以穷年”，终于完成了这项艰巨的工作，给我们留下了宝贵的财富，得到了学术界普遍的赞扬。

孟实先生学风谨严，一丝不苟，谦虚礼让，不耻下问。他曾多次问到我关于古代印度宗教的问题。他对中外文学都有精湛的研究，这是学术界公认的。他的文笔又流利畅达，这也是学者中间少有的。思想改造运动时，有人告诉我说是喜欢读朱先生写的自我批评的文章。我当时觉得非常可笑：这是什么时候呀，你居然还有闲情逸致来欣赏文章！然而这却是事实，可见朱先生文章感人之深。他研究中外文艺理论，态度同样严肃认真。他翻译外国名著，也是句斟字酌，不轻易下笔。严复说：“一名之立，旬月踟蹰。”我在朱先生身上也发现了这种认真负责的态度。解放后，他努力学习辩证唯物主义和历史唯物主义，并以此指导自己的研究工作，给我们树立了榜样。

现在，孟实先生离开了我们。他一生执著追求，没有偷懒。

将近九十年的漫长的道路，走过来并不容易。峰回路转，柳暗花明，他都碰到过。顺利与挫折，他都经受过。但是，他在千辛万苦之后，毕竟找到了真理，热爱祖国，热爱社会主义，找到了一个中国知识分子的最好的归宿。现在人们常谈生命的价值；我认为，孟实先生是实现了生命的价值的。

听到孟实先生逝世的消息时，我并没有流泪，但是在写这篇短文时，却几次泪如泉涌。生生死死，自然规律，任何人也改变不了。古人说："大块劳我以生，息我以死。"孟实先生，安息吧！你的形象将永远留在你这一个年迈而不龙钟的学生的心中。

1986年3月

# 悼念曹老

几个月以前，北京大学召开了庆祝曹老（靖华）——九十华诞座谈会。我参加了，发了言，我说，曹老的道德文章，可以为人师表。《关东文学》编辑部的同志要我写一篇祝贺文章，我答应了，立即动笔。但是，只写了一半，便有西安、香港之行，没有来得及写完。回京以后，听到曹老病情转恶。但我立刻又有北戴河之行，没能到医院去看望他。不意他竟尔仙逝。老辈学人中又弱一个，给我连年来对师友的悼念又增添一份沉重的力量，让我把祝贺文章腰斩，来写悼念文字，不禁悲从中来了。

记得在大约四年以前，我还在学校工作，曹老的家属从医院打电话给学校领导，说曹老病危，让学校派人去见“最后一面”。我奉派前往，看到他的病并不“危”，谈笑风生。我当时心情十分矛盾，我把眼泪硬压在内心里，陪他谈笑。他不久就出了院，而且还参加了一个在京西宾馆召开的会。我们见面，彼此兴奋，我一想到“最后一面”，心里就觉得非常有趣。他则怡然坦然，坐在台阶上，同我谈话。以后，听说他又进了医院，出出进进，记不清有多少次了。时光流逝，一晃就是几年，他终于度过了自己的九十周岁诞辰。我原以为他还能奇迹般地出出进进几次，而终无危险，向着百岁迈进，可他终于一病不起了。

同很多人一样，我认识曹老有一个曲折的过程。我是先读他的书，然后闻知他的英勇事迹，最后才见面认识。我在大学读书期间，曾读过曹老的一些翻译作品。1946年夏天，我在离开祖国十一年之后，终于经历了千辛万苦，回到了祖国的怀抱里。我当时心情十分矛盾，一个年轻的游子又回到母亲跟前，心里感到特别温暖。但是在所谓胜利之后，国民党的“劫收”大员，像一群蝗虫，无法无天，乱抢乱夺。我又不禁忧从中来。我在上海停留期间，夜里睡在克家的榻榻米上，觉得其乐无穷。有一天，忽然听到传闻，国民党警察在南京下关车站蛮横地毒打了进京请愿的进步人士，其中就有曹老。从此曹靖华（我记得当时是曹联亚）这个名字就深深地印在我的记忆中。

一直到解放以后，我才在北京大学见到曹老。他在俄语系工作，我在东语系。由于行当不同，接触并不多。但是，他留给我的印象是非常好的。他长我十四岁，论资排辈，他应该算是我的老师。他为人淳朴无华，待人接物，诚挚有加，彬彬有礼，给人以忠厚长者的印象。他不愧是中国旧文化精华的一个代表人物，同他交往，使人如坐春风化雨中。

但是，这只是他性格的一个方面。在另一方面，他却如金刚怒目，对待反动派不妥协。他通过翻译苏联的革命文学，哺育了一代代的革命新人。他的功绩将永远为中国人民所记忆。而他自己也以身作则。早年他冒风险同鲁迅先生交往，支持人民的正义斗争，坚贞不屈，数十年如一日，终于经历了严霜烈日，走过了不知多少独木小桥，迎来了次第春风。他真正做到了“横眉冷对千夫指，俯首甘为孺子牛”。

在以后长达几十年的交往中，我对他的敬意与日俱增。有很长的一段时间，他是《世界文学》的主编，我是编委之一。每隔几个月，总要召开一次编委会，大家放言高论，其乐融融。解放以后，我参加的会议真可谓多矣。我决不是一个“开会迷”，有一些会让我苦不堪言。但是，对《世界文学》的会，我却真有一点“迷”了。同老友见面，同曹老见面，成为我的一大乐事。

我曾在悼念朱光潜先生的文章中提到，我最不喜欢拜访人。即使是我最尊敬的老师和老友，我也难得一访。我自己知道，这是一种怪癖，想改之者久矣。但是山难改，性难移，至今没有什么改进。对待曹老，我也是如此。尽管我对他有深厚的敬意和感情，但是曹老的家我却一次也没有去过。平常在校园中见了面，总要问寒问暖，说上一阵子话，看来彼此都是兴奋而又欣慰。在外面开会时碰到，更要促膝长谈。我往往暗自庆幸：北大是一个出百岁老人的地方。我们的老校长马寅初先生，活到一百多岁。我的美国老师温德教授也庆祝过自己的一百周岁。曹老为什么不能活到一百岁呢？

然而曹老毕竟没有活到一百岁。这对中国文学艺术界来说是一大损失，对他的学生和朋友来说是一件无法弥补的憾事。有生必有死，这是自然规律，我辈凡人谁也无法抗御。我们只能用这个来安慰自己。同时，我又想到，年过九十，也算是寿登耄耋，在世界上，自古以来，就是十分罕见的。曹老可以安息了。

北大以老教授多闻名全国。我自己虽然久已年逾古稀，但是抬眼向前看，比我年纪大的还有一大排，我只能算是小弟弟，不敢言老，心中更无老意，常常感到，在燕园中，自己是幸福的人。然而近二三年以来，老成颇多凋谢，蓦抬头：我眼前的队伍逐渐缩短了，宛如深秋古木，在不知不觉中，叶片一片片地飘然落下。

我虽然自谓能用唯物的态度对待生死问题，然而内心深处也难免引起一阵阵的颤抖了。

嗟乎，死者已矣。我们生者的责任更大起来了。我感到自己肩头沉重了起来。

1987年9月13日

# 寿寿彝

寿彝同志行年八十了。我认识他已经将近半个世纪，超过了他现在年龄的一半，时间不能算短了。但是我们的友情却是与日俱浓。其中也并没有什么奥秘。中国古人说："人之相知，贵相知心。"在这样漫长的时间内，我越来越明确地感觉到，寿彝同志的心是淳朴的、开朗的、正直的、敦厚的。我们俩的共同老友臧克家同志经常同我谈到寿彝，谈起来是赞不绝口。他的看法同我没有什么差别。可见我的感觉是实事求是的，并非个人偏见。

作为一个人，一个朋友，寿彝同志是这样子。作为一个学者，他同样对我有极大的吸引力。二十多年前，我们俩共同奉使到伊拉克去参加巴格达建城一千五百周年庆典，转道赴埃及开罗。我们天天在一起，参观金字塔，拜谒狮身人面兽，除了用眼睛外，还要用嘴。我们几乎是无所不谈，但是谈学问之事居多。我们共同的爱好是历史，历史就成了我们谈话的主题。我是野狐谈禅，他是巍然大家，我们俩不在一个水平上。他曾长时间地向我谈了他对中国史学史的看法，我大有茅塞顿开之感。中国是世界上最重视历史的国家，史籍之多，浩如烟海；名家辈出，灿如列星。史学理论当然也如百花齐放，在世界上堪称独步。治中国史学史必能丰富世界史学理论。为世界史苑增添奇花异卉。这是中国史学界义不容辞的责任。然而在目前中国，中国史学史这一门学问却给人以凋零衰颓的印象。这不能不说是极大的憾事。寿彝同志是一个有心人，他治中国史学史有年矣。他对几千年中国史学，其中也包括史学理论，有深刻、细致、系统的看法。但是他做学问一向谨严，决不肯把自己认为还不成熟的看法写成文章，公诸于世。如果换一个人，早已经大文屡出，著作等身了。我们在开罗逍遥期间，他对我比较详细地谈了他对中国史学史的看法，我受到很大的启发，自认是闻所未闻。回国以后，我们见面，我经常催问他：中国史学史写得怎样了？可见我对此事之关切。

在中国目前社会上对三教九流人等的分类上，寿彝和我都应归入“社会活动家”这一流的。我们同踞文山之上，同没会海之中。这样一来，我们见面的机会反而多起来了，真所谓“塞翁失马，焉知非福”。每次见面，我们都从内心深处感到异常亲切。这样的感觉，历久而不衰，实在是难能可贵的。

现在寿彝八十岁了。按照旧日的说法，他可以说是已经“寿登耄耋”了。但是，今天的情况已经大大地改变，老皇历查不得了。前几天，我招待南朝鲜的一位大学校长。我们开玩笑说：古人说，六十花甲；我们现在应该改成八十花甲，九十古稀。我的老师就颇有几位达到九十高龄的，我的一位美国老师活到一百零几岁。我常说，今天我们再也不能祝人“长命百岁”了。因为这似乎有限制的意味，限制人家只能活到百岁。因此，我现在祝寿彝长命一百岁以上，祝他再为中国史学史工作二十年以上。

1988年12月3日

# 回忆梁实秋先生

我认识梁实秋先生，同他来往，前后也不过两三年，时间是很短的。但是，他留给我的回忆却是很长很长的。分别之后，到现在已经四十年了。我仍然时常想到他。

1946年夏天，我在离开了祖国十一年之后，受尽了千辛万苦，又回到了祖国怀抱，到了南京。当时刚刚打败了日本侵略者，国民党的劫收大员正在全国满天飞，搜括金银财宝，兴高彩烈。我这一介书生，“无条无理”，手里没有几个钱，北京大学还没有开学，拿不到工资，住不起旅馆，只好借住在我小学同学李长之在国立编译馆的办公室内。他们白天办公，我就出去游荡，晚上回来，睡在办公桌上。早晨一起床，赶快离开。国立编译馆地处台城下面，我多半在台城上云游。什么鸡鸣寺、胭脂井，我几乎天天都到。再走远一点，出城就到了玄武湖。山光水色，风物怡人。但是我并没有多少闲情逸致，观赏风景。我的处境颇像旧戏中的秦琼，我心里琢磨的是怎样卖掉黄骠马。

我这样天天游荡，梦想有朝一日自己能安定下来，有一间房子，有一张书桌。别的奢望，一点没有。我在台城上面看到郁郁葱葱的古柳，心头不由地涌出了古人的诗：

江雨霏霏江草齐

六朝如梦鸟空啼

无情最是台城柳
依旧烟笼十里堤

这里讲的仅仅是六朝。从六朝到现在，又不知道有多少朝多少代过去了。古柳依然是葱茏繁茂，改朝换代并没有影响了它们的情绪。今天我站在古柳面前，一点也没有觉得它们“无情”，我觉得它们有情得很。我天天在六月的炎阳下奔波游荡，只有在台城古柳的浓荫下才能获得片刻的清凉，让我能够坐下来稍憩一会儿。我难道不该感激这些古柳而还说三道四吗？

又过了一些时候，有一天长之告诉我，梁实秋先生全家从重庆复员回到南京了。梁先生也在国立编译馆工作。我听了喜出望外。我不认识梁先生，论资排辈，他大我十几岁，应该算是我的老师。他的文章我在清华大学读书时就读过不少，很欣赏他的文才，对他潜怀崇敬之情。万万没有想到竟在南京能够见到他。见面之后，立刻对他的人品和谈吐十分倾倒。没有经过什么繁文缛节，我们成了朋友。我记得，他曾在一家大饭店里宴请过我。梁夫人和三个孩子：文茜、文蔷、文骐，都见到了。那天饭菜十分精美，交谈更是异常愉快，给我留下了深刻的印象，至今忆念难忘。我自谓尚非馋嘴之辈，可为什么独独对酒宴记得这样清楚呢？难道自己也属于饕餮大王之列吗？这真叫做没有法子。

解放前夕，实秋先生离开了北平，到了台湾，文茜和文骐留下没有走。在那极“左”的时代，有人把这一件事看得大得不得了。现在看来，也没有什么了不起的。一个人相信马克思主义，这当然很好，这说明他进步。一个人不相信，或者暂时不相信，他也完全有自由，这也决非反革命。我自己过去不是也不相信马克思主义吗？从来就没有哪一个人一生下就是马克思主义者，连马克思本人也不是，遑论他人。我们今天知人论事，要抱实事求是的态度。

至于说梁实秋同鲁迅有过一些争论，这是事实。是非曲直，暂作别论。我们今天反对对任何人搞“凡是”，对鲁迅也不例外。鲁迅是一个伟大人物，这谁也否认不掉。但不能说凡是鲁迅说的都是正确的。今天，事实已经证明，鲁迅也有一些话是不正确的，是形而上学的，是有偏见的。难道因为他对梁实秋有过批评意见，梁实秋这个人就应该永远打入十八层地狱吗？

实秋先生活到耄耋之年。他的学术文章，功在人民，海峡两岸，有目共睹，谁也不会有什么异辞。我想特别提出一点来说一说。他到了老年，同胡适先生一样，并没有留恋异国，而是回到台湾定居。这充分说明，他是热爱我们祖国大地的。至于他的为人毫无架子，像对我和李长之这样年轻一代的人，竟也平等对待，态度真诚和蔼，更令人难忘。这种作风，即使不是绝无仅有，也总算是难能可贵。对我们今天已经成为前辈的人，不是很有教育意义吗？

去年，他的女儿文茜和文蔷奉父命专门来看我。我非常感动，知道他还没有忘掉我。这勾引起我回忆往事。回忆虽然如云如烟；但是感情却是非常真实的。我原期望还能在大陆见他一面，不意他竟尔仙逝。我非常悲痛，想写点什么，终未果。去年，他的夫人从台湾来北京举行追思会。我正在南京开会，没能亲临参加，只能眼望台城，临风凭吊。我对他的回忆将永远保留在我的心中，直至我不能回忆为止。我的这一篇短文，他当然无法看到了。但是，我仿佛觉得，而且痴情希望，他能看到。四十年音问未通，这是仅有的一次也是最后一次通音问了。悲夫！

1988年3月26日

# 悼念沈从文先生

去年有一天，老友肖离打电话告诉我，从文先生病危，已经准备好了后事。我听了大吃一惊，悲从中来。一时心血来潮，提笔写了一篇悼念文章，自诧为倚马可待，情文并茂。然而，过了几天，肖离又告诉我说，从文先生已经脱险回家。我心里一块石头落了地，又窃笑自己太性急，人还没去，就写悼文，实在非常可笑。我把那一篇“杰作”往旁边一丢，从心头抹去了那一件事，稿子也沉入书山稿海之中，从此“云深不知处”了。

到了今年，从文先生真正去世了。我本应该写点什么的。可是，由于有了上述一段公案。懒于再动笔，一直拖到今天。同时我注意到，像沈先生这样一个人，悼念文章竟如此之少，有点不太正常，我也有点不平。考虑再三，还是自己披挂上马吧。

我认识沈先生已经五十多年了。当我还是一个大学生的时候，我就喜欢读他的作品。我觉得，在所有的并世的作家中，文章有独立风格的人并不多见。除了鲁迅先生之外，就是从文先生。他的作品，只要读上几行，立刻就能辨认出来，决不含糊。他出身湘西的一个破落小官僚家庭，年轻时当过兵，没有受过多少正规的教育。他完全是自学成家。湘西那一片有点神秘的土地，其怪异的风土人情，通过沈先生的笔而大白于天下。湘西如果没有像沈先生这样的大作家和像黄永玉先生这样的大画家，恐怕一直到今天还是一片充满了神秘的terra incognita（没有人了解的土地）。

我同沈先生打交道，是通过一件不大不小的事情。丁玲的《母亲》出版以后，我读了觉得有一些意见要说，于是写了一篇书评，刊登在郑振铎、靳以主编的《文学季刊》创刊号上。刊出以后，我听说，沈先生有些意见。我于是立即写了一封信给他，同时请郑先生在《文学季刊》创刊号再版时，把我那一篇书评抽掉。也许是就由于这一个不能算是太愉快的因缘，我们就认识了。我当时是一个穷学生，沈先生是著名的作家。社会地位，虽不能说如云泥之隔，毕竟差一大截子。可是他一点名作家的架子也不摆，这使我非常感动。他同张兆和女士结婚，在北京前门外大栅栏撷英番菜馆设盛大宴席，我居然也被邀请。当时出席的名流如云。证婚人好像是胡适之先生。

从那以后，有很长的时间，我们并没有多少接触。我到欧洲去住了将近十一年。他在抗日烽火中在昆明住了很久，在西南联大任国文系教授。彼此音问断绝。他的作品我也读不到了。但是，有时候，不知是出于什么原因，我在饥肠辘辘、机声嗡嗡中，竟会想到他。我还是非常怀念这一位可爱、可敬、淳朴、奇特的作家。

一直到1946年夏天，我回到祖国。这一年的深秋，我终于又回到了别离了十几年的北平。从文先生也于此时从云南复员来到北大，我们同在一个学校任职。当时我住在翠花胡同，他住在中老胡同，都离学校不远，因此我们也相距很近。见面的次数就多了起来。他曾请我吃过一顿相当别致、毕生难忘的饭，云南有名的汽锅鸡。锅是他从昆明带回来的，外表看上去像宜兴紫砂，上面雕刻着花卉书法，古色古香，虽系厨房用品，然却古朴高雅，简直可以成为案头清供，与商鼎周彝斗艳争辉。

就在这一次吃饭时，有一件小事给我留下了深刻的印象。当时要解开一个用麻绳捆得紧紧的什么东西。只需用剪子或小刀轻轻地一剪一割，就能开开。然而从文先生却抢了过去，硬是用牙把麻绳咬断。这一个小小的举动，有点粗劲，有点蛮劲，有点野劲，有点土劲，并不高雅，并不优美。然而，它却完全透露了沈先生的个性。在达官贵人、高等华人眼中，这简直非常可笑，非常可鄙。可是，我欣赏的却正是这一种劲头。我自己也许就是这样一个“土包子”，虽然同那一些只会吃西餐、穿西装、半句洋话也不会讲偏又自认为是“洋包子”的人比起来，我并不觉得低他们一等。不是有一些人也认为沈先生是“土包子”吗？

还有一件小事，也使我忆念难忘。有一次我们到什么地方去游逛，可能是中山公园之类。我们要了一壶茶。我正要拿起壶来倒茶，沈先生连忙抢了过去，先斟出了一杯，又倒入壶中，说只有这样才能把茶味调得均匀。这当然是一件微不足道的小事，然而在琐细中不是更能看到沈先生的精神吗？

小事过后，来了一件大事：我们共同经历了北平的解放。在这个关键时刻，我并没有听说，从文先生有逃跑的打算。他的心情也是激动的，虽然他并不故做革命状，以达到某种目的，他仍然是朴素如常。可是恶运还是降临到他头上来。一个著名的马列主义文艺理论家，在香港出版的一个进步的文艺刊物上，发表了一篇长文，题目大概是什么《文坛一瞥》之类，前面有一段相当长的修饰语。这一位理论家视觉似乎特别发达，他在文坛上看出了许多颜色。他“一瞥”之下，就把沈先生“瞥”成了粉红色的小生。我没有资格对这一篇文章发表意见。但是，沈先生好像是当头挨了一棒，从此被“瞥”下了文坛，销声匿迹，再也不写小说了。

一个惯于舞笔弄墨的人，一旦被剥夺了写作的权利，他心里是什么滋味，我说不清，他有什么苦恼，我也说不清。然而，沈先生并没有因此而消沉下去。文学作品不能写，还可以干别的事嘛。他是一个精力旺盛的人，他是一个闲不住的人，他转而研究起中国古代的文物来，什么古纸、古代刺绣、古代衣饰等等，他都研究。凭了他那一股惊人的钻研的能力，过了没有多久，他就在新开发的领域内取得了可喜的成绩。他那一本讲中国服饰史的书，出版以后，洛阳纸贵，受到国内外一致的高度的赞扬。他成了这方面权威。他自己也写章草，又成了一个书法家。

有点讽刺意味的是，正当他手中的写小说的笔被“瞥”掉的时候，从国外沸沸扬扬传来了消息，说国外一些人士想推选他做诺贝尔文学奖金的候选人。我在这里着重声明一句，我们国内有一些人特别迷信诺贝尔奖金，迷信的劲头，非常可笑。试拿我们中国没有得奖的那几位文学巨匠同已经得奖的欧美的一些作家来比一比，其差距简直有如高山与小丘。同此辈争一日之长，有这个必要吗！推选沈先生当候选人的事是否进行过，我不得而知。沈先生怎样想，我也不得而知。我在这里提起这一件事，只不过把它当做沈先生一生中一个小小的插曲而已。

我曾在几篇文章中都讲到，我有一个很大的缺点（优点？），我不喜欢拜访人。有很多可尊敬的师友，比如我的老师朱光潜先生、董秋芳先生等等，我对他们非常敬佩，但在他们健在时，我很少去拜访。对沈先生也一样。偶尔在什么会上，甚至在公共汽车上相遇，我感到非常亲切，他好像也有同样的感情。他依然是那样温良、淳朴，时代的风风雨雨在他身上，似乎没有留下什么痕迹，说白了就是没有留下伤痕。一谈到中国古代科技、艺术等等，他就喜形于色，眉飞色舞，娓娓而谈，如数家珍，天真得像一个大孩子。这更增加了我对他的敬意。我心里曾几次动过念头：去看一看这一位可爱的老人吧！然而，我始终没有行动。现在人天隔绝，想见面再也不可能了。

有生必有死，是大自然的规律。我知道，这个规律是违抗不得的，我也从来没有想去违抗。古代许多圣君贤相，聪明一世，糊涂一时，想方设法，去与这个规律对抗，妄想什么长生不老，结果却事与愿违，空留下一场笑话。这一点我很清楚。但是，生离死别，我又不能无动于衷。古人云：太上忘情。我是一个微不足道的凡人，无论如何也做不到忘情的地步，只有把自己钉在感情的十字架上了。我自谓身体尚颇硬朗，并不服老。然而，曾几何时，宛如黄粱一梦，自己已接近耄耋之年。许多可敬可爱的师友相继离我而去。此情此景，焉能忘情？现在从文先生也加入了去者的行列。他一生安贫乐道，淡泊宁静，死而无憾矣。对我来说，忧思却着实难以排遣。像他这样一个有特殊风格的人，现在很难找到了。我只觉得大地茫茫，顿生凄凉之感。我没有别的本领，只能把自己的忧思从心头移到纸上，如此而已。

1988年11月2日写于香港<br>中文大学会友楼

# 回忆雨僧先生

雨僧先生离开我们已经十多年了。作为他的受业弟子，我同其他弟子一样，始终在忆念着他。

雨僧先生是一个奇特的人，身上也有不少的矛盾。他古貌古心，同其他教授不一样，所以奇特。他言行一致，表里如一，同其他教授不一样，所以奇特。别人写白话文，写新诗；他偏写古文、写旧诗，所以奇特。他反对白话文，但又十分推崇用白话写成的《红楼梦》，所以矛盾。他看似严肃、古板，但又颇有一些恋爱的浪漫史，所以矛盾。他能同青年学生来往，但又凛然、俨然，所以矛盾。

总之，他是一个既奇特又矛盾的人。

我这样说，不但丝毫没有贬意，而且是充满了敬意。雨僧先生在旧社会是一个不同流合污、特立独行的畸人，是一个真正的人。

当年在清华读书的时候，我听过他几门课："英国浪漫诗人"、"中西诗之比较"等。他讲课认真、严肃，有时候也用英文讲，议论时有警策之处。高兴时，他也把自己新写成的旧诗印发给听课的同学，十二首《空轩》就是其中之一。这引得编《清华周刊》的学生秀才们把他的诗译成白话，给他开了一个不大不小而又无伤大雅的玩笑。他一笑置之，不以为忤。他的旧诗确有很深的造诣，同当今想附庸风雅的、写一些根本不像旧诗的"诗人"，决不能同日而语。他的"中西诗之比较"实际上讲的就是比较文学。

当时这个名词还不像现在这样流行。他实际上是中国比较文学的奠基人之一。值得我们永远怀念的。

他坦诚率真，十分怜才。学生有一技之长，他决不掩没，对同事更是不懂得什么叫忌妒。他在美国时，邂逅结识了陈寅恪先生。他立即驰书国内，说："合中西新旧各种学问而统论之，吾必以寅恪为全中国最博学之人。"也许就是由于这个缘故，他在清华作为西洋文学系的教授而一度兼国学研究院的主任。

他当时给天津《大公报》主编一个《文学副刊》。我们几个喜欢舞笔弄墨的青年学生，常常给副刊写点书评一类的短文，因而无形中就形成了一个小团体。我们曾多次应邀到他那在工字厅的住处：藤影荷声之馆去做客，也曾被请在工字厅的教授们的西餐餐厅去吃饭。这在当时教授与学生之间存在着一条看不见但感觉到的鸿沟的情况下，是非常难能可贵的。至今刚忆起来还感到温暖。

我离开清华以后，到欧洲去住了将近十一年。回到国内时，清华和北大刚刚从云南复员回到北平。雨僧先生留在四川，没有回来。其中原因，我不清楚，也没有认真去打听。但是，我心中却有一点疑团：这难道会同他那耿直的为人有某些联系吗？是不是有人早就把他看做眼中钉了呢？在这漫长的几十年内，我只在六十年代初期，在燕东园李赋宁先生家中拜见过他。以后就再没有见过面。

在十年浩劫中，他当然不会幸免。听说，他受过惨无人道的折磨，挨了打，还摔断了什么地方，我对此丝毫也不感到奇怪。以他那种奇特的特立独行的性格，他决不会投机说谎，决不会媚俗取巧，受到折磨，倒是合乎规律的。反正知识久已不值一文钱，知识分子被视为“老九”。在黄钟毁弃，瓦釜雷鸣的时代，我们又有什么话好说呢？雨僧先生受到的苦难，我有意不去仔细打听，不知道反而能减轻良心上的负担。至于他有什么想法，我更是无从得知。现在，他终于离开我们，走了。从此人天隔离，永无相见之日了。

雨僧先生这样一个奇特的人，这样一个不同流合污特立独行的人，是会受到他的朋友们和弟子们的爱戴和怀念的。现在编集的这一本《回忆吴宓先生》就是一个充分的证明。

他的弟子和朋友都对他有自己的一份怀念之情，自己的一份回忆。这些回忆不可能完全一样，因为每一个人都有自己观察事物和人物的角度和特点。但是又不可能完全不一样。因为回忆的毕竟是同一个人——我们敬爱的雨僧先生。这一部回忆录就是这样一部既不一样又不不一样的汇合体。从这个一样又不一样的汇合体中可以反照出雨僧先生整个的性格和人格。

我是雨僧先生的弟子之一，在贡献上我自己那一份回忆之余，又应编者的邀请写了这一篇序。这两件事都是我衷心愿意去做的。也算是我献给雨僧先生的心香一瓣吧。

1989年3月22日

# 忆念胡也频先生

胡也频，这个在中国近代革命史上和文学史上宛如夏夜流星一闪即逝但又留下永恒光芒的人物，知道其名者很多很多，但在脑海中尚能保留其生动形象者，恐怕就很少很少了。

我有幸是其中的一个。

我初次见到胡先生是六十年前在山东济南省立高中的讲台上。我当时只有十八岁，是高中三年级的学生。他个子不高，人很清秀，完全是一副南方人的形象。此时日军刚刚退出了被占领一年的济南。国民党的军队开了进来，教育有了改革。旧日的山东大学附设高中改为省立高中。校址由绿柳红荷交相辉映的北园搬到车水马龙的杆石桥来，环境大大地改变了，校内颇有一些新气象。专就国文这一门课程而谈，在一年前读的还是《诗经》、《书经》和《古文观止》一类的书籍，现在完全改为读白话文学作品。作文也由文言文改为白话文。教员则由前清的翰林、进士改为新文学家。对于我们这一批年轻的大孩子来说，顿有耳目为之一新的感觉。大家都兴高采烈了。

高中的新校址是清代的一个什么大衙门，崇楼峻阁，雕梁画栋，颇有一点威武富贵的气象。尤其令人难忘的是里面有一个大花园。园子的全盛时期早已成为往事。花坛不修，水池干涸，小路上长满了草。但是花木却依然青翠茂密，浓绿扑人眉宇。到了春天，夏天，仍然开满似锦的繁花，把这古园点缀得明丽耀目。枝头，从中时有鸟鸣声，令人如入幽谷。老师们和学生们有时来园中漫步，各得其乐。

胡先生的居室就在园门口旁边，常见他走过花园到后面的课堂中去上课。他教书同以前的老师完全不同。他不但不讲《古文观止》，好像连新文学作品也不大讲。每次上课，他都在黑板上大书："什么是现代文艺？"几个大字，然后滔滔不绝地讲了起来，直讲得眉飞色舞，浓重的南方口音更加难懂了。下一次上课，黑板上仍然是七个大字："什么是现代文艺？"我们这一群年轻的大孩子听得简直像着了迷。我们按照他的介绍买了一些当时流行的马克思主义文艺理论书籍。那时候，"马克思主义"这个词儿是违禁的，人们只说"普罗文学"或"现代文学"，大家心照不宣，谁也了解。有几本书的作者我记得名叫弗里茨，以后再也没见到这个名字。这些书都是译文，非常难懂。据说是从日文转译的俄国书籍。恐怕日文译者就不太懂俄文原文，再转为汉文，只能像"天书"了。我们当然不能全懂，但是仍然怀着朝圣者的心情，硬着头皮读下去。生吞活剥，在所难免。然而"现代文艺"这个名词却时髦起来，传遍了高中的每一个角落，仿佛为这古老的建筑增添了新的光辉。

我们这一批年轻的中学生其实并不真懂什么"现代文艺"，更不全懂什么叫"革命"。胡先生在这方面没有什么解释。但是我们的热情却是高昂的，高昂得超过了需要。当时还是国民党的天下，学校大权当然掌握在他们手中。国民党最厌恶、最害怕的就是共产党，似乎有不共戴天之仇，必欲除之而后快。在这样的气氛下，胡先生竟敢明目张胆地宣传"现代文艺"，鼓动学生革命，真如太岁头上动土。国民党对他的仇恨是完全可以想象的。

胡先生却是处之泰然。我们阅世未深，对此完全是麻木的。胡先生是有社会经历的人，他应该知道其中的利害。可是他也毫不在乎。只见他那清瘦的小个子，在校内课堂上，在那座大花园中，迈着轻盈细碎的步子，上身有点向前倾斜，匆匆忙忙，仓仓促促，满面春风，忙得不亦乐乎。他照样在课堂上宣传他的“现代文艺”，侃侃而谈，视敌人如草芥，宛如走入没有敌人的敌人阵中。

他不但在课堂上宣传，还在课外进行组织活动。他号召组织了一个现代文艺研究会，由几个学生积极分子带头参加，公然在学生宿舍的走廊上，摆上桌子，贴出布告，昭告全校，踊跃参加。当场报名、填表，一时热闹得像是过节一样。时隔六十年，一直到今天，当时的情景还历历如在眼前，当时的笑语声还在我耳畔回荡，留给我的印象之深，概可想见了。

有了这样一个组织，胡先生还没有满足，他准备出一个刊物，名称我现在忘记了。第一期的稿子中有我的一篇文章，名叫《现代文艺的使命》。内容现在完全忘记了，无非是革命，革命，革命之类。以我当时的水平之低，恐怕都是从“天书”中生吞活剥地抄来了一些词句，杂凑成篇而已，决不会是什么像样的文章。

正在这时候，当时蜚声文坛的革命女作家、胡先生的夫人丁玲女士到了济南省立高中，看样子是来探亲的。她是从上海去的。当时上海是全国最时髦的城市，领导全国的服饰的新潮流。丁玲的衣着非常讲究，大概代表了上海最新式的服装。相对而言，济南还是相当闭塞淳朴的。丁玲的出现，宛如飞来的一只金凤凰，在我们那些没有见过世面的青年学生眼中，她浑身闪光，辉耀四方。

记得丁玲那时候比较胖，又穿了非常高的高跟鞋。济南比不了上海，马路坑坑洼洼，高低不平。高中校内的道路，更是年久失修。穿平底鞋走上去都不太牢靠，何况是高跟鞋。看来丁玲就遇上了“行路难”的问题。胡先生个子比丁玲稍矮，夫人“步履维艰”，有时要扶着胡先生才能迈步。我们这些年轻的学生看了这情景，觉得非常有趣。我们就窃窃私议，说胡先生成了丁玲的手杖。我们其实不但毫无恶意，而且是充满了敬意的。在我们心中真觉得胡先生是一个好丈夫，因此对他更增加了崇敬之感，对丁玲我们同样也是尊敬的。

不管胡先生怎样处之泰然，国民党却并没有睡觉。他们的统治机器当时运转得还是比较灵的。国民党对抗大清帝国和反动军阀有过丰富的斗争经验，老谋深算，手法颇多。相比之下，胡先生这个才不过二十多岁的真正的革命家，却没有多少斗争经验，专凭一股革命锐气，革命斗志超过革命经验，宛如初生的犊子不怕虎一样，头顶青天，脚踏大地，把活动都摆在光天化日之下，这确实值得尊敬。但是，勇则勇矣，面对强大的掌握大权的国民党，是注定要失败的。这一点，我始终不知道，胡先生是否意识到了。这个谜将永远成为一个谜了。

事情果然急转直下。有一天，国文课堂上见到的不再是胡先生那瘦小的身影，而是一位完全陌生的老师。全班学生都为之愕然。小道消息说，胡先生被国民党通缉，连夜逃到上海去了。到了第二年，1931年，他就同柔石等四人在上海被国民党逮捕，秘密杀害，身中十几枪。当时他只有二十八岁。

鲁迅先生当时住在上海，听到这消息以后，他怒发冲冠，拿起如椽巨笔，写了这样一段话：“我们现在以十分的哀悼和铭记，纪念我们的战死者，也就是要牢记中国无产阶级革命文学的历史的第一页，是同志的鲜血所记录，永远在显示敌人的卑劣的凶暴和启示我们的不断的斗争。”（《二心集》）这一段话在当时真能掷地作金石声。

胡先生牺牲到现在已经六十年了。如果他能活到现在，也不过八十七八岁，在今天还不算是太老，正是“余霞尚满天”的年龄，还是大有可为的。而我呢，在这一段极其漫长的时间内，经历了极其曲折复杂的行程，天南海北，神州内外，高山大川，茫茫巨浸；走过阳关大道，也走过独木小桥，在“空前的十年”中，几乎走到穷途。到了今天，我已由一个不到二十岁的中学生变成了皤然一翁，心里面酸甜苦辣，五味俱全。但是胡先生的身影忽然又出现在眼前，我有点困惑。我真愿意看到这个身影，同时却又害怕看到这个身影，我真有点诚惶诚恐了。我又担心，等到我这一辈人同这个世界告别以后，脑海中还能保留胡先生身影者，大概也就要完全彻底地从地球上消逝了。对某一些人来说，那将是一个永远无法弥补的损失。在这里，我又有点欣慰：看样子，我还不会在短期中同地球“拜拜”。只要我在一天，胡先生的身影就能保留一天。愿这一颗流星的光芒尽可能长久地闪耀下去。

1990 年 2 月 9 日

# 晚节善终大节不亏

## ——悼念冯芝生（友兰）先生

芝生先生离开我们，走了。对我来说，这噩耗既在意内，又出意外。约摸三四个月以前，我曾到医院去看过他，实际上含有诀别的意味。但是，过了不久，他又奇迹般地出了院。后来又听说，他又住了进去。以九十五周岁的高龄，对医院这样几出几进，最后终于永远离开了医院，也离开了我们。难道说这还不是意内之事吗？

可是芝生先生对自己的长寿是充满了信心的。他在八八自寿联中写道：

何止于米？相期以茶。

胸怀四化，寄意三松。

米寿指八十八岁，茶寿指一百零八岁。他活到九十五岁，离茶寿还有十三年，当然不会满足的。去年，中国文化书院准备为他庆祝九十五岁诞辰，并举办国际学术讨论会。他坚持要到今年九十五周岁时举办。可见他信心之坚。他这种信心也感染了我们。我们都相信，他会创造奇迹的。今年的庆典已经安排妥贴，国内外请柬都已发出，再过一个礼拜，就要举行了。可惜他偏在此时离开了我们。使庆祝改为悼念。不说这是意外又是什么呢？

在芝生先生弟子一辈的人中，我可能是接触到冯友兰这个名字的最早的人。1926年，我在济南一所高中读书。这是一所文科高中。课程中除了中外语文、历史、地理、心理、伦理、《诗经》、《书经》等等以外，还有一门人生哲学，用的课本就是芝生先生的《人生哲学》。我当时只有十五岁，既不懂人生，也不懂哲学。但是对这一门课的内容，颇感兴趣。从此芝生先生的名字，就深深地印在我的心中。我认为，他是一个高不可攀的大人物。屈指算来，现在已有六十四年了。

后来，我考进了清华大学，入西洋文学系。芝生先生是文学院长。当时清华大学规定，文科学生必须选一门理科的课，逻辑学可以代替。我本来有可能选芝生先生的课，临时改变主意，选了金岳霖先生的课。因此我一生没有上过芝生先生的课。在大学期间，同他根本没有来往，只是偶尔听他的报告或者讲话而已。

时过境迁，我大学毕业后，当了一年高中国文教员，到欧洲去飘泊了将近十一年。抗日战争后，回到了祖国。由于陈寅恪先生的介绍，到北大来工作。这时芝生先生从大后方复员回到北平，仍然在清华任教。我们没有接触的机会。只是偶尔从别人口中得知芝生先生在西南联大时的情况，也有过一些议论。这在当时是难以避免的。至于真相究竟如何，谁也不去探究了。

不久就迎来了解放。据我的推测，芝生先生本来有资格到台湾去的。然而他留下没走，同我们共同度过了一段既感到光明、又感到幸福的时刻。至于他是怎样想的，我完全不知道。不管怎样，他的朋友和弟子们从此对他有了新的认识，这却是事实。他曾给毛泽东同志写过一封信，毛主席回复了一封比较长的信。十年浩劫期间，我听他亲口读过。他当时是异常激动的。此是后话，这里暂且不表了。

不久，我国政府组成了一个文化代表团，应邀赴印度和缅甸访问。这是新中国开国后第一个比较大型的出访代表团。团员中颇有一些声誉卓著、有代表性的学者、文学家和艺术家。丁西林任团长，郑振铎、陈翰笙、钱伟长、吴作人、常书鸿、张骏祥、周小燕等等，以及芝生先生都是团员，我也滥竽其中。秘书长是刘白羽。因为这个团很重要，周总理亲自关心组团的工作，亲自审查出国展览的图片。记得是，1951年整个夏天，我们都在做准备工作，最费事的是画片展览。我们到处拍摄、搜集能反映新中国新气象的图片，最后汇总在故宫里面的一个大殿里，满满的一屋子，请周总理最后批准。我们忙忙碌碌，过了一个异常紧张但又兴奋愉快的夏天。

那一年国庆节前，我们到了广州，参加了观礼活动。我们在广州又住了一段时间，将讲稿或其他文件译为英文，做好最后的准备工作。此时，广州解放时间不长，国民党的飞机有时还来骚扰，特务活动也时有所闻。我们出门，都有便衣怀藏手枪的保安人员跟随，暗中加以保护。我们一切都准备好后，便乘车赴香港，换乘轮船，驶往缅甸，开始了对五天竺和缅甸的、长达几个月的长征。……

从此以后，我们全团十几个人就马不停蹄，跋山涉水，几乎是一天换一个新地方，宛如走马灯一般，脑海里天天有新印象，眼前时时有新光景，乘船，乘汽车，乘火车，乘飞机，几乎看尽了春、夏、秋、冬四季风光，享尽了印缅人民无法形容的热情的款待。

我不能忘记，我们曾在印度洋的海船上，看飞鱼飞跃。晚上在当空的皓月下，面对浩渺蔚蓝的波涛，追怀往事。我不能忘记，我们在印度闻名世界的奇迹泰姬陵上欣赏“琼楼玉宇高处不胜寒”的奇景。我不能忘记，我们在亚洲大陆最南端科摩林海角沐浴大海，晚上共同招待在黑暗中摸黑走八十里路、目的只是想看一看中国代表团的印度青年。我不能忘记，我们在佛祖释迦牟尼打坐成佛的金刚座旁留连瞻谒，我从印度空军飞机驾驶员手中接过几片菩提树叶，而芝生先生则用口袋装了一点金刚座上的黄土。我不能忘记，我们在金碧辉煌的土邦王公的天方夜谭般的宫殿里，共同享受豪华晚餐，自己也仿佛进入了童话世界。我不能忘记，在缅甸茵莱湖上，看缅甸船主独脚划船。我不能忘记，我们在加尔各答开着电风扇，啃着西瓜，度过新年。我不能忘记的事情太多太多了，怎么说也是说不完的。一想起印缅之行，我脑海里就成了万花筒，光怪陆离，五彩缤纷。中间总有芝生先生的影子在，他长须飘胸，道貌岸然。其他团员也都各具特点，令人忆念难忘。这情景，当时已道不寻常，何况现在事后追思呢？

根据解放后一些代表团出国访问的经验，在团员与团员之间的关系方面，往往可以看出三个阶段。初次聚在一起时，大家都和和睦睦，客客气气。后来逐渐混熟了，渐渐露出真面目，放言无忌。到了后期，临解散以前，往往又对某一些人心怀不满，胸有芥蒂。这个三段论法，真有点厉害，常常真能兑现。

但是，我们的团却不是这个样子。

我们自始至终，都是能和睦相处的。我们团中还产生了一对情侣，后来有情人终成了眷属。可见气氛之融洽。在所有的团员和工作人员中，最活跃的是郑振铎先生。他身躯高大魁梧，说话声音宏亮。虽然已经渐入老境，但不失其赤子之心。他同谁都谈得来，也喜欢开个玩笑，而最爱抬杠。团中爱抬杠者，大有人在。代表团成立了一个抬杠协会，简称杠协。大家想选一个会长，领袖群伦。于是月旦群雄，最后觉得郑先生喜抬杠，而不自知其为抬杠，已经达到抬杠圣境，圆融无碍。大家一致推选他为杠协会长。在他领导之下，团中杠业发达，皆大欢喜。

郑先生同芝生先生年龄相若，而风格迥异。芝生先生看上去很威严，说话有点口吃。但有时也说点笑话，足征他是一个懂得幽默的人。郑先生开玩笑的对象往往就是芝生先生。他经常喊芝生先生为“大胡子”，不时说些开玩笑的话。有一次，理发师正给芝生先生刮脸，郑先生站在旁边起哄，连声对理发师高呼：“把他的络腮胡子刮掉！”理发师不知所措，一失手，真把胡子刮掉一块。这时候，郑先生大笑，旁边的人也陪着哄笑。然而芝生先生只是微微一笑，神色不变，可见先生的大度包容的气概。《世说新语》载：“王子猷、子敬曾俱坐一室，上忽发火。子猷遽走避，不惶取屐。子敬神色恬然，徐唤左右，扶凭而出，不异平常。世以此定二王神宇。”芝生先生的神宇有点近似子敬。

上面举的只是一件微末小事。但是由小可以见大。总之，我们的代表团就是在这种熟悉而不亵渎、亲切而互相尊重的气氛中，共同生活了半年。我得以认识芝生先生，也是在一段时期内的事。屈指算来，到现在也近四十年了。

对于芝生先生的专门研究领域，中国哲学史，我几乎完全是一个门外汉，不敢胡言乱语。但是他治中国哲学史的那种坚韧不拔的精神，我却是能体会到的，而且是十分敬佩的。为了这一门学问，他不知遭受了多少批判。他提倡的道德抽象继承论，也同样受到严厉的诡辩式的批判。但是，他能同时在几条战线上应战，并没有被压垮。他坚持真理，修正错误，不惜以今日之我非昨日之我，经常在修订他的《中国哲学史》，我说不清已经修订过多少次了。我相信，倘若能活到一百零八岁，他仍然是要继续修订的。只是这一点精神，难道还不值得我们认真学习吗？

芝生先生走过了九十五年的漫长的人生道路。九十五岁几乎等于一个世纪。自从公元建立后，至今还不到二十个世纪。芝生先生活了公元的二十分之一，时间够长的了。他一生经历了清代、民国、洪宪、军阀混乱、国民党统治、抗日战争，一直迎来了解放。道路并不总是平坦的，有阳关大道，也有独木小桥，曲曲折折，坎坎坷坷。然而芝生先生以他那奇特的乐观精神和适应能力，不断追求真理，追求光明，忠诚于自己的学术事业，热爱祖国，热爱祖国的传统文化，终于走完了人生长途，仰不愧于天，俯不怍于地。我们可以说是他晚节善终，大节不亏。他走了一条中国老知识分子应该走的道路。在他身上，我们是可以学习到很多东西的。

芝生先生！你完成了人生的义务，掷笔去逝，把无限的怀思留给了我们。

芝生先生！你度过漫长疲劳的一生，现在是应该休息的时候了。你永远休息吧！

1990年12月3日

# 记周培源先生

如果论资排辈，周培源先生应该算是我的老师。说话为什么这样绕弯子呢？原因是，我于1930年考入清华大学，当时周先生是清华教授。但是，我学的是西洋文学系，而周先生则是物理教授，并无任何接触。只是有时在校园中林荫路上看到周先生伉俪走过而已。当时教授在社会上地位极高，待遇优厚，而且进可以官，退可以学。在我们青年学生眼中，望之如神仙中人。

一直到1952年院系调整，清华理科归入北大，周先生自国外归来，参加了北大的工作。间有机会同他一起开会。但仍然由于行当不同，而从无过从。我对周先生的了解同二十多年以前相比，增加得微乎其微。不过，从他的言谈举止中，从别人对他的评论中，我渐渐发现，周先生其实是一个很有个性，很有骨气，很有正义感，能明辨大是大非的人，一个一身正气，两袖清风的人。

我真正认识周先生是在一个非常不正常的情况下，是在十年浩劫中。浩劫开始时一阵混乱过后，"群众组织"逐渐合并成两大派，这与全国形势是完全相适应的。两大派一个叫所谓"天派"，一个叫所谓"地派"。北大的两大派的名称是"新北大公社"（天）和"井冈山"（地）。从整个运动过程来看，这两大派都搞打砸抢，都乱抓无辜，都压迫真正的群众，真正是难兄难弟，枣木球一对，无法评论其是非优劣。但是从北大的具体情况来看，领导新北大公社的是那一位臭名昭著的"老佛爷"，打出江青的旗号，横行霸道，炙手可热。她掌握了全校的行政财政大权，迫害异己。我与此人打过多年交道，深知她不学无术，语无伦次，然而却心狠手辣，想要反对她，需要有一点牺牲精神。

我在运动初期不可避免地被打成“反动学术权威”。经过了一阵阵的惊涛骇浪，算是平安地过了关。虽然仍然被工作组划在“临界线”上，但究竟属于人民内部，满可以逍遥自在了。

但我是一个颇爱打点抱不平的人；虽然做不到“路见不平，拔刀相助”的程度，有时候也抑制不住自己，惹点小乱子。对于这一位“老佛爷”的所作所为，我觉得它不符合“毛主席的革命路线”。其实我也并不真懂什么是“革命路线”。我只觉得她对群众的态度不对头。于是我便有点“蠢蠢欲动”了。

出乎我的意料，又似乎是在意料之内，周培源先生也挺身而出，而且干脆参加了反“老佛爷”的组织，并且成为领导成员。在这期间，我一次也没有在私下见过周先生。他为什么这样做，我毫无所知。只记得北大两大派在大饭厅（今天的大讲堂）中举行过一次公开的辩论，两派的领导都坐在讲台上。周先生也俨然坐在那里，而且还发了言。他的岁数最大，地位最高，以一个白发盈颠的老人，同一群后生坐在一起，颇有点滑稽。然而我心里却是充满了敬意的：周先生的一身正气在这里流露得淋漓尽致。后来，“老佛爷”大概对周先生这样一位有威望的教授起来反对自己极为不安。于是唆使亲信对周先生大肆攻击。十年浩劫中对立派之间罗织罪名，耍弄刀笔，达到了惊人的程度，这是大家都知道的事实。“老佛爷”对周先生当然更是施出了全身解数，诬陷污蔑。我得知，周先生参加的组织竟也为周先生立了专案组，调查他的一生行动。我当时真感到心里不是滋味。此事周先生恐怕至今也不知道。我在这里不想责怪任何人。大家都是在形势所迫下进行思考，进行活动的。

我呢，我也上了牛劲，终于经过长期的反复的考虑与观察，抱着“粉身碎骨在所不辞”的决心，“自己跳了出来”，也参加了那个反“老佛爷”的组织。这一跳不打紧，一跳就跳进了牛棚，几乎把老命给赔上。

有一天，我奉到牢头禁子（官名叫“监改人员”）之命，不要我出去参加劳动，要我在棚里等候批斗，不是主角，是“陪斗”，等于旧社会的“陪绑”，是一种十分残酷的刑罚。对于被批斗，尽管我已是“老手”，什么呼口号，喊“打倒”，发言批判，满嘴捏造，我能够坐在“喷气式”上置若罔闻；但是，坐“喷气式”，挨耳光，拳打脚踢，有时被打得鼻青脸肿，有人往脸上唾而又唾面自干，我却还真有点不寒而栗。当牢头禁子，带着满嘴的“国骂”向我下达命令时，我心里真有点哆嗦。我已失去一切自由，连活着的自由在内，我只有低头应命，如坐针毡似地等在牛棚里。

但是，一直到中午，也没有人来押解我。后来，有的难友悄悄告诉我说，“老佛爷”夜里抄了周先生的家——尽管周先生是中央明令要保护的人，“老佛爷”也胆敢违抗——，周先生大概事前得到消息，躲到什么地方去了，没有被“揪”住。“老佛爷”的如意算盘是，揪住以后，大规模批斗，知道我同周先生的关系，才让我陪斗。我真有点后怕，如果当时周先生真被“揪”住，批斗起来，其声势之猛烈，概可想见了。在当天下午被押解着出来劳动时，我看到地上、墙上写满了“打倒猪配猿”一类的口号，想见“老佛爷”等辈咬牙切齿之状。

浩劫的风暴逐渐平静。我听说，中央某一个领导人向周先生提了意见，周先生在某一个场合做了点自我批评。这可能只是传闻，确否我不敢说。至于我，没有什么人提出意见，我不想在这方面做什么检查。我一生做的事自己满意的不多。我拼着老命反“老佛爷”一事，是我最满意的事情之一，它证明我还是一个有正义感的人，不是一个贪生怕死的胆小鬼。

风暴过后，我同周先生的接触多了。我们从来没谈过我上面说的那些事情。过去的就让它过去吧！但是，周先生的一身正气，两袖清风的风范却日益引起我的敬佩，是我一生学习的好榜样。

前两年，周先生曾重病过一次。然而却奇迹般地恢复了健康，又忙忙碌碌地从事各种活动了。我现在借用冯友兰先生的两句话来为周培源先生祝愿："何止于米，相期以茶！"

1991年10月5日

# 诗人兼学者的冯至（君培）先生

君培先生一向只承认自己是诗人，不是学者。但是众多的师友和学生，也包括我在内，却认为他既是诗人，也是学者。他把这两种多少有点矛盾的行当融汇于一身，而且达到了高度统一与和谐的境界。

他的抒情诗曾受到鲁迅先生的赞扬。可惜我对于新诗，虽然已经读了六十多年，却自愧缺少这方面的细胞，至今仍然处在幼儿园阶段，更谈不到登堂入室。因此，对冯先生的新诗，我不敢赞一词。

可是为什么我也认为他是诗人呢？我根据的是他的抒情散文。散文，过去也一度被称作小品文，英国的所谓Familiar essay，就是这种东西。这个文学品种，同诗歌、小说、戏剧一样，也是国际性的。但又与后三者不完全相同。并不是每一个文学大国散文都很发达。过去，一讲到散文，首先讲英国，其次算是法国。这个说法基本上是正确的。英国确实出了不少的散文大家，比如兰姆（Ch. Lamb），G. 辛吉（G. Gissing），鸦片烟鬼德·昆西（De Quincey）等等，近代还出了像切斯特顿（Chesterton）等这样的散文作家，灿如列星，辉耀文坛。在法国，蒙田是大家都熟悉的散文大家。至于德国、俄国等文学大国，散文作家则非常稀见。我个人认为，这恐怕与民族气质和思维方式有关。兹事体大，这里不详细讨论了。

我只想指出一点，过去一讲到散文，开口必言英国的中外学者们，忘记了一个事实：中国实际上是世界上最大的散文大国。他们五体投地、诚惶诚恐地匍匐在英国散文脚下，望穿秋水，把目光转向英国。却忘记了，远在天边，近在眼前，居散文魁首地位者非中国莫属。

中国旧日把一切典籍分为四类：经、史、子、集。经里面散文比较少见；史里面则大量存在，司马迁是最著名的例子；子几乎全属于散文范畴；集比起子来更有过之。我们平常所说的“唐宋八大家”，明朝末年的公安派和竟陵派，清朝的桐城派，等等，都是地地道道的散文。我们读过的《古文辞类纂》、《古文观止》等等，不都是散文吗？不但抒情和写景的文章属于散文，连一些议论文，比如韩愈的《论佛骨表》、苏轼的《范增论》、《留侯论》以及苏洵的《辨奸论》等等，都必须归入散文范畴，里面弥漫着相当浓厚的抒情气息。我们童而习之，至今尚能成诵。可是，对我来说，一直到了接近耄耋之年，才仿佛受到“天启”，豁然开朗：这不是散文又是什么呢？古诗说：“踏破铁鞋无觅处，得来全不费工夫，”岂是之谓欤？

因此，我说：中国是世界的散文大国。

而冯至先生的散文，同中国近代许多优秀的散文大家的作品一样——诸如鲁迅、郁达夫、冰心、朱自清、矛盾、叶圣陶、杨朔、巴金等的散文，是继承了中国优秀散文传统的。里面当然也有西方散文的影响，在欧风美雨剧烈的震动下，不这样也是不可能的。但其基调以及神情韵味等，则是中国的。恐怕没有人能够完全否认这一点。在这一点上，中国近代的散文，同诗歌、小说、戏剧完全不一样，其中国味是颇为浓烈的。后三者受西方影响十分显著。

试以茅盾、巴金等的长篇而论，它们从形式上来看，是同《红楼梦》接近呢，还是类似《战争与和平》？明眼人一望便知，几乎没有争辩的余地。至于曹禺的戏剧，更在形式上与易卜生毫无二致，这也是一个无可争辩的事实。我这一番话丝毫没有价值衡量的意味，我并不想说孰是孰非，孰高孰低，我只不过指出一个事实而已。但是，散文却与此迥乎不同。读了英国散文家的作品，再读上面谈到的那几位中国散文家的作品，立刻就会感到韵味不同。在外国，只有日本的散文颇有中国韵味。这大概同日本接受中国文学的影响，特别是中国禅宗哲学的影响是分不开的。

中国散文已经有了几千年的历史传统，各种不同的风格，各种不同的流派，纷然杂陈。中国历代的散文文苑，花团锦簇，姹紫嫣红，赛过三春的锦绣家园。但是，不管风格多么不同，却有一点是共同的：所有散文家都不是率尔而作，他们写作都是异常认真的，简练揣摩，惨淡经营，造词遣句，谋篇布局，起头结尾，中间段落，无不精心推敲，慎重下笔。这情景在中国旧笔记里有不少的记载。宋朝欧阳修写《昼锦堂记》，对于开头几句，再三斟酌，写完后派人送走，忽觉不妥，又派人快马加鞭，追了回来，重新改写，是有名的例子。

我个人常常琢磨这个问题。我觉得，中国散文最突出的特点是同优秀的抒情诗一样，讲究含蓄，讲究蕴藉，讲究意境，讲究神韵，言有尽而意无穷，也可以用羚羊挂角来作比喻。借用印度古代文艺理论家的话来说就是，没有说出来的比已经说出来的更为重要，更耐人寻味。倘若仔细分析一下近代中国散文家的优秀作品，这些特点都是有的，无一不能与我的想法相印证。这些都是来自中国传统，这一点是不容置疑的。可惜，我还没有看到过这样分析中国散文的文章。有人侈谈，散文的核心精神就在一个“散”字上，换句话说就是，愿意怎样写就怎样写，不愿意写下去了，就立刻打住。这如果不是英雄欺人，也是隔靴搔痒，没搔到痒处。在我们散文文坛上，确有这样的文章，恕我老朽愚钝，我期期以为不可。古人确实有一些读之行云流水的文章，但那绝非轻率从事，而是长期锻炼臻入化境的结果。我不懂文章三昧，只不过如此感觉；但是，我相信，我的感觉是靠得住的。

冯至先生的散文，我觉得，就是继承了中国优秀传统的。不能说其中没有一点西方的影响，但是根底却是中国传统。我每读他的散文，上面说的那些特点都能感觉到，含蓄、飘逸、简明、生动，而且诗意盎然，读之如食橄榄，余味无穷，三日口香。有一次，我同君培先生谈到《儒林外史》，他赞不绝口，同我的看法完全一样。《儒林外史》完全用白描的手法，语言简洁鲜明，讽刺不露声色，惜墨如金，而描绘入木三分，实为中国散文（就体裁来说，它是小说；就个别片段来说，它又是散文）之上品。以冯先生这样一个作家而喜爱《儒林外史》完全是顺理成章的。

总之，我认为冯先生的散文实际上就是抒情诗，是同他的抒情诗一脉相通的。中国诗坛的情况，我不清楚；从下面往上瞥了一眼，不甚了了。散文坛上的情况，多少知道一点。在这座坛上，冯先生卓然成家，同他比肩的散文作家没有几个，他也是我最喜欢的近代散文作家之一。可惜的是，像我现在这样来衡量他的散文的文章，还没有读到过，不能不说是一件憾事了。

对作为学者的君培先生，我也有我个人的看法。我认为，在他身上，作为学者和作为诗人是密不可分的。过去和现在都有专门的诗人和专门的学者，身兼二者又达到相当高的水平的人，却并不多见。冯先生就是这样一个人。作为学者，他仍然饱含诗人气质。这一点在他的研究选题上就充分显露出来。他研究中西两方面的文学，研究对象都是诗人：在中国是唐代大诗人杜甫，在欧洲是德国大诗人歌德，旁及近代优秀抒情诗人里尔克（Rilke）。诗人之外，除了偶尔涉及文艺理论外，很少写其他方面的文章。这一个非常简单明了的事实，非常值得人们去参悟。研究中外诗人当然免不了要分析时代背景，分析思想内容，这样的工作难免沾染点学究气。这些工作都诉诸人们的理智，而非人们的感情，摆脱学究气并不容易。可是冯先生却能做到这一点。他以诗人研究诗人，研究仿佛就成了创作，他深入研究对象的灵魂，他能看到或本能地领悟到其他学者们看不到更领悟不到的东西，而又能以生花妙笔著成文章，同那些枯涩僵硬的高头讲章迥异其趣，学术论著本身就仿佛成了文学创作，诗意弥漫，笔端常带感情。读这样的文学论著，同读文学作品一样，简直是一种美的享受。

因此，我说，冯至先生是诗人又兼学者，或学者又兼诗人，他把这二者熔于一体。

至于冯至先生的为人，我又想说：诗人、学者、为人三位一体。中国人常说："文如其人。"这两句话应用到君培先生身上，都是恰如其分的。我确实认为，冯先生是人文难分。他为人一向淳朴、正直、坦荡、忠实，待人以诚，心口如一。我简直无法想象会有谎言从他嘴里流出来，他说话从不夸大，也不花哨；即之也温，总给人以实事求是的印象，而且几十年如一日，真可谓始终如一了。

君培先生长我六岁。我们都是搞德文起家，后来我转了向，他却一直坚持不懈。在国内，我们虽然不是一个大学，但是我们的启蒙老师却是一个人。他就是二三十年代北大德文系主任，同时又兼任清华的德文教授。因此，我们可以说是有同门之谊，我们是朋友。但是，我一向钦佩君培先生的学识，更仰慕其为人，我总把他当老师看待；因此，也可以说是师生。我在这里想借用陈寅恪师的一句诗："风义生平师友间。"我们相交近五十年了。解放后，在一起开过无数次的会，在各种五花八门的场合下，我们聚首畅谈，我们应该说是彼此互相了解的。给我印象最深的是他套用李后主的词口吟的两句词："春花秋月何时了，开会知多少？"我听了以后，捧腹大笑，我的第一个想法就是：实获我心！有不少次开会，我们同住一个房间，上天下地，无所不谈。这更增强了我们彼此的了解。总之，一句话：在将近半个世纪内，我们相处得极为融洽。

君培先生八十五岁了。在过去，这已经是了不起的高寿，古人不是说"人生七十古来稀"吗？但是，到了今天，时移世转，应该改一个提法："人生九十今不稀。"这样才符合实际情况。我们现在祝人高寿，常说："长命百岁！"我想，这个说法不恰当。从前说"长命百岁"，是表示期望。今天再说，就成了限制。人们为什么不能活过百岁呢？只说百岁，不是限制又是什么呢？因此，我现在祝君培先生高寿，不再说什么"长命百岁"，意思就是对他的寿限不加限制。我相信，他还能写出一些优秀的文章来的。我也相信而且期望他能活过这个限制期限。

1990年4月22日写完

# 哭冯至先生

对我来说，真像是晴空一声霹雳：冯至先生走了，永远永远地走了。

要说我一点都没有想到，也不是的。他毕竟已是达到了米寿高龄的人了。但是，仅仅在一个多月以前，我去看过他。我看他身体和精神都很好，心中暗暗欣慰。他告诉我说，他不大喜欢有一些人去拜访他。但我是例外。他再三想把我留住。情真意切，见于辞色。可是我还有别的事，下了狠心辞别。我同他约好，待到春暖花开之时，接他到燕园里住上几天，会一会老朋友，在园子里漫游一番，赏一赏他似曾相识的花草树木。我哪里会想到，这是我们长达半个多世纪的友谊的最后一次谈话。如果我当时意识到的话，就是天大的事，我也会推掉的，陪他谈上几个小时，可是我离开了他。如今一切都成为过去。晚了，晚了，悔之晚矣！我将抱恨终天了！

我认识冯至先生的过程，现在回想起来，仿佛已经成了历史。他长我六岁，我们不可能是同学，因此在国内没有见过面。当我到德国去的时候，他已经离开那里，因此在国外也没有能见面。但是，我在大学念书的时候，就读过他的抒情诗，对那一些形神俱臻绝妙的诗句，我无限向往，无比喜爱。鲁迅先生赞誉他为中国最优秀的抒情诗人，我始终认为这是至理名言。因此，对抒情诗人的冯至先生，我真是心仪已久了。

但是，一直到1946年，我们才见了面。这时，我从德国回来，在北京大学东语系任教，冯先生在西语系，两系的办公室紧挨着，见面的机会就多了。

在这期间，给我留下印象最深的，不是北大的北楼，而是中德学会所在地，一所三进或四进的大四合院。这里房屋建筑，古色古香。虽无曲径通幽之趣，但回廊重门也自有奇趣。院子很深，"庭院深深深几许"，把市声都阻挡在大门外面，院子里静如古寺，一走进来，就让人觉得幽寂怡性。冯至先生同我，还有一些别的人，在这里开过许多次会。我在这里遇到了许多人，比如毕华德、张星烺、袁同礼、向达等等，现在都已作古。但是，对这一段时间的回忆，却永远不会消逝。

很快就到了1948年冬天，解放军把北京团团围住。北大一些教授，其中也有冯先生，在沙滩孑民堂里庆祝校庆，城外炮声隆隆，大家不无幽默地说，这是助庆的鞭炮。可见大家并没有身处危城中的恐慌感，反而有所期望，有所寄托。校长胡适乘飞机仓皇逃走，只有几个教授与他同命运，共进退。其余的都留下了，等待解放军进城。冯先生就是其中之一。

过去，我常常想，也常常说，对中国旧社会的知识分子来说，解放是一场严峻的考验，是大节亏与不亏的考验。在这一点上说，冯至先生是大节不亏的。但是我想做一点补充或者修正。由于政治信念不同，当时离开大陆的也不见得都是大节有亏的。在这里，标准只有一个，就是看他爱不爱国。只要爱我们伟大的祖国，呆在哪里，都无亏大节。爱国无分先后，革命不计迟早。这是我现在的想法。

总之，在这考验的关头，冯至先生留下来了，我也留下来了，许许多多的教授都留下来了。我们共同度过一段欢喜、激动、兴奋、甜美的日子。

跟着来的是长达四十年的漫长的开会时期。记得五十年代在一次会上，周扬同志笑着对我们说："国民党的税多，共产党的会多。"冯至先生也套李后主的词说："春花秋月何时了？开会知多少！"他们二位并没有什么恶意，但是从他们的苦笑中也可以体会出一点苦味，难道不是这样吗？

幸乎？不幸乎？他们两位的话并没有错，在我同冯至先生长达四十多年的友谊中，我对他的回忆，几乎都同开会联在一起。

常言道："时势造英雄。"解放这一个时势，不久就把冯至先生和我都造成了"英雄"。不知怎样一来，我们俩都成了"社会活动家"，甚至"国际活动家"，都成了奔走于国内外的开会的"英雄"。我是一个性格内向的人，最怕同别人打交道。我看，冯先生同我也是"伯仲之间见伊吕"，他根本不是一个交际家。如果他真正乐此不疲的话，他就不会套用李后主的词来说"怪话"。这一点是用不着怀疑的。

开会之所以多，就是因为解放后集会结社，名目繁多。什么这学会，那协会；这理事会，那委员会；这人民代表大会，那政治协商会议，种种称号，不一而足。冯先生和我既然都是"社会活动家"，那就必须"活动"。又因为我们两个的行当有点接近，在社会上所处的地位，又有点相似，因此就经常"活动"到一起来了。我有时候胡思乱想：冯先生和我如果不是"社会活动家"的话，我们见面的机会就会减少百分之八九十，我们的友谊就会向另外一个方向发展了。仅仅为了这一点，我也要感谢“会多”。

我们俩共同参加的会，无法一一列举，仅举其荦荦大者，就有《世界文学》编委会，中国作家协会，全国人民代表大会，国务院学位委员会，《中国大百科全书·外国文学》卷编委会，中国外国文学研究会，中国社会科学院文学研究所学术委员会，外国文学研究所学术委员会，等等，等等。我们的友谊就贯穿在这些五花八门的会中，我的回忆也贯穿在这些五花八门的会中。

我不能忘记那奇妙的莫干山。有一年，《中国大百科全书·外国文学》卷编委会在这里召开。冯先生是这一卷的主编，我是副主编，我们俩都参加了。莫干山以竹名，声震神州。我这个向来不作诗的“非诗人”，忽然得到了灵感，居然写了四句所谓“诗”：“莫干竹世界，遍山绿琅玕。仰观添个个，俯视惟团团。”可见竹子给我的印象之深。在紧张地审稿之余，我同冯先生有时候也到山上去走走。白天踏着浓密的竹影，月夜走到仿佛能摸出绿色的幽篁里；有时候在细雨中，有时候在夕阳下。我们随意谈着话，有的与审稿有关，有的是上天下地，无所不谈。

这一段回忆是美妙绝伦的，终生难忘。

我不能忘记那令人发思古之幽情的西安丈八沟国宾馆。西安是中国古代几个朝代的都会，到了唐代，西安简直成了全世界的文化、政治和经济的中心，大量的外国人住在那里。唐代诗歌又是中国文学史上的一个黄金时期的产品。今天到了西安，只要稍一留意，就会到处都是唐诗的遗迹。谁到了灞桥，到了渭水，到了那一些什么“原”，不会立刻就联想到唐代许多脍炙人口的诗句呢？西安简直是一座诗歌的城市，一座历史传说的城市，一座立即让人发思古之幽情的城市。丈八沟这地方，杜甫诗中曾提到过。冯至先生个人是诗人，又是研究杜甫诗歌的专家。他到了西安，特别是到了丈八沟，大概体会和感受应该比别人更多吧。我们这一次是来参加中国外国文学研究会的年会的。工作也是颇为紧张的。但是，同在莫干山一样，在紧张之余，我们也间或在这秀丽幽静的宾馆里散一散步。这里也有茂林修竹，荷塘小溪。林中，池畔，修竹下，繁花旁，留下了我们的足踪。这一段回忆是美妙绝伦的，终生难忘。

够了，够了。往事如云如烟。像这样不能忘记的回忆，真是太多太多了。像这些不能忘记的地方和事情也真是太多太多了，多到我的脑袋好像就要爆裂的程度。现在，对我来说，每一个这样的回忆，每一件这样的事情，都仿佛成了一首耐人寻味的抒情诗。

所有这一些抒情诗都是围绕着一个人而展现的，这个人就是冯至先生。

在长达半个多世纪的友谊中，我们虽为朋友，我心中始终把他当老师来看待。借用先师陈寅恪先生的一句诗，就是“风义平生师友间”。经过这样长时间的亲身感受，我发现冯先生是一个非常可爱，非常可亲近的人。他淳朴，诚恳，不会说谎，不会虚伪，不会吹牛，不会拍马，待人以诚，同他相处，使人如坐春风中。我从来没有见他发过脾气。前几天，我到医院去看他的时候，他女儿姚平告诉我说，有时候她爸爸在胸中郁积了一腔悲愤，一腔不悦。女儿说：“你发一发脾气嘛！一发不就舒服了吗？”他苦笑着说：“你叫我怎样学会发脾气呢？”

冯至先生就是这样一个平凡而又奇特，这样一个貌似平凡实为不平凡的人。

古人说："人生得一知己，足矣。"我生性内向，懒于应对进退，怯于待人接物。但是，在八十多年的生命中，也有几个知己。我个人认为，冯至先生就是其中之一。在漫长的开会历程中，有多次我们住在一间屋中。我们几乎是无话不谈，对时事，对人物，对社会风习，对艺坛奇闻，我们的意见完全一致，几乎没有丝毫分歧。我们谈话，从来用不着设防。我们直抒胸臆，尽兴而谈。自以为人生幸福，莫大于此。我们的友谊之所以历久不衰，而且与时俱增，原因当然就在这里。

两年前，我的朋友和学生一定要为我庆祝八十诞辰。我提出来了一个条件：凡是年长于我的师友，一律不通知，不邀请。冯先生当然是在这范围以内的。然而，到了开会的那一天，大会就要开始时，冯先生却以耄耋之年，跋涉长途，从东郊来到西郊，来向我表示祝贺。我坐在主席台上，瞥见他由人搀扶着走进会场，我一时目瞪口呆，万感交集，我连忙跳下台阶，双手扶他上来。他讲了许多鼓励的话，优美得像一首抒情诗。全场四五百人掌声雷动，可见他的话拨动了听众的心弦。此情此景，我终生难忘。那一次会上，还来了许多年长于我或少幼于我的老朋友，比如吴组缃（他是坐着轮椅赶来的）、许国璋等等，情谊深重，连同所有的到会的友人，包括我家乡聊城和临清的旧雨新交，我都终生难忘。我是一个拙于表达但在内心深处极重感情的人。我所有的朋友对我这样情深意厚的表示，在我这貌似花样繁多而实单调、貌似顺畅而实坎坷的生命上，涂上了一层富有生机，富于情谊的色彩，我哪里能够忘记呢？

近几年来，我运交华盖，连遭家属和好友的丧事。人到老年，旧戚老友，宛如三秋树叶，删繁就简，是自然的事。但是，就我个人来说，几年之内，连遭大故，造物主——如果真有的话——不也太残酷了吗？我哭过我们全家敬爱的老祖，我哭过我的亲生骨肉婉如，我哭过从清华大学就开始成为朋友的乔木。我哪里会想到，现在又轮到我来哭冯至先生！“白发人哭黑发人”固然是人生之至痛。但“白发人哭白发人”，不也是同样地惨痛吗？我觉得，人们的眼泪不可能像江上之清风与山间之明月，取之不尽用之不竭。几年下来，我的泪库已经干涸了，再没有眼泪供我提取了。

然而，事实上却不是这样，完全不是这样。前几天，在医院里，我见了冯先生最后一面。他虽然还活着，然而已经不能睁眼，不能说话。我顿感，毕生知己又弱一个。我坐在会客室里，泪如泉涌，我准备放声一哭。他的女儿姚平连声说：“季伯伯！你不要难过！”我调动起来了自己所有剩余的理智力量，硬是把痛哭压了下去。脸上还装出笑容，甚至在泪光中做出笑脸。只有我一个人知道：我的泪都流到肚子里去了。为了冯至先生，我愿意把自己泪库中的泪一次提光，使它成为我一生中最后的一次痛哭。

呜呼！今生已矣。如果真有一个来生，那会有多么好。

1993年2月24日

# 寿作人

我收到了江苏文艺出版社张昌华先生的来信，里面讲到老友吴作人教授最近的情况。为了存真起见，我索性抄一段原信：

那日下午，我们应约到吴作人先生家，为他拍照。他已中风，较严重。萧先生说他对以前的事记得清楚，对目下的事过目皆忘。有一件事，当时我十分激动，想立即告诉您的。那日，为吴先生拍过照以后，请他签名。我们把签名册送到他手中，我一页页翻过。当见到您签的那页时，十分激动，用手指着您的签字直抖，双唇颤抖，眼睛含着泪花。他执笔非要签在您的名字旁，萧夫人怕他弄损了您的签字不好制版，请他在另一页上签，他固执不肯，样子十分生气。最后还是在另页上签了，但十分令人悲伤，也十分令人感动。悲伤的是一代美术大师连自己的名字也签不起来了（想不出），尽管萧夫人再次提醒，他写不出自己的名字，倒写了一堆介乎美术线条的草字。杂乱，但十分清楚可辨的是您的“林”字。我想大概当时他完全沉浸在对您的美好回忆中。我可揣测，你们之间一定有着十分感人的友谊。而且，写着写着，他流了泪。他的签名始终没有完成。最后萧夫人用一张他病中精神状态好时签在一张二寸长纸条上的名字。我们为此十分激动、感动。

读了这一段信，我的心颤抖起来。难道还有人看了这样发自内心的真挚的行动而不受感动的吗？何况我又是一个当事人！我可万万没有想到，分别还不过一两年，老友作人兄竟病到这个样子。我也流了泪。

我为老友祝福，祝他早日康复！

回想起来，我同作人兄相交已经将近半个世纪了。解放前夕，不是在1947年，就是在1948年，当时我已到北京大学来工作，学校还在沙滩。我筹办了一个印度伟大诗人泰戈尔的画展，地点在孑民堂。因为大画家徐悲鸿先生曾在印度泰戈尔创立的国际大学呆过，而且给泰翁画了那一幅有名的像。所以我就求助于悲鸿先生。徐先生非常热心，借画给我，并亲自到北大来指导。偕同他来的有徐夫人廖静文女士，还有作人兄。

这是我同作人第一次见面，他留给我非常美好的印象。当时我们都还年轻。我只有三十六七岁，作人也不过这个年龄，都正是风华正茂的时候。关于他的大名，我却早已听说过了。我对绘画完全外行。据内行人说，中国人学习西洋的油画，大都是学而不像；真正像的，中国只有一人，这就是吴作人。这话有多大根据，我实在说不上来。但是作人却因此在我眼中成了传奇人物。当我同这一位传奇人物面对面站在一起的时候，我用好奇的眼光打量他，只见他身材颇为魁梧，威仪俨然，不像江南水乡人物。他沉默寡言，然而待人接物却是诚挚而淳朴。

从此以后，在无言中我们就成了朋友。

忘记了准确的时间，可能是在解放初期，我忽然对藏画发生了兴趣。我虽然初出茅庐，但野心颇大：不收齐白石以下的作品。我于是请作人代我买几张白石翁的作品。他立即以内行的身份问我："有人名的行不行？"当时收藏家有一种偏见，如果画上写着受赠者的名字，则不如没有写名的值钱。我觉得这个偏见十分可笑，立即答道："我不在乎。"作人认识白石翁，他买的画决不会是赝品。过了不久，他就通知我：画已经买到。我连忙赶到他在建国门内离开古观象台不远的老房子里去取画。大概有四五张之多，依稀记得付了约相当于以后人民币三十元的价钱。这几张画成了我藏画的起点。

此后不久，在1951年，作人和我同时奉派参加解放后第一个大型的出国代表团：中国文化代表团，赴印度和缅甸访问。代表团规模极大，团员文理兼备，大都是在某一方面有代表性的学者和艺术家，其中颇不乏非常知名的人物，比如郑振铎、冯友兰等等。我们从1951年春天开始筹备，到1952年1月24日完成任务回国，前后共有八九个月。我几乎天天都同作人在一起。我们曾在故宫里面一个大殿里布置了规模极大的出国图片展览，请周恩来总理亲临审查。我们团员每一个人几乎都参加工作，参加劳动，大家兴致很高。我同作人，年纪虽轻，都是从旧社会走过来的。当时我们看什么东西都是玫瑰色的，都是光辉灿烂的。我们都怀着一种只可意会，不可言传的，既兴奋，又愉快，既骄健，又闲逸的，飘飘然的感觉，天天仿佛在云端里过日子。

1951年9月20日，我们从北京乘火车出发，在广州停留了一段时间，然后到香港，乘轮船先到缅甸仰光，只停留了极短的时间，就乘飞机抵印度加尔各答，开始了对印度的正式访问。在印度呆了约六周，东西南北中的大城市以及佛教圣迹，无不遍访，一直到了亚洲大陆最南端的科摩林海角，在印度洋里游泳。最后又回到缅甸，进行正式访问。1952年1月10日乘船返抵香港。1月24日回到北京，完成了一个大循环。

那一种飘飘然的感觉，始终伴随着我。在海外的时候，更像是在云端里过日子了。

往事如云如烟。现在回忆起来，有的地方清晰，有的地方就比较模糊。我现在仿佛是面对着黄山的云海。我同作人兄在这长达八九个月中相处的回忆，就像云海中迷茫的白云，一片茫然；但是，在某一些地方，在一片迷茫中又露出了黑色的山头，黑白相对照，特别引人注目。

这样的山头，最突出的有两个：一在印度的科钦；一在缅甸的东枝。

说起科钦，真是大大地有名。这个地方，我们古书上称之为柯枝，是印度西海岸上的一个自古以来就著名的港口。在历史上就同中国有过来往。我国明代的大航海家郑和也曾到过这里。这一座港口城市很小很小，但到处留有中国的痕迹。房屋建筑的山墙，据印度主人说，是中国式的。连海里捕鱼的网也据说是来自中国。博物馆里陈列着大量的中国明代的青花瓷盘和瓷碗，闪耀着青白色的历史的光辉。中国人来到此处，处处引发思古之幽情，不是很自然的吗？

我们到了以后，城市很快就参观完毕。一天早晨，主人安排我们乘小轮游览海港。此时旭日初升，海波不兴。我们分乘几艘小轮，向大海驶去。“纵一苇之所如，凌万顷之茫然”，我们在海湾里兜开了圈子。遥想当年郑和率水师，不远万里，来到此处，为中印两国人民架起了一座友谊的金桥。千百年来，连绵未断。今天我们又来到此处。此时我们真是心潮澎湃，意气风发。我们一路上唱的一首当时风靡全国的歌又自然而然地涌出我们的喉咙：“五星红旗迎风飘扬，胜利的歌声多么响亮！”那令人欢欣鼓舞的内容，回还往复的旋律，宛如眼前海中的波涛，一波未平，一波又起，连绵起伏，永无止境。眼前景色如此，我们仿佛前能见古人，后能想来者，天地毫不悠悠，生趣就在眼前。情与景会，歌声愈唱愈高，水天汪洋，大海茫茫，我们仿佛成了主沉浮的宇宙之主了。在唱的过程中，我注意到，作人唱的同我们有时有点区别，声音低沉。我好奇地问了他一声。他说这是二重唱的合音。我恍然又增添了一点见识。

我们都返老还童，飘飘然仿佛在云端里过日子。

缅甸的东枝，是一个同印度科钦迥异其趣的地方。此地既无大海，也无大山。但是林泉秀美，花木扶疏，大地上一片浓碧，现在向记忆里去搜寻东枝，竟无一点黄色的影子；唯一的例外是那些在万绿丛中闪着黄光的小星星，这是橘园中悬挂在枝头的橘柑，它吸引住了人们的目光。东枝最著名的地方当属茵莱湖。此湖不但名显缅甸，而且蜚声全球，因为她有一些非常特殊的地方。她是一个长达百里的狭长的淡水湖。湖中所有的岛都是“浮岛”，就是飘浮在湖面上能够活动的岛。岛是人工制造成的。人们在飘浮在水面上的苇丛上撒上土。过一段时间，苇丛受压下沉，上面又长出了新的芦苇，于是再在上面撒上土。如此，一而再，再而三，年深日久，面积越来越大，体积越来越沉，就形成了浮岛。在大的浮岛上可以修建木楼，木楼连接，成了水村。村中有工厂，有商店，当然也有住宅，村村相联，形成水城。居民往来，皆乘小船。此地划船姿势为世界他处所不见。舟子站在船头，用一只脚来划船，行驶颇速。居民很少登陆，死后抛尸水中。据说此地的居民是不吃鱼的，因为鱼是吃死尸长大的。

在这样童话王国般的环境里，我们参观任务不重，悠闲自在，遗世而独立，颇多聊天的机会。我和作人常常坐对橘园，信口闲聊，上天下地，海阔天空，没有主题，而兴趣盎然。

我们又飘飘然，仿佛在云端过日子。

回国以后，各有各的工作岗位，见面的机会就很少了。我曾多次讲到过，我有一个最大的缺点，就是不乐意拜访人。我由此而对我一些最尊的师友抱憾者屡屡矣。对于作人，我也蹈了这个覆辙。幸而在若干年前，我们同参加全国人大常委会，呆了五年。常委会的会是非常多的，每两月我们必能见面一次。可惜没能找出时间，像在印度和缅甸那样，晤对闲聊。在这期间，他曾亲临寒舍，带给我一册影印的他同夫人萧淑芳女士的画册。此情此谊，至今难忘。可我哪里会想到睽别时间不长，他竟中了风，艰于言行。但是，就是在这样艰难的情况下，我在他心中竟然还能有这样的地位，我内心的感情难道用“感动”二字就能表达的吗？

往事如云如烟，人生如光如电。但真挚的友谊是永存的。古今中外感人的友谊佳话多矣。而且我还相信，像中风这样的病，只要调理得法，是不难恢复健康的。

我为老友祝福，祝他早日康复。

我相信，他的康复指日可待。

1992年6月10日

# 也谈叶公超先生二三事

读了本报1993年8月11日《文学》王辛笛师弟（恕我狂妄，以兄自居，辛笛在清华确实比我晚一级）的《叶公超先生二三事》，顿有所感，也想来凑凑热闹，谈点公超先生的事儿。

但是，我对公超先生的看法，同辛笛颇有不同，因此，必须先说明几句。在背后，甚至在死后谈论老师的长短，有悖于中国传统的尊师之道。不过，我个人觉得，我的议论，尽管难免有点苛求，却完全是善意的，甚至是充满了感情的。我为什么这样说呢？这里要交代一点时代背景。

老清华人都知道，在三十年代，清华大学同别的大学稍有不同，用通俗的话来说，就是有点“洋气”，学生在校刊上常常同老师开点小玩笑，饶有风趣而无伤大雅。师不以为忤，生以此为乐。这样做，不但没有伤害了师生关系，好像更缩短了师生的距离，感情更融洽。

这样说，有点空洞。我举两个例子。第一个是吴雨僧（宓）先生。他为人正直，古貌古心，但颇有一些“绯闻”。他有一首诗，一开始两句是：“吴宓苦爱×××（原文如此），三洲人士共惊闻。”当时不能写出真姓名，但是从押韵上来看，真是呼之欲出。×××者，毛彦文也。雨僧先生还有一组诗，名曰《空轩十二首》，最初是在“中西诗之比较”课堂上发给我们的。据说每一首影射一位女子，真假无所考。校刊上把第一首今译为：

一见亚北貌似花，
顺着秫秸往上爬。
单独进攻忽失利，
跟踪钉梢也挨刷。

下面三句忘了。最后一句是：

椎心泣血叫妈妈。

“亚北”者，欧阳也，是外文系一位女生的姓。这一个今译本在学生中传诵，所以时隔六十年，我仍然能回忆起来。然而雨僧先生却泰然处之。

第二个例子是俞平伯先生。他是著名的诗人、散文家、红学专家。在清华时，我曾旁听过他讲唐宋诗词的课。大家都知道，他家学渊源，是国学大师俞樾的孙子或曾孙，自己能写诗，善填词。他讲诗词当然很有吸引力。在课堂上他选出一些诗词，自己摇头晃脑而朗诵之。有时闭上了眼睛，仿佛完全沉浸于诗词的境界中，遗世而独立。他蓦地睁大了眼睛，连身说：“好！好！好！就是好！”学生正在等他解释好在何处，他却已朗诵起第二首诗词来了。昔者晋人见好山水，便连声唤“奈何！奈何！”仔细想来，这是最好的赞美方式。因为，一落言筌，便失本意，反不如说上几句“奈何！”更具有启发意义。平伯先生的“就是好！”可以与此等量齐观。就是这位平伯先生，有一天忽然剃光了脑袋。这在当时学生和教授中都是从来没有见过的。于是轰动了全校。

校刊上立即出现了俞先生出家当和尚的特大新闻。在众目睽睽之下，平伯先生怡然自得，泰然处之。他光着个脑袋，仍然在课堂上高喊："好！好！就是好！"

举完了两个例子，现在再谈叶公超先生。

我在清华读的是外国语言文学系。虽然专门化（secialized）是德文，不过表示我读了一至四年德文；实际上仍以英文为主，教授不分中西讲课都用英语，连德文也不例外。第一年英文，教授就是叶公超先生，用的课本是英国女作家Jane Austen的*Pride and Prejudice*。公超先生教学法非常奇特。他几乎从不讲解，一上堂，就让坐在前排的学生，由左到右，依次朗读原文，到了一定段落，他大声一喊："Stop！"问大家有问题没有。没人回答，就让学生依次朗读下去，一直到下课。学生摸出了这个规律，谁愿意朗读，就坐在前排，否则往后坐。有人偶尔提一个问题，他断喝一声："查字典去！"这一声狮子吼有大威力，从此天下太平，宇域宁静，相安无事，转瞬过了一年。

公超先生很少着西装，总是绸子长衫，冬天则是绸缎长袍或皮袍，下面是绸子棉裤，裤腿用丝带系紧，丝带的颜色与裤子不同，往往是颇为鲜艳的，作蝴蝶结状，随着步履微微抖动翅膀，用现在的话来说，就是非常"潇洒"。先生的头发，有的时候梳得光可鉴人；有的时候又蓬松似秋后枯草。他顾盼自嬉，怡然自得，学生们窃窃私议：先生是在那里学名士。

谈到名士，中国分为真假两类。"是真名士自风流"，什么叫"真名士"呢？什么又叫假名士呢？理论上不容易说清楚。我想，只要拿前面说到的俞平伯先生同叶公超先生一比，泾渭立即分明。大家一致的意见是，俞是真名士，而叶是假装的名士。前者直率天成，一任自然；后者难免有想引起“轰动效应”之嫌。《世说新语》常以一句话或一件事，定人们的高下优劣。我们现在也从这一件事定二位的高下。

我想就以此为起点来谈公超先生的从政问题。辛笛说：“在旧日师友之间，我们常常为公超先生在抗战期间由西南联大弃教从政，深致惋叹，既为他一肚皮学问可惜，也都认为他哪里是个旧社会中做官的材料，却就此断送了他十三年教学的苜蓿生涯，这真是一个时代错误。”我的看法同辛笛大异其趣。根据我个人在同俞平伯先生对比中所得到的印象，我觉得，公超先生确是一个做官的材料。你能够想象俞平伯先生做官的样子吗？

说到学问，公超先生是有一肚皮的。他人很聪明，英文非常好。在清华四年中，我同他接触比较多。我早年的那一篇散文《年》就是得到了他的垂青，推荐到《学文》上去发表的。他品评这篇文章时说：“你写的不仅仅是个人的感受，而是‘普遍的意识’（这是他的原话）。”这篇散文的最后一句话是：“一切都交给命运去安排吧！”这就被当时的左派刊物抓住了辫子，大大地嘲笑了一通没落的教授阶级垂死的哀鸣。我当时是一个穷学生，每月六元的伙食费还要靠故乡县衙门津贴，我哪里有资格代表什么没落的教授阶级呢？

不管怎样，我是非常感激公超先生的。我一生喜好舞笔弄墨，年届耄耋，仍乐此不疲。这给我平淡枯燥的生活抹上了一点颜色，增添了点情趣，难道我能够忘记吗？在这里我要感谢两位老师：一个高中时期的董秋芳（冬芬）先生，一个就是叶公超先生。如果再加上一位的话，那就是郑振铎先生。

我继承了“清华精神”写了这篇短文。虽对公超先生似有不恭，实则我是满怀深情地讲出了六十年前的感觉。想公超先生在天之灵必不以为忤，而辛笛师弟更不会介意的。

1993年10月3日

# 怀念乔木

乔木同志离开我们已经一年多了。我曾多次想提笔写点怀念的文字，但都因循未果。难道是因为自己对这一位青年时代的朋友感情不深、怀念不切吗？不，不，决不是的。正因为我怀念真感情深，我才迟迟不敢动笔，生怕亵渎了这一份怀念之情。到了今天，悲思已经逐步让位于怀念，正是非动笔不行的时候了。

我认识乔木是在清华大学。当时我不到二十岁，他小我一年，年纪更轻。我念外语系而他读历史系。我们究竟是怎样认识的，现在已经回忆不起来。总之我们认识了。当时他正在从事反国民党的地下活动（后来他告诉我，他当时还不是党员）。他创办了一个工友子弟夜校，约我去上课。我确实也去上了课，就在那一座门外嵌着“清华学堂”的高大的楼房内。有一天夜里，他摸黑坐在我的床头上，劝我参加革命活动。我虽然痛恶国民党，但是我觉悟低，又怕担风险。所以，尽管他苦口婆心，反复劝说，我这一块顽石愣是不点头。我仿佛看到他的眼睛在黑暗中闪光。最后，听他叹了一口气，离开了我的房间。早晨，在盥洗室中我们的脸盆里，往往能发现革命的传单，是手抄油印的。我们心里都明白，这是从哪里来的。但是没有一个人向学校领导去报告。从此相安无事，直到一两年后，乔木为了躲避国民党的迫害，逃往南方。

此后，我在清华毕业后教了一年书，同另一个乔木（乔冠华，后来号“南乔木”，胡乔木号“北乔木”）一起到了德国，一住就是十年。此时，乔木早已到了延安，开始他那众所周知的生涯。我们完全走了两条路，恍如云天相隔，“世事两茫茫”了。

等到我于1946年回国的时候，解放战争正在激烈进行。到了1949年，解放军终于开进了北京城。就在这一年的春夏之交，我忽然接到一封从中南海寄出来的信。信开头就说：“你还记得当年在清华时一个叫胡鼎新的同学吗？那就是我，今天的胡乔木。”我当然记得的，一缕怀旧之情蓦地萦上了我的心头。他在信中告诉我说，现在形势顿变，国家需要大量的研究东方问题、通东方语文的人材。他问我是否同意把南京东方语专、中央大学边政系一部分和边疆学院合并到北大来。我同意了。于是有一段时间，东语系是全北大最大的系。原来只有几个人的系，现在顿时熙熙攘攘，车马盈门，热闹非凡。

记得也就是在这之后不久，乔木到我住的翠花胡同来看我。一进门就说：“东语系马坚教授写的几篇文章：《穆罕默德的宝剑》、《回教徒为什么不吃猪肉？》等，毛先生很喜欢，请转告马教授。”他大概知道，我们不习惯于说“毛主席”，所以用了“毛先生”这一个词儿。我当时就觉得很新鲜，所以至今不忘。

到了1951年，我国政府派出了建国后第一个大型的出国代表团：赴印缅文化代表团。乔木问我愿不愿参加，我当然非常愿意。我研究印度古代文化，却没有到过印度，这无疑是一件憾事。现在天上掉下来一个良机，可以弥补这个缺憾了。于是我畅游了印度和缅甸，留下了毕生难忘的印象。这当然要感谢乔木。

但是，我是一个上不得台盘的人，我很怕见官。两个乔木都是我的朋友，现在都当了大官。我本来就不喜欢拜访人，特别是官，不管是多熟的朋友，也不例外。解放初期，我曾请南乔木乔冠华给北大学生做过一次报告。记得送他出来的时候，路上遇到艾思奇，他们俩显然很熟识。艾说："你也到北大来老王卖瓜了！"乔说："只许你卖，就不许我卖吗？"彼此哈哈大笑。从此我就再没有同乔冠华打交道。同北乔木也过从甚少。

说句老实话，我这两个朋友，南北两乔木都没有官架子。我最讨厌人摆官架子，然而偏偏有人爱摆。这是一种极端的低级趣味的表现。我的政策是：先礼后兵。不管你是多么大的官，初见面时，我总是彬彬有礼。如果你对我稍摆官谱，从此我就不再理你。见了面也不打招呼。知识分子一向是又臭又硬的，反正我决不想往上爬，我完全无求于你，你对我绝对无可奈何。官架子是抬轿子的人抬出来的。如果没有人抬轿子，架子何来？因此我憎恶抬轿子者胜于坐轿子者。如果有人说这是狂狷，我也只等秋风过耳边。

但是，乔木却决不属于这一类的官。他的官越做越大，地位越来越高，被誉为"党内的才子"、"大手笔"，俨然执掌意识形态大权，名满天下。然而他并没有忘掉故人。特别是"文化大革命"以后，我们都有独自的经历。我们虽然没有当面谈过，但彼此心照不宣。他到我家来看过我。他的家我却是一次也没有去过。什么人送给他了上好的大米，他也要送给我一份。他到北戴河去休养，带回来了许多个儿极大的海螃蟹，也不忘记送我一筐。他并非百万富翁，这些可能都是他自己出钱买的。按照中国老规矩：来而不往，非礼也。投桃报李，我本来应该回报点东西的，可我什么吃的东西也没有送给乔木过。这是一种什么心理呢？我自己并不清楚。难道是中国旧知识分子，优秀的知识分子那种传统心理在作怪吗？

1986年冬天，北大的学生有一些爱国活动，有一点“不稳”。乔木大概有点着急。有一天他让我的儿子告诉我，他想找我谈一谈，了解一下真实的情况。但他不敢到北大来，怕学生们对他有什么行动，甚至包围他的汽车，问我愿不愿意到他那里去。我答应了。于是他把自己的车派来，接我和儿子、孙女到中南海他住的地方去。外面刚下过雪，天寒地冻。他住的房子极高极大，里面温暖如春。他全家人都出来作陪。他请他们和我的儿子、孙女到另外的屋子里去玩，只留我们两人，促膝而坐。开宗明义，他先声明：“今天我们是老友会面。你眼前不是政治局委员，书记处书记，而是六十年来的老朋友。”我当然完全理解他的意思，把我对青年学生的看法，竹筒倒豆子，和盘倒出，毫不隐讳。我们谈了一个上午，只是我一个人说话。我说的要旨其实非常简明：青年学生是爱国的。在上者和年长者唯一正确的态度是理解与爱护，诱导与教育。个别人过激的言行可以置之不理。最后，乔木说话了：他完全同意我的看法，说是要把我的意见带到政治局去。能得到乔木的同意，我心里非常痛快。他请我吃午饭。他们全家以夫人谷羽同志为首和我们祖孙三代围坐在一张非常大的圆桌旁。让我吃惊的是，他们吃得竟是这样菲薄，与一般人想象的什么山珍海味、燕窝、鱼翅，毫不沾边儿。乔木是一个什么样的官儿，也就一清二楚了。

有一次，乔木想约我同他一起到甘肃敦煌去参观。我委婉地回绝了。并不是我不高兴同他一起出去，我是很高兴的。但是，一想到下面对中央人员那种逢迎招待、曲尽恭谨之能事的情景，一想到那种高楼大厦、扈从如云的盛况，我那种上不得台盘的老毛病又发作了，我感到厌恶，感到腻味，感到不能忍受。眼不见为净，还是老老实实地呆在家里为好。

最近几年以来，乔木的怀旧之情好像愈加浓烈。他曾几次对我说："老朋友见一面少一面了！"我真是有点惊讶。我比他长一岁，还没有这样的想法哩。但是，我似乎能了解他的心情。有一天，他来北大参加一个什么展览会。散会后，我特意陪他到燕南园去看清华老同学林庚。从那里打电话给吴组缃，电话总是没有人接。乔木告诉我，在清华时，他俩曾共同参加了一个地下革命组织，很想见组缃一面，竟不能如愿，言下极为怏怏。我心里想：这次不行，下次再见嘛。焉知下次竟没有出现。乔木同组缃终于没能见上一面，就离开了人间。这也可以说是抱恨终天吧。难道当时乔木已经有了什么预感吗？

他最后一次到我家来，是老伴谷羽同志陪他来的。我的儿子也来了。后来谷羽和我的儿子到楼外同秘书和司机去闲聊。屋里只剩下了我同乔木两人。我一下回忆起几年前在中南海的会面。同一会面，环境迥异。那一次是在极为高大宽敞，富丽堂皇的大厅里。这一次却是在低矮窄小、又脏又乱的书堆中。乔木仍然用他那缓慢低沉的声调说着话。我感谢他签名送给我的诗集和文集。他赞扬我在学术研究中取得的成就，用了几个比较夸张的词儿。我顿时感到惶恐，觳觫不安。我说："你取得的成就比我大得多而又多呀！"对此，他没有多说什么话，只是轻微地叹了一口气，慢声细语地说："那是另外一码事儿。"我不好再说什么了。谈话时间不短了，话好像是还没有说完。他终于起身告辞。我目送他的车转过小湖，才慢慢回家，我哪里会想到，这竟是乔木最后一次到我家里来呢？

大概是在前年，我忽然听说：乔木患了不治之症。我大吃一惊，仿佛当头挨了一棍。“斯人也，而有斯疾也。”难道天道真就是这个样子吗？我没有别的办法，只能寄希望于万一。这一次，我真想破例，主动到他家去看望他。但是，儿子告诉我，乔木无论如何也不让我去看他。我只好服从他的安排。要说心里不惦念他，那是根本不可能的。六十多年的老友，世界上没有几个了。

时间也就这样过去。去年八九月间，他委托他的老伴告诉我的儿子，要我到医院里去看他。我十分了解他的心情：这是要同我最后诀别了。我怀着沉重的心情，同儿子到了他住的医院里。病房同中南海他的住房同样宽敞高大，但我的心情却无论如何也不能同那一次进中南海相比，我这一次是来同老友诀别的。乔木仰面躺在病床上嘴里吸着氧气。床旁还有一些点滴用的器械。他看到我来了，显得有点激动，抓住我的手，久久不松开。看来他知道，这是最后一次握老友的手了。但是，他神态是安详的，神志是清明的，一点没有痛苦的表情。他仍然同平常一样慢声慢气地说着话。他曾在《人物》杂志上读过我那《留德十年》的一些篇章。不知道为什么他现在又忽然想了起来，连声说：“写得好！写得好！”我此时此刻百感交集，我答应他全书出版后，一定送他一本。我明知道这只不过是空洞的谎言。这种空洞萦绕在我耳旁，使我自己都毛骨悚然。然而我不说这个又能说些什么呢？

这是我同乔木最后一次见面。过了不久，他就离开了人间。按照中国古代一些知识分子的做法，《留德十年》出版以后，我应当到他的坟上焚烧一本，算是送给他那在天之灵。然而，遵照乔木的遗嘱，他的骨灰都已撒到他革命的地方了，连一个骨灰盒都没有留下。他是“赤条条来去无牵挂”。然而，对我这后死者来说，却是极难排遣的。我面对这一本小书，泪眼模糊，魂断神销。

平心而论，乔木虽然表面上很严肃，不苟言笑，他实则是一个正直的人，一个正派的人，一个感情异常丰富的人，一个脱离了低级趣味的人。六十年的宦海风波，他不能无所感受，但是他对我半点也没有流露过。他大概知道，我根本不是此道中人，说了也是白说。在他生前，大陆和香港都有一些人把他封为“左王”，另外一位同志同他并列，称为“左后”。我觉得，乔木是冤枉的。他哪里是那种有意害人的人呢？

我同乔木相交六十年。在他生前，对他我有意回避，绝少主动同他接近。这是我的生性使然，无法改变。他逝世后这一年多以来，不知道是为什么，我倒常常想到他。我像老牛反刍一样，回味我们六十年交往的过程，顿生知己之感。这是我以前从来没有感到过的。现在我越来越觉得，乔木是了解我的。有知己之感是件好事。然而它却加浓了我的怀念和悲哀。这就难说是好是坏了。

随着自己的年龄的增长，我现在越来越觉得，在人世间，后死者的处境是并不美妙的，年岁越大，先他而走的亲友越多，怀念与悲思在他心中的积淀也就越来越厚，厚到令人难以承担的程度。何况我又是一个感情常常超过需要的人，我心里这一份负担就显得更重。乔木的死，无疑又在我的心灵中增加了一份极为沉重的负担。我有没有办法摆脱这一份负担呢？我自己说不出。我怅望窗外皑皑的白雪，我想得很远，很远。

1993年11月28日凌晨

# 悼组缃

组缃毕竟还是离开我们走了，永远永远地走了。最近几年来，他曾几次进出医院。有时候十分危险。然而他都逢凶化吉，走出了医院。我又能在池塘边上看到一个戴儿童遮阳帽的老人，坐在木头椅子上，欣赏湖光树影。

他前不久又进了医院。我仍然做着同样的梦，希望他能再一次化险为夷，等到春暖花开时，再一次坐在木椅子上，为朗润园增添一景。然而，这一次我的希望落了空。组缃离开了我们走了，永远永远地走了。对我个人来说，我失掉了一个有六十多年友谊的老友。偌大一个风光旖旎的朗润园，杨柳如故，湖水如故，众多的贤俊依然灿如列星，为我国的文教事业增添光彩。然而却少了一个人，一个平凡又不平凡的老人。我感到空虚寂寞，名园有灵，也会感到空虚与寂寞的。

距今六十四年以前，在三十年代的第一年，我就认识了组缃，当时我们都在清华大学读书。岁数相差三岁，级别相差两级，又不是一个系。然而，不知怎么一来，我们竟认识了，而且成了好友。当时同我们在一起的还有林庚和李长之，可以说是清华园“四剑客”。大概我们都是所谓“文学青年”，都爱好舞笔弄墨，共同的爱好把我们聚拢在一起来了。我读的虽然是外国语文系，但曾旁听过朱自清先生和俞平伯先生的课。我们“四剑客”大概都偷听过当时名噪一时的女作家谢冰心先生的课和燕京大学教授郑振铎先生的课。结果被冰心先生板着面孔赶了出来。和郑振铎先生我们却交上了朋友。他同巴金和靳以共同创办了《文学季刊》，我们都成了编委或特约撰稿人，我们的名字堂而皇之地赫然印在杂志的封面上。郑先生这种没有一点教授架子，决不歧视小字辈的高风亮节，我曾在纪念他的文章中谈到。我们曾联袂到今天北京大学小东门里他的住处访问过他，对他那插架的宝书曾狠狠地羡慕过一阵。先生之风，山高水长，可惜长之和组缃已先后谢世，能够回忆的只剩下我同林庚两人了。

我们“四剑客”是常常会面的，有时候在荷花池旁，有时候在林荫道上，更多的时候是在某一个人的宿舍里。那时我们都很年轻，我的岁数最小，还不到二十岁，正是幻想特多，不知天高地厚，仿佛前面的路上全铺满了玫瑰花的年龄。我们放言高论，无话不谈，“语不惊人死不休”。个个都吹自己的文章写得好，不是梦笔生花，就是神来之笔。林庚早晨初醒，看到风吹帐动，立即写了两句话：

破晓时天旁的水声
深林中老虎的眼睛

当天就念给我们听，眉飞色舞，极为得意。他的一篇诗稿上有一个“袭”字，看上去像是“聋”字。长之立即把这个“聋”字据为己有。原诗是“袭来了什么什么”，现在成了“聋来了什么什么”。他认为，有此一个“聋”字而境界全出了。

我们会面的地方，留给我印象最深的还是工字厅。这是一座老式建筑，里面回廊曲径，花木蓊郁，后临荷塘，那一个有名的写着“水木清华”四个大字的匾，就挂在工字厅后面。这里房间很多，数也数不清。中间有一座大厅，按现在的标准来说，也不算太大。厅里旧木家具，在薄暗中有时闪出一点光芒。这是一个非常清静的地方，平常很少有人到这里来。对我们“四剑客”来说，这里却是侃大山（当时还没有这个词儿）的理想的地方。我记得茅盾《子夜》出版的时候，我们四个人又凑到一起，来到这里，大侃《子夜》。意见大体上分为两派：否定与肯定。我属于前者，组缃属于后者。我觉得，茅盾的文章死板、机械，没有鲁迅那种灵气。组缃则说，《子夜》结构闳大，气象万千。这样的辩论向来不会有结果的。不过是每个人淋漓尽致地发表了意见以后，你好，我好，大家都好，又谈起别的问题来了。

组缃上中学时就结了婚。家境大概颇为富裕，上清华时，把家眷也带了来。现在听说中国留学生可以带夫人出国，名曰伴读。当时是没有这个说法的。然而组缃的所作所为不正是“伴读”吗？组缃真可谓“超前”了。有了家眷，就不能住在校内学生宿舍里。他在清华附近西柳村租了几间房子，全家住在那里。我曾同林庚和长之去看过他。除了夫人以外，还有一个三四岁的女孩，小名叫小鸠子，是非常聪慧可爱的孩子。去年下半年，我去看组缃，小鸠子正从四川赶回北京来陪伴父亲。她现在也已六十多岁，非复当日的小女孩了。我叫了一声“小鸠子！”组缃笑着说：“现在已经是老鸠子了。”相对一笑，时间流逝得竟是如此迅速，我也不禁“惊呼热中肠”了。

清华毕业后，我们“四剑客”，天南海北，在茫茫的赤县神州，在更茫茫的番邦异域，各奔前程，为了糊口，为了养家，在花花世界中，摸爬滚打，历尽苦难，在心灵上留下了累累伤痕。我们各自怀着对对方的忆念，在寂寞中，在沉默中，等待着，等待着。一直等到五十年代初的院系调整，组缃和林庚又都来到了北大，我们这“三剑客”又在睽离二十年后又在燕园聚首了。此时我们都已成了中年人，家事、校事、国事，事事萦心。当年的少年锐气已经磨掉了不少，非复昔日之狂纵。燕园虽秀美，但独缺少一个工字厅，缺少一个水木清华。我们平常难得见一次面，见面大都是在校内外召开的花样繁多的会议上。一见面，大家哈哈一笑，个中滋味，不足为外人道也。

时光是超乎物外的，它根本不管人世间的悲欢离合，从无始至无终，始终是狂奔不息。转瞬间，已经过去了四十年。其间风风雨雨，坎坎坷坷，中国的老知识分子无不有切肤之痛，大家心照不宣，用不着再说了。我同组缃在牛棚中做过“棚友”，更别有一番滋味在心头。我们终于都离开了中年，转入老年，进而进入耄耋之年。不但青年的锐气消磨精光，中年的什么气也所余无几，只剩下了一团暮气了。幸好我们这清华园“三剑客”（长之早已离开了人间）并没有颓唐不振，仍然在各自的领域里辛勤耕耘，虽非“志在千里”，却也还能“日暮行雨，春深著花”，多少都有所建树，差堪自慰而已。

前几年，我同组缃的共同的清华老友胡乔木，曾几次对我说：“老朋友见一面少一面了！”我颇讶其伤感。前年他来北大参加一个什么会。会结束后，我陪他去看了林庚。他执意要看一看组缃，说他俩在清华时曾共同搞过地下革命活动。我于是从林庚家打电话给组缃，打了好久，没有人接。并非离家外出，想是高卧未起。不管怎样，组缃和乔木至终也没能再见上一面。乔木先离开了人间，现在组缃也走了。回思乔木说的那一句话，字字是真理，哪里是什么感伤！我却是乐观得有点可笑了。

我默默地接受了这个教训，赶在组缃去世之前，想亡羊补牢一番。去年我邀集了几个最老的朋友：组缃、恭三（邓广铭）、林庚、周一良等小聚了一次。大家都一致认为，老友们的兴致极高，难得浮生一夕乐。但在觥筹交错中，我不禁想到了两个人：一是长之，一是乔木，清华"剑客"于今飘零成广陵散矣。我本来想今年再聚一次，被邀请者范围再扩大一点。哪里想到，如果再相聚的话，又少了一个人：组缃。暮年老友见一面真也不容易呀。

不管我还能活上多少年，我现在走的反正是人生最后一段路程。最近若干年来，我以忧患余生，渐渐地成了陶渊明的信徒。他那形神相赠的诗，我深深服膺。我想努力做到"纵浪大化中，不喜亦不惧"。我想努力做到宋人词中所说的"悲欢离合总无情"。我觉得，自己的努力并没有白费。我对这花花世界确已看透，名缰利索对我的控制已经微乎其微。然而一遇到伤心之事，我还不能"总无情"，而是深深动情，组缃之死就是一个例子。生而为人，孰能无情，一个"情"字不就是人之所异于禽兽者的那一点"几稀"吗？

有一件事却让我触目惊心。我舞笔弄墨之十多年于兹矣。前期和中期写的东西，不管内容如何，不管技巧如何，悼念的文章是极为稀见的。然而最近几年来，这类文章却逐渐多了起来。最初我没有理会。一旦理会到了，不禁心惊胆战。一个人到了老年，如果能活得长一点，当然不能说是坏事。但是，身旁的老友一个接一个地离开了自己，宛如郑板桥诗所说的“删繁就简三秋树”，如果“简”到只剩下自己这一个老枝，岂不大可哀哉！一个常常要写悼念文章的人，距离别人为自己写悼念文章，大概也为期不远了。一想到这一点，即使自己真能“不喜亦不惧”，难道就能无动于衷吗？

但是，眼前我并不消极，也不颓唐，我决不会自寻“安乐死”的。看样子我还能活上若干年的，我耳不聋，眼稍昏，抬腿就是十里八里。王济夫同志说我是“奇迹”，他的话有点道理。我计划要做的事，其数量和繁重程度，连一些青年或中年人都会望而却步，借用冯友兰先生的话，我是“欲罢不能”。天生是辛劳的命，奈之何哉！看来悼念文章我还是要写下去的。我并没有老友臧克家要活到一百二十岁那样的雄心壮志，退而求其次，活到九十多，大概不成问题。我还有多少悼念文章要写呀，恐怕没有人敢说了。

1994年2月2日

# 悼许国璋先生

小保姆告诉我，北京外国语大学来了电话，说许国璋教授去世了。我不禁"哎哟"了一声。我这种不寻常的惊呼声，在过去相同的场合下是从来没有过的。它一方面表现了这件事对我打击之剧烈，另一方面其背后还蕴含着一种极其深沉的悲哀，有如被雷击一般，是事前绝对没有想到的，我只有惊呼"哎哟"了。

我同国璋，不能算是最老的朋友。但是，屈指算来，我们相识也已有将近半个世纪了。在解放初期那种狂热的开会的热潮中，我们常常在各种各样的会上相遇。会虽然是各种各样，但大体上离不开外国语言和文学。我们亦不是一个行当，他是搞英语的，我搞的则是印度和中亚古代语言。但因为同属于外字号，所以就有了相会的机会。我从小学就开始学英语，以后在清华，虽云专修德语，实际上所有的课程都用英语来进行，因此我对英语也不敢说是外行，又因此对国璋的英语造诣也具有能了解的资格。英语界的同行们对他的英语造诣之高，无不钦佩。但是，他在这一方面绝无骄矜之气。他待人接物，一片淳真，朴实，诚恳，谦逊，但也并不故作谦逊状，说话实事求是，决不忸怩作态。因此，他给我留下了非常美好的、毕生难忘的印象。

到了那一个史无前例的十年浩劫，他理所当然地在劫难逃。风闻他被打成了外院"洋三家村"的大老板。中国人作诗词，讲究对偶，"四人帮"一伙虽然胸无点墨，我们老祖宗这个遗产，他们却忠诚地继承下来了，既有“土三家村”，必有“洋三家村”。国璋等三个外院著名的英美语言文学的教授，适逢其会，叨蒙垂青，于是一个虚无缥缈的“洋三家村”就出现在大字报上了。大家都知道，土三家村是十年浩劫的直接导火线。本来不存在的事实却被具有天眼通、天耳通的“四人帮”及其徒子徒孙们“炒”成了“事实”，搞得乌烟瘴气，寰宇闻名。中一变而为外，土一变而为洋，当时崇洋媚外，罪大恶极——其实“四人帮”一伙是在灵魂深处最崇洋媚外的——土三家村十恶不赦，而洋三家村则必然是万恶不赦了。在这样的情况下，国璋所受的皮肉之苦，以及精神上的折磨，概可想见了。

拨乱反正，天日重明。我同国璋先生的来往也多了起来。据我个人的估计，我们在浩劫前后的来往，性质和内容，颇有所不同。劫前集会，多是务虚；劫后集会，则重在务实。从前，我们这一群知识分子，特别是老知识分子，又特别是在外国呆过的老知识分子，最初还是有理智、有自知之明的。我们都知道自己是热爱祖国的，热爱新社会的，对所谓“解放”是感到骄傲的。然而，天天开会，天天“查经”，天天“学习”，天天歌功。人是万物之灵，但又是很软弱的动物，久而久之，就被这种环境制造成了后现代主义的最新的“基督教徒”，一脑袋“原罪”思想，简直觉得自己一无是处，罪恶滔天，除非认真脱胎换骨，就无地自容，就无颜见天下父老。我的老师中国当代大哲学家金岳霖先生，学贯中西，名震中外，早已过了还历之年，头发已经黑白参半。就是这样一个老人，竟在一次会上，声音低沉，眼睛里几乎要流出眼泪，沉痛检讨自己。什么原因呢？他千方百计托人买一幅明朝大画家文徵明的画。我当时灵魂的最深处一阵颤栗，觉得自己“原罪”的思想太差劲了，应该狠狠地向老师学习了。

我同国璋也参加了不少这样的会，他是怎样思考的，我不知道。反正他是一个老党员，“原罪”的意识应该超过我们的。我丝毫也没有认为，中国的老知识分子都是完美无缺的。我们有自己的缺点，我们也应该改造思想。但是，事实最是无情的，当年一些挥舞着“资产阶级法权”大棒专门整人的人，曾几何时，原形毕露：他们有的不只是资产阶级思想，而且还有封建思想。这难道不是最大的讽刺吗？

这话扯远了，还是收回来讲劫后的集会吧，此时“四人帮”已经垮了台，双百方针真正得到了实现。改革开放给人们带来了思想的活跃，带来了重新恢复起来的干劲。外国语言文学界也不例外。我同国璋先生，还有“洋三家村”的全体成员，以及南南北北的同行们，在睽离了十多年以后，又经常聚在一起开会。但是，现在不再是写不完的检讨，认不完的罪，而是认真、细致地讨论一些为适应我国社会主义建设的有关外国语言文学的问题。最突出的例子是编写《中国大百科全书》“外国文学卷”和“语言卷”的工作。此时，我们真正是心情愉快，仿佛拨云雾而见青天。那一顶顶“资产阶级法权”、“资产阶级反动学术权威”的虚无缥缈的、至今谁也说不清楚的、然而却如泰山压顶似的大帽子，“三山半落青天外”了。我们无帽一身轻，真有用不完的劲。我同国璋每次见面，会心一笑，真如“如来拈花，迦叶微笑”，“心有灵犀一点通”了。

最难忘的是当我受命担任“语言卷”主编时的情景。这样一部能而且必须代表有几千年研究语言学传统的世界大国语言学研究水平的巨著，编纂责任竟落到了我的肩上，我真是诚惶诚恐，如履薄冰。我考虑再三，外国语言部分必须请国璋先生出马负责。中国研究外国语言的学者不是太多，而造诣精深，中西兼通又能随时吸收当代语言新理论的学者就更少。在这样考虑之下，我就约了李鸿简同志，在一个风大天寒的日子里，从北大乘公共汽车，到魏公村下车，穿过北京外院的东校园，越过马路，走到西校园的国璋先生的家中，恳切陈词，请他负起这个重任。他二话没说，立即答应了下来。我刚才受的寒风冷气之苦和心里面忐忑不安的心情，为之一扫。我无意中瞥见了他室中摆的那一盆高大的刺儿梅，灵犀一点，觉得它也为我高兴，似向我招手祝贺。

从那以后，我们的来往就多了起来，有时与《大百科》有关，有时也无关。他在自己的小花园里种了荷兰豆，几次采摘一些最肥嫩的，亲自送到我家里来。大家可以想象，这些当时还算是珍奇的荷兰豆，嚼在我嘴里是什么滋味，这里面蕴涵着醇厚的友情，用平常的词汇来形容，什么“鲜美”，什么“脆嫩”，都是很不够的。只有用神话传说中的“醍醐”，只有用梵文amra（不死之药）一类的词儿，才能表达于万一。

他曾几次约我充当他的硕士生和博士生答辨委员会主席，请我在他住宅附近的一个餐厅里吃饭，有一次居然吃的是涮锅子。他也到我家来过几次，我们推心置腹，无话不谈。我们谈论彼此学校的情况，谈论当前中国文坛、特别是外国语言文学界的新情况和新动向，谈论当前的社会风气。谈论最多的是青年的出国热。我们俩都在外国呆过多年，决不是什么土包子，但是我们都不赞成久出不归，甚至置国格与人格于不顾，厚颜无耻地赖在那个蔑视自己甚至污辱自己的国家里不走。我们当年在外国留学时，从来也没有久居不归的念头。国璋特别讲到，一个黄脸皮的中国人，那几个诺贝尔奖金的获得者除外，在民族歧视风气浓烈的美国，除了在唐人街鬼混或者同中国人来往外，美国社会是很难打进去的。有一些中国人可以毕生不说英文，依然能过日子。神话传说中说道人成道，鸡犬升天，那一些中国人把一块中国原封不动地搬过了汪洋浩瀚的太平洋，带着鸡犬，过同在中国完全一样的日子，笑骂由他笑骂，好饭我自吃之，这究竟有什么意义呢？我同国璋禁不住唏嘘不已。“回思寒夜话明昌，相对南冠泣数行。”我们不是楚囚，也无明昌可话，但是我们的心情是沉重的，我们是欲哭无泪了。岂不大可哀哉！

最让我忆念难忘的是在我八十岁诞辰庆祝会上，我同国璋兄的会面。人生八十，寿登耄耋，庆祝一下，未可厚非。但自谓并没有做出什么了不起的成绩，而校系两级竟举办了这样大规模的庆祝活动。大会在电教大厅举行。本来只能容四百多人的地方，竟到了五六百人。多年不见的毕业老同学都从四面八方来到燕园，向我表示祝贺。我的家乡的书记也不远千里来了。澳门的一些朋友也来了。我心里实在感到不安。最让我感动的是接近米寿的冯至先生来了，我的老友，身体虚弱、疾病缠身的吴组缃兄也坐着轮椅来了。我既高兴，又忐忑不安，感动得我手忙脚乱，一时竟说不出话来。

又实在出我意料，国璋兄也带着一个大花篮来了。我们一见面，仿佛有什么暗中的力量在支配着我们，不禁同时伸出了双臂，拥抱在一起。大家都知道，这种方式在当前的中国还是比较陌生的。可我们为什么竟同时伸出了双臂呢？中国古人说："诚于中，形于外。"在我们两人的心中，不知道从什么时候早已埋下了超乎寻常的感情，一种"贵相知心"的感情。在当时那一种场合下，自然而然地爆发了出来，我们只能互相拥抱了。

在我漫长的一生中，那一次祝寿会是空前的，是我完全没有意料到的。我周旋在男女老少五六百人的人流中，我眼前仿佛是一个春天的乐园，每一个人的笑容都幻化成一朵盛开的鲜花，姹紫嫣红，一片锦绣。当我站在台上讲话的时候，心中一时激动，眼泪真欲夺眶而出，片刻沉默，简直说不出话来。此情此景，至今记忆犹新。

我已年届耄耋，一生活得时间既长，到的地方又多。我曾到过三十来个国家，有的国家我曾到过五六次之多，本来应该广交天下朋友，但是情况并非如此。我确实交了一些朋友，一些素心人，但是数目并不太多。我自己检查，我天生是一个内向的人，我自谓是性情中人。在当今世界上，像我这样的人是不合时宜的。但是，造化小儿仿佛想跟我开玩笑，他让时势硬把我"炒"成了一个社会活动家，甚至国际活动家。每当盛大场合，绅士淑女，峨冠博带，珠光宝气，照射牛斗。我看有一些天才的活动家，周旋其中，左一握手，右一点头，如鱼得水，畅游无碍。我内心真有些羡煞愧煞。我局促在一隅，手足无所措，总默祷苍天，希望盛会早散，还我自由。这样的人而欲广交朋友，岂不等于骆驼想钻针眼吗？

我因此悟到：交友之道，盖亦难矣。其中有机遇，有偶合，有一见如故，有相对茫然。友谊的深厚并不与会面的时间长短成正比。往往有人相交数十年，甚至天天对坐办公，但是感情总是如油投水，决不会融洽。天天“今天天气，哈，哈，哈！”，天天像英国人所说的那样像一对豪猪，必须保持一定的距离，天天在演“三岔口”，到了成不了真正的朋友。

反观我同国璋兄的关系，情况却完全不同。我们并不在一个学校工作，见面的次数相对说来并不是太多。我们好像真是一见如故，一见倾心，没有费多少周折。我们也都并没有清晰地意识到，我们终于成了朋友，成了知己的朋友。难道真如佛家所说的那样人与人之间有缘分吗？

了解了我在上面说的这个过程，就能够知道，国璋的逝世对我的心灵是多么大的打击。我们俩都是唯物主义者，不信有什么来生，有什么天堂。能够有来生和天堂的信仰，也不是坏事，至少心灵可以得到点安慰。但是，我办不到。我相信我们都只有一次生命，一别便永远不能再会。可是，如果退一步想，在仅有的一次生命中，我们居然能够相逢，而且成了朋友，这难道不能算是最高的幸福吗？遗体告别的那一天，有人劝我不要去。我心里想的却是，即使我不能走，我爬也要爬到八宝山。这最后的一面我无论如何也要见的。当我看到国璋安详地躺在那里时，我泪如泉涌，真想放声痛哭一场。从此人天睽隔，再无相见之日了。呜呼，奈之何哉！奈之何哉！

1994年9月24日

# 我的朋友臧克家

我只是克家同志的最老的老朋友之一，我们的友谊已经有六十多年了。我们中国评论一个人总是说道德文章，把道德摆在前边，这是我们中华民族优秀文化的表现之一，跟西方不一样。那么我就根据这个标准，把过去六十多年中间克家给我的印象讲一讲。

第一个讲道德。克家曾在一首诗里说过，一个叫责任感，一个叫是非感，我觉得道德应该从这地方来谈谈。是非、责任，不是小是小非，而是大是大非。什么叫大是大非呢？大是大非就是关系到我们祖国，关系到我们人民，关系到世界，也就是要拥护社会主义、拥护共产主义，这是大是大非。我觉得责任也在这个地方，克家在过去七十多年中间，尽管我们国内的局势变化万千，可是克家始终没有落伍，能够跟得上我们时代的步伐，我觉得这是非常难得的。这就是大是大非，就是重大的责任。我觉得从这地方来看，克家是一个真正的人。至于个人，他给我的印象是一个像火一样热情的诗人，对朋友忠诚可靠，终生不渝，这也是非常难得的。关于道德，我就讲这么几句。

关于文章呢，这就讲外行话了。当年我在清华大学念书，就读到克家的《烙印》、《罪恶的黑手》。我不是搞中国文学的，但我有个感觉就是克家做诗受了闻一多先生的影响。我一直到今天，作为一个诗的外行来讲，我觉得做诗、写诗，既然叫诗，就应该有形式。那种没形式的诗，愧我不才，不敢苟同。克家一直重视诗，我觉得这里边有我们中国文化的传统。我们中国的语言有一个特点，就是讲炼字、炼句，这个问题，在欧洲也不能说没有，不过不能像中国这么普遍这样深刻。过去文学史上传来许多佳话，像“云破月来花弄影”那个“弄”字，“红杏枝头春意闹”那个“闹”字，“春风又绿江南岸”那个“绿”字。可惜的是炼字这种功夫现在好像一些年轻人不大注意了。文字是我们写作的工具。我们写诗、写文章必须知道我们使用的工具的特点。莎士比亚用英文写作，英文就是他的工具。歌德用德文写作，德文就是他的工具。我们使用汉字，汉字就是我们的工具。可现在有些作家，特别是诗人，忘记了他的工具是汉字。是汉字，就有炼字、炼句的问题，这一点不能不注意。克家呢，我觉得他一生在这方面倾注了很多的心血，而且获得了很大的成功。克家的诗我都看过，可是我不敢赞一词，我只想从艺术性来讲。我觉得克家对这方面非常重视。这个问题非常重要。我因此就想到一个问题，可这个问题太大了，但我还想讲一讲。我觉得我们过去多少年来研究中国文学史，特别是古典文学，好像我们对政治性重视，这个应该。可是对艺术性呢，我觉得重视得很不够。大家打开今天的文学史看看，讲政治性，讲得好像最初也不是那么深刻，一看见“人民”这样的词、类似“人民”这样的词，就如获至宝；对艺术性，则三言两语带过，我觉得这是很不妥当的。一篇作品，不管是诗歌还是小说，艺术性跟思想性总是辩证统一的，强调一方面，丢掉另外一方面是不全面的。因此我想到，是不是我们今天研究文学的，特别是研究古典文学的，应该在艺术性方面更重视一点。我甚至想建议：重写我们的文学史。现在流行的许多文学史都存在着我说的这个毛病。我觉得,真正的文学史不应该是这个样子。

我祝我的老朋友克家九十、一百、一百多、一百二十,他的目的是一百二十,所以我想祝他长寿!健康!

1994年10月18日

# 陈寅恪先生的爱国主义*

各位来宾，朋友们：

刚才主席让我做学术演讲。我本来就有点惶恐，这样一来的话我更加惶恐了，为什么呢？因为作为陈先生的弟子，我对陈先生的道德文章学习的相当不好，在座的好多陈先生的弟子都比我强，今天安排我来讲话，胡守为同志给我讲过几次，一定要我讲。我说我不行，现在又来了一个学术报告，实在是不敢当。我也没有什么稿子。昨天下午我才开始考虑这个问题，因此我的很多看法是昨天才形成的，也就是说，昨天下午才把整个的今天要讲话的大体框架完成，因此，我讲的话，恐怕很多地方是外行，请大家指正。

我今天讲，也要有个题目，我想讲讲“陈寅恪先生的爱国主义”。这个题目是怎么来的呢？大家都知道，陈先生一家，从陈先生的祖父陈宝箴先生开始就是爱国的，散原老人是爱国的，陈先生是爱国的，陈先生的第四代流求、美延和流求、美延的下一代，我想都是爱国的。四代、五代爱国的，起码三代。英法联军攻进北京，火烧圆明园，当时陈宝箴先生在城里，看到火光，痛哭流涕。大家都知道，散原老人实际上是因为日本侵略中国，老人拒绝服

* 广州中山大学于1994年举办了“纪念陈寅恪教授学术讨论会”，会议主旨为“《柳如是别传》与国学研究传统”。本文系作者在此次讨论会上的发言。

药、拒绝吃饭而去世的。这个大家都知道。那么，陈先生的爱国主义表现在什么地方？我想就这个题目，谈点我个人的看法，这里面牵涉到《柳如是别传》。

爱国主义这个词是一个很好的词，大家一听爱国主义，都是不会批判的，因为每个民族都有权利爱自己的国家。但它同我们市场上的货物一样，有真货，有假货，有冒牌的。我以为爱国主义应该分两种：一种是真正的，一种是假冒伪劣的。这个区别并不难。大家知道，日本侵略中国，中国人，不管是国民党还是共产党，都要抗日。这个大家没有否定。那么日本人也高呼爱国主义，东条英机也高呼爱国，但是把中国的爱国主义与日本的爱国主义一对比，中间的区别是很大的。因此我就想，真正的爱国主义是正义的爱国主义，应该是这样：它不允许别的民族侵略自己，这是一；第二，也不侵略别的民族。因此，我认为真正的爱国主义与国际主义是相联系的。假的爱国主义就是侵略别人、压迫别人，然后反而高呼爱国。我这里举日本军国主义为例，希特勒也是。希特勒的爱国主义喊得雷一般响，但却对别的国家发起了闪电战。他爱什么国呢？他爱他的法西斯国家，侵略别人，压迫别人，奴役别人。所以爱国主义应该分成两种，其道理是比较容易懂的。这真正的爱国主义呢？就是我刚才讲的陈宝箴先生、陈散原老人、陈寅恪先生的。为什么呢？因为它是抵抗外寇，不允许别的民族侵略自己，是正义的。后来我又想这个问题，恐怕正义的爱国主义又应当分为两个层次：一般人，我们中国受别人侵略，我们起来反抗，爱我们的国家，我觉得这个是我们应该歌颂的、赞扬的。但我觉得这种爱国主义是一般的，层次不高；层次更高的是与文化联系起来。我想陈先生所撰的《王观堂先生挽词》的序，大家都看过，序很短，可是道理很深刻。怎么说呢，王静安先生与陈先生的岁数虽有差别，环境也不一样，可是两个人的关系真是心心相印、息息相关，“心有灵犀一点通”。诗中讲：“回思寒夜话明昌，相对南冠泣数行。”从中可以知道，当年陈先生与王观堂先生在清华大学工字厅寒夜中谈论过去的事，两人相对流泪，两人的感情是完全一致的。为什么？我今天想解释这个问题，我觉得这个问题实质上就是高层次的爱国主义。陈先生的这段挽词同在清华立的王观堂先生纪念碑上的铭文（也出自陈先生之手）内容差不多。碑文很短，讲的问题就是众所周知的中国文化。我们高喊弘扬中华民族的优秀文化，但我们中华民族的优秀文化究竟表现在什么地方呢？大家各自的看法可能不尽一致，我自己感觉到中华民族优秀文化的一个表现就是爱国主义。这一点我在北京已经讲过，可能有些同志不同意我的看法。我的看法也不是瞎想的。我不专门搞哲学，严格讲也不专门搞历史。但是喜欢胡思乱想。我想中国的爱国主义者，像中国汉朝的苏武，宋朝的岳飞及文天祥，明代的戚继光、史可法等都是我们熟悉的。所以，在中国的历史上，从汉至清有一系列爱国主义人物，深入人心。这种情况在别的国家很少见。我在欧洲待了好多年，了解一点，欧洲如举一个著名的爱国者就不好举。中国这个国家非常奇怪，立国几千年，按道理讲，我们这样一个国家，在封建社会，天子、皇帝享有至高无上的权威，只允许侵略别人，不允许别人侵略，应该能够这么讲。可事实并不是这样子。大家都知道，从先秦的周代等时期开始，中国就被当时称为“蛮夷戎狄”的少数民族所侵扰。秦始皇是一个了不起的人物，为了抵御北方的匈奴，他主持修筑长城。当然长城并不只是秦始皇时代才修筑的，在战国时期就修了。长城的修筑，有效地抵御了匈奴的侵扰。到了汉代，开国之主刘邦也被匈奴包围于平城；后来汉武帝时几员著名大将，跟匈奴作战，打了几个胜仗。可无论如何，北方的威胁却始终没有解除。曹操时，北方威胁仍存；到了五胡乱华时代则更不必说了。唐朝是一个了不起的朝代，唐太宗李世民的父亲李渊却对突厥秘密称臣。后来，唐太宗觉得称臣于突厥不大光彩，想方设法掩盖这个事实。整个唐代，北方的威胁一直没有解除。到了宋朝那就更清楚了，先是辽，后是金。两个北宋皇帝徽宗、钦宗让人俘虏，这在中国历史上是很少见的。后来宋廷偏安于中国东南一隅。到了元朝，其统治民族蒙古族是我们今天的兄弟民族，在当时不能这样看。蒙古在灭宋以前，已经建成了一个大帝国。我们不能把古代现代化。中华民族这个包括五十六个民族的大家庭，是在中国共产党领导下才明确形成的。满族今天也是我们的兄弟民族，当时满族的文化与我们不一样，当然，满族一入关就汉化，可毕竟是另一个文化体系。

总而言之，我认为中国之所以产生爱国主义，就因为有外敌，而且一直没断，原来一直在北方，后来是东方，主要是倭寇，西方最厉害的是明朝末年从澳门进来的，西方资本主义国家，后来形成了帝国主义。还有南方。东西南北都有外敌。我们讲历史唯物主义，要讲事实，存在决定意识，在这种情况下中国必然产生爱国主义，而这种爱国主义必然是正确的。当然，我们也不能说，中国封建社会以皇帝为代表的统治阶级没有侵略过别人。封建时代的中国，汉族也侵略了别的不少民族，这是不能否定的。可总起来看，是御外敌的。这是历史决定的，不是中华民族天生就爱国，这也不符合历史情况。欧洲则不是这种情况，欧洲长期是乱七八糟的，建国时间又短。美国的情况更特殊，它建国以来，基本上没有外敌，所以美国讲爱国主义，我不知道怎么爱法。这是我信口谈来。由此，我就想到陈先生在给王观堂所撰的挽词前的短序中讲了这么一个想法：中华文化是三纲六纪。据我的体会，里面就包括了爱国主义精神。如“君为臣纲”，说君臣这一纲，陈先生举了一个例子，“君为李煜亦期之以刘秀”，意思就是，人君的贤与否，无关重要。他只是一个符号，一个象征，他象征的是文化，象征的是国家。陈先生又讲，三纲六纪是抽象理想。文化是抽象的，抽象的东西必然有所寄托，陈先生原文作“依托”。一个是依托者，一个是被依托者。作为文化的三纲六纪是抽象的，抽象的本身表现不出来，它必然要依托他物，依托什么东西呢？陈先生讲的是社会制度，特别是经济制度，总起来就是国家。文化必然依托国家，然后才能表现，依托者没有所依托者不能表现，因此，文化与国家成为了同义词。再回过头来，王国维先生之所以自杀，当时外面议论很多，陈寅恪先生认为他不是为了具体的人，不是忠于清王室或宣统皇帝，认为他忠于清朝或宣统皇帝不过是流俗之见。王国维先生之所以执意自杀，就是因为他是这个文化所化之人，文化本身有一个依托——国，以王国维先生而言，这个依托就是清朝。所以，清朝是他的文化理想的依托者。清朝灭亡，受清朝文化所化的最高代表王国维先生，按陈先生之意，所依托者一旦不能存在，文化也不能存在。那么，为这个文化所化之人也必然不能存在。所以，陈先生认为王静安先生之所以自杀是因为他所依托的那个国不能存在了，具体的东西不存在了，抽象的文化也无法依存，于是执意自杀。

那么，陈先生为什么与王国维先生心心相通？陈先生为什么写《柳如是别传》？这就是我要解释的。中国外来文化，第一个是佛教，佛教有一个特点，就是它是不依靠武力而传播到中国的；后来元朝蒙古族文化进入中国，靠的是武力；清朝满族文化亦然。日本人侵略中国，背后有武力。这二者之间的很大不同是，有些外来文化传入中国，不依靠武力，有的则依靠武力。就明末清初而言，正是满族文化与汉族文化冲突很剧烈的一个时期，在这个时期，钱牧斋与柳如是及其他一大批文化人首当其冲。他们的心态，是为中国的汉族文化所化之人的心态。当明朝这个代表文化，以及使之具体化的国家不存在了，所依托的人，一批自杀了。钱牧斋虽说没有自杀，可是从他的心态看得出来。到了后来辛亥革命彻底推翻了封建王朝，这又是一个文化大变革的时期。王国维先生与陈先生均生活于当时，故陈先生对王先生之所以执意自杀的解释，不同于流俗的那种解释，而是从文化的角度去看。因此，我说爱国主义有两个层次：一般的层次是我爱我的国家，不允许别人侵略；更高层次的则是陈先生式的爱国、王国维先生式的爱国。

有一个问题是近来常谈的，我看本次与会论文中也有：讲陈先生的诗中含有悲观主义情绪，调子不是那么乐观的。为什么呢？还有一个问题，大家都说陈先生是一位考据大师，这话一点也不错。考据这个学问到了陈先生手中得心应手，是到家了。那么，陈先生的考据与乾嘉朴学大师的有没有区别呢？我看区别很大。

陈先生为人，不慕荣利，不与人争，大家都很容易误认为陈先生是“两耳不闻窗外事，一心只读圣贤书”，不关心时事的。实际上，各位陈先生的弟子都知道，陈先生绝不是那种人，陈先生是一位感情非常丰富，对自己的国家、人民非常爱护的人。他非常关心时事，他不仅关心过去的事，也关心时事。陈先生诗中，有古典，有今典，还有佛典，很复杂，我们甚至可以这么说，陈先生的所有著作中，都有一种感情，表面看起来是泛泛的考证，考证是无懈可击的，但考证里面有感情，乾嘉大师们就做不到这点，也不可能做到，二者所处的环境不一样。所以，我们了解、学习陈先生，一方面是学习他的考证、他的学术成就；另一方面，应学习他寄托在考证中的感情，他的每一篇论文（著），特别是《柳如是别传》，他的思想、感情寄托在里面。表面上看起来是烦琐考证：人名、地名，或者日期，核心却是爱国、爱文化。陈先生在1929年写了一首诗，送给北大历史系的学生，诗曰“群趋东邻受国史，神州士夫羞欲死”，说学习中国史却要到日本去学，后来，陈先生寄望于北大历史系学生，希望他们一洗这一耻辱，这当然是爱国主义的表现。我看在这里爱国主义也有两种解释，一种是爱我的国家，一般的；一种是高层次的，爱我们的文化，陈先生此诗，包含高、低两层次的含义。

陈先生之所以在晚年费那么大的力量，克服那么大的困难来写《柳如是别传》，绝对不是为了考证而考证，从陈先生的考证，我们可以学习很多东西。陈先生真正的感情、真正的对中国文化的感情，都在里面。

解放以后，陈先生也写了不少的诗，外面有很多传说。陈先生在诗中是否对现实都满意呢？我认为这不可能，我甚至可以这么说，任何时代的政治也不能为当时的人百分之百地完全接受，我想将来也不会。陈先生的诗十分难懂，周一良先生讲过几次，的确是非常难懂，有些话不能直说，婉转地说，用典，所用的典也很冷僻，很难查。陈先生诗中表现的感情，我觉得并不奇怪，若在五十年代，我还不能这样讲，经过了四十五年，陈先生的想法未必不正确。他忧国忧民，才如此作想。他若对我们的国家、我们的文化根本毫不在意，他就绝对不会写这样的诗。歌颂我们的国家是爱国，对我们的国家不满也是爱国，这是我的看法。若陈先生是真的不爱国的话，他就根本不会做学问、写诗。这正如当时某些上海人所说的“国事管他娘，打打麻将”。对国家漠不关心，才会这样。而陈先生的关心，就是爱国的表现，不管这个国正确不正确。

中山大学多次召开纪念陈寅恪先生的学术讨论会，我觉得非常英明，这为我们活着的人和下一代的人树立了一个爱国主义的榜样，应该得到最高赞扬。

**羡林案：**我这一篇发言，既无讲稿，连提纲也没有。中大历史系的同志们，根据录音，整理成这个样子，实在不容易，应当向他们致谢。我看了一遍，只做了极小的改动。原来的口气都保留了。

1994年10月26日

# 回忆陈寅恪先生

别人奇怪，我自己也奇怪：我写了这样多的回忆师友的文章，独独遗漏了陈寅恪先生。这究竟是为什么呢？对我来说，这是事出有因，查亦有据的。我一直到今天还经常读陈先生的文章，而且协助出版社出先生的全集。我当然会时时想到寅恪先生的。我是一个颇为喜欢舞笔弄墨的人，想写一篇回忆文章，自是意中事。但是，我对先生的回忆，我认为是异常珍贵的，超乎寻常地神圣的。我希望自己的文章不要沾污了这一点神圣性，故而迟迟不敢下笔。到了今天，北大出版社要出版我的《怀旧集》，已经到了非写不行的时候了。

要论我同寅恪先生的关系，应该从六十五年前的清华大学算起。我于1930年考入国立清华大学，入西洋文学系（不知道从什么时候起改名为外国语文系）。西洋文学系有一套完整的教学计划，必修课规定得有条有理，完完整整。但是给选修课留下的时间却是很富裕的。除了选修课以外，还可以旁听或者偷听。教师不以为忤，学生各得其乐。我曾旁听过朱自清、俞平伯、郑振铎等先生的课，都安然无恙，而且因此同郑振铎先生建立了终生的友谊。但也并不是一切都一帆风顺。我同一群学生去旁听冰心先生的课。她当时极年轻，而名满天下。我们是慕名而去的。冰心先生满脸庄严，不苟言笑，看到课堂上挤满了这样多学生，知道其中有“诈”，于是威仪俨然地下了“逐客令”：“凡非选修此课者，下一堂不许再来！”我们悚然而听，憬然而退，从此不敢再进她讲课的教室。四十多年以后，我同冰心重逢，她已经变成了一个慈祥和蔼的老人，由怒目金刚一变而为慈眉菩萨。我向她谈起她当年“逐客”的事情，她已经完全忘记，我们相视而笑，有会于心。

就在这个时候，我旁听了寅恪先生的“佛经翻译文学”。参考书用的是《六祖坛经》，我曾到城里一个大庙里去买过此书。寅恪师讲课，同他写文章一样，先把必要的材料写在黑板上，然后再根据材料进行解释、考证、分析、综合，对地名和人名更是特别注意。他的分析细入毫发，如剥蕉叶，愈剥愈细愈剥愈深，然而一本实事求是的精神，不武断，不夸大，不歪曲，不断章取义。他仿佛引导我们走在山阴道上，盘旋曲折，山重水复，柳暗花明，最终豁然开朗，把我们引上阳关大道。读他的文章，听他的课，简直是一种享受，无法比拟的享受。在中外众多学者中，能给我这种享受的，国外只有亨利希·吕德斯（Heinrich Lüders），在国内只有陈师一人。他被海内外学人公推为考证大师，是完全应该的。这种学风，同后来滋害流毒的“以论代史”的学风，相差不可以道里计。然而，茫茫士林，难得解人，一些鼓其如簧之舌惑学人的所谓“学者”，骄纵跋扈，不禁令人浩叹矣。寅恪师这种学风，影响了我的一生。后来到德国，读了吕德斯教授的书，并且受到了他的嫡传弟子瓦尔特施米特（Waldschmidt）教授的教导和熏陶，可谓三生有幸。可惜自己的学殖瘠茫，又限于天赋，虽还不能说无所收获，然而犹如细流比沧海，空怀仰止之心，徒增效颦之恨。这只怪我自己，怪不得别人。

总之，我在清华四年，读完了西洋文学系所有的必修课程，得到了一个学士头衔。现在回想起来，说一句不客气的话：我从这些课程中收获不大。欧洲著名的作家，什么莎士比亚、歌德、塞万提斯、莫里哀、但丁等等的著作都读过，连现在忽然时髦起来的《尤利西斯》和《追忆似水年华》等等也都读过。然而大都是浮光掠影，并不深入。给我留下深远影响的课反而是一门旁听课和一门选修课。前者就是在上面谈到寅恪师的“佛经翻译文学”；后者是朱光潜先生的“文艺心理学”，也就是美学。关于后者，我在别的地方已经谈过，这里就不再赘述了。

在清华时，除了上课以外，同陈师的接触并不太多。我没到他家去过一次。有时候，在校内林荫道上，在熙往攘来的学生人流中，有时会见到陈师去上课。身着长袍，朴素无华，肘下夹着一个布包，里面装满了讲课时用的书籍和资料。不认识他的人，恐怕大都把他看成是琉璃厂某一个书店的到清华来送书的老板，决不会知道，他就是名扬海内外的大学者。他同当时清华留洋归来的大多数西装革履、发光鉴人的教授，迥乎不同。在这一方面，他也给我留下了毕生难忘的印象，令我受益无穷。

离开了水木清华，我同寅恪先生有一个长期的别离。我在济南教了一年国文，就到了德国哥廷根大学。到了这里，我才开始学习梵文、巴利文和吐火罗文。在我一生治学的道路上，这是一个极关重要的转折点。我从此告别了歌德和莎士比亚，同释迦牟尼和弥勒佛打起交道来。不用说，这个转变来自寅恪先生的影响。真是无巧不成书，我的德国老师瓦尔特施米特教授同寅恪先生在柏林大学是同学，同为吕德斯教授的学生。这样一来，我的中德两位老师同出一个老师的门下。有人说：“名师出高徒。”我的老师和太老师们不可谓不“名”矣，可我这个徒却太不“高”了。忝列门墙，言之汗颜。但不管怎样说，这总算是一个中德学坛上的嘉话吧。

我在哥廷根十年，正值二战，是我一生精神上最痛苦然而在学术上收获却是最丰富的十年。国家为外寇侵入，家人数年无消息，上有飞机轰炸，下无食品果腹。然而读书却无任何干扰。教授和学生多被征从军。偌大的两个研究所：印度学研究所和汉学研究所，都归我一个人掌管。插架数万册珍贵图书，任我翻阅。在汉学研究所深深的院落里，高大阴沉的书库中；在梵学研究所古老的研究室中，阒无一人。天上飞机的嗡嗡声与我腹中的饥肠辘辘声相应和。闭目则浮想联翩，神驰万里，看到我的国，看到我的家。张目则梵典在前，有许多疑难问题，需要我来发覆。我此时恍如遗世独立，苦欤？乐欤？我自己也回答不上来了。

经过了轰炸的炼狱，又经过了饥饿，到了1945年，在我来到哥廷根十年之后，我终于盼来了光明，东西法西斯垮台了。美国兵先攻占哥廷根，后来英国人来接管。此时，我得知寅恪先生在英国医目疾。我连忙写了一封长信，向他汇报我十年来学习的情况，并将自己在哥廷根科学院院刊及其他刊物上发表的一些论文寄呈。出乎我意料地迅速，我得了先生的复信，也是一封长信，告诉我他的近况，并说不久将回国。信中最重要的事情是说，他想向北大校长胡适，代校长傅斯年，文学院长汤用彤几位先生介绍我到北大任教。我真是喜出望外，谁听到能到最高学府来任教而会不引以为荣呢？我于是立即回信，表示同意和感谢。

这一年深秋，我终于告别了住了整整十年的哥廷根，怀着“客树回看成故乡”的心情，一步三回首地到了瑞士。在这个山明水秀的世界公园里住了几个月，1946年春天，经过法国和越南的西贡，又经过香港，回到了上海。在克家的榻榻米上住了一段时间。从上海到了南京，又睡到了长之的办公桌上。这时候，寅恪先生也已从英国回到南京。我曾谒见先生于俞大维官邸中。谈了谈阔别十多年以来的详细情况，先生十分高兴，叮嘱我到鸡鸣寺下中央研究院去拜见北大代校长傅斯年先生，特别嘱咐我带上我用德文写的论文，可见先生对我爱护之深以及用心之细。

这一年的深秋，我从南京回到上海，乘轮船到了秦皇岛，又从秦皇岛乘火车回到了阔别十二年的北京（当时叫北平）。由于战争关系，津浦路早已不通，回北京只能走海路，从那里到北京的铁路由美国少爷兵把守，所以还能通车。到了北京以后，一片“落叶满长安”的悲凉气象。我先在沙滩红楼暂住，随即拜见了汤用彤先生。按北大当时的规定，从海外得到了博士学位回国的人，只能任副教授，在清华叫做专任讲师，经过几年的时间，才能转向正教授。我当然不能例外，而且心悦诚服，没有半点非分之想。然而过了大约一周的光景，汤先生告诉我，我已被聘为正教授，兼东方语言文学系的系主任。这真是石破天惊，大大地出我意料。我这个当一周副教授的纪录，大概也可以进入吉尼斯世界纪录了吧。说自己不高兴，那是谎言，那是矫情。由此也可以看出老一辈学者对后辈的提携和爱护。

不记得是在什么时候，寅恪师也来到北京，仍然住在清华园。我立即到清华去拜见。当时从北京城到清华是要费一些周折的，宛如一次短途旅行。沿途几十里路全是农田。秋天青纱帐起，还真有绿林人士拦路抢劫的。现在的年轻人很难想象了。但是，有寅恪先生在，我决不会惮于这样的旅行。在三年之内，我颇到清华园去过多次。我知道先生年老体弱，最喜欢当年住北京的天主教外国神甫亲手酿造的栅栏红葡萄酒。我曾到今天市委党校所在地当年神甫们的静修院的地下室中去买过几次栅栏红葡萄酒，又长途跋涉送到清华园，送到先生手中，心里颇觉安慰。几瓶酒在现在不算什么。但是在当时通货膨胀已经达到了钞票上每天加一个0还跟不上物价飞速提高的速度的情况下，几瓶酒已经非同小可了。

有一年的春天，中山公园的藤萝开满了紫色的花朵，累累垂垂，紫气弥漫，招来了众多的游人和蜜蜂。我们一群弟子们，记得有周一良、王永兴、汪篯等，知道先生爱花。现在虽患目疾，几近失明；但据先生自己说，有些东西还能影影绰绰看到一团影子。大片藤萝花的紫光，先生或许还能看到。而且在那种兵荒马乱、物价飞涨、人命微贱、朝不虑夕的情况下，我们想请先生散一散心，征询先生的意见，他怡然应允。我们真是大喜过望，在来今雨轩藤萝深处，找到一个茶桌，侍先生观赏紫藤。先生显然兴致极高。我们谈笑风生，尽欢而散。我想，这也许是先生在那样的年头里最愉快的时刻。

还有一件事，也给我留下了毕生难忘的回忆。在解放前夕，政府经济实已完全崩溃。从法币改为银元券，又从银元券改为金元券，越改越乱，到了后来，到粮店买几斤粮食，携带的这币那券的重量有时要超过粮食本身。学术界的泰斗、德高望重、被著名的史学家郑天挺先生称之为“教授的教授”的陈寅恪先生也不能例外。到了冬天，他连买煤取暖的钱都没有，我把这情况告诉了已经回国的北大校长胡适之先生。胡先生最尊重最爱护确有成就的知识分子。当年他介绍王静安先生到清华国学研究院去任教，一时传为佳话。寅恪先生在《王观堂先生挽词》中有几句诗："鲁连黄鹞绩溪胡，独为神州惜大儒。学院遂闻传绝业，园林差喜适幽居。"讲的就是这一件事。现在却轮到适之先生再一次"独为神州惜大儒"了，而这个"大儒"不是别人，竟是寅恪先生本人。适之先生想赠寅恪先生一笔数目颇大的美元。但是，寅恪先生却拒不接受。最后寅恪先生决定用卖掉藏书的办法来取得适之先生的美元。于是适之先生就派他自己的汽车——顺便说一句，当时北京汽车极为罕见，北大只有校长的一辆——让我到清华陈先生家装了一车西文关于佛教和中亚古代语言的极为珍贵的书。陈先生只有收二千美元。这个数目在当时虽不算少，然而同书比起来，还是微不足道的。在这一批书中，仅一部《圣彼得堡梵德大词典》的市价就远远超过这个数目了。这一批书实际上带有捐赠的性质。而寅恪师对于金钱的一介不取的狷介性格，由此也可见一斑了。

在这三年内，我同寅恪师往来颇频繁。我写了一篇论文:《浮屠与佛》，首先读给他听，想听听他的批评意见。不意竟得到他的赞赏。他把此文介绍给《中央研究院史语所集刊》发表。这个刊物在当时是最具权威性的刊物，简直有点"一登龙门，声价十倍"的威风。我自然感到受宠若惊。差幸我的结论并没有瞎说八道，几十年以后，我又写了一篇《再谈浮屠与佛》，用大量的新材料，重申前说，颇得到学界同行们的赞许。

在我同先生来往的几年中，我们当然会谈到很多话题。谈治学时最多，政治也并非不谈但极少。寅恪先生决不是一个“闭门只读圣贤书”的书呆子。他继承了中国“士”的优良传统：天下兴亡，匹夫有责。从他的著作中也可以看出，他非常关心政治。他研究隋唐史，表面上似乎是满篇考证，骨子里谈的都是成败兴衰的政治问题，可惜难得解人。我们谈到当代学术，他当然会对每一个学者都有自己的看法。但是，除了对一位明史专家外，他没有对任何人说过贬低的话。对青年学人，只谈优点，一片爱护青年学者的热忱。真令人肃然起敬。就连那一位由于误会而对他专门攻击，甚至说些难听的话的学者，陈师也从来没有说过半句褒贬的话。先生的盛德由此可见。鲁迅先生从来不攻击年轻人，差堪媲美。

时光如电，人事沧桑，转眼就到了1948年年底。解放军把北京城团团包围住。胡适校长从南京派来了专机，想接几个教授到南京去，有一个名单。名单上有名的人，大多数都没有走，陈寅恪先生走了。这又成了某一些人探讨研究的题目：陈先生是否对共产党有看法？他是否对国民党留恋？根据后来出版的浦江清先生的日记，寅恪先生并不反对共产主义，他反对的仅是苏联牌的共产主义。在当时，这也许是一个怪想法，甚至是一个大逆不道的想法。然而到了今天，真相已大白于天下，难道不应该对先生的睿智表示敬佩吗？至于他对国民党的态度，最明显地表现在他对蒋介石的态度上。1940年，他在《庚辰暮春重庆夜宴归作》这一首诗中写道：“食蛤那知天下事，看花愁近最高楼。”吴宓先生对此诗作注说：“寅恪赴渝，出席中央研究院会议，寓俞大维妹丈宅。

已而蒋公宴请中央研究院到会诸先生。寅恪于座中初次见蒋公，深觉其人不足为，有负厥职，故有此诗第六句。”按即“看花愁近最高楼”这一句。寅恪师对蒋介石，也可以说是对国民党的态度表达得不能再清楚明白了。然而，几年前，一位台湾学者偏偏寻章摘句，说寅恪先生早有意到台湾去。这真是天下一大怪事。

到了南京以后，寅恪先生又辗转到了广州，从此就留在那里没有动。他在台湾有很多亲友，动员他去台湾者，恐怕大有人在，然而他却岿然不为所动。其中详细情况，我不得而知。我们国家许多领导人，包括周恩来、陈毅、陶铸、郭沫若等等，对陈师礼敬备至。他同陶铸和老革命家兼学者的杜国庠，成了私交极深的朋友。在他晚年的诗中，不能说没有欢快之情，然而更多的却是抑郁之感。现在回想起来，他这种抑郁之感能说没有根据吗？能说不是查实有据吗？我们这一批老知识分子，到了今天，都已成了过来人。如果不昧良心说句真话，同陈师比较起来，只能说我们愚钝，我们麻木，此外还有什么话好说呢？

1951年，我奉命随中国文化代表团，访问印度和缅甸。在广州停留了相当长的时间，准备将所有的重要发言稿都译为英文，我当然不会放过这个机会的，我到岭南大学寅恪先生家中去拜谒。相见极欢，陈师母也殷勤招待。陈师此时目疾虽日益严重，仍能看到眼前的白色的东西。有关领导，据说就是陈毅和陶铸，命人在先生楼前草地上铺成了一条白色的路，路旁全是绿草，碧绿与雪白相映照，供先生散步之用。从这一件小事中，也可以看到我们国家对陈师尊敬之真诚了。陈师是极富于感情的人，他对此能无所感吗？

然而，世事如白云苍狗，变幻莫测。解放后不久，正当众多的老知识分子兴高采烈、激情未熄的时候，华盖运便临到头上。运动一个接着一个，针对的全是知识分子。批完了《武训传》，批俞平伯，批完了俞平伯，批胡适，一路批，批，批，斗，斗，斗，最后批到了陈寅恪头上。此时极大规模的、遍及全国的反右斗争还没有开始。老年反思，我在政治上是个蠢才。对这一系列的批和斗，我是心悦诚服的，一点没有感到其中有什么问题。我虽然没有明确地意识到，在我灵魂深处，我真认为中国老知识分子就是"原罪"的化身，批是天经地义的。但是，一旦批到了陈寅恪先生头上，我心里却感到不是味。虽然经人再三动员，我却始终没有参加到这一场闹剧式的大合唱中去。我不愿意厚着面皮，充当事后的诸葛亮，我当时的认识也是十分模糊的；但是，我毕竟没有行动。现在时过境迁，在四十年之后，想到我没有出卖我的良心，差堪自慰，能够对得起老师在天之灵了。

可是，从那以后，直到老师于1969年在空前浩劫中被折磨得离开了人世，将近二十年中，我没能再见到他。现在我的年龄已经超过了他在世的年龄五年，算是寿登耄耋了。现在我时常翻读先生的诗文。每读一次，都觉得有新的收获。我明确意识到，我还未能登他的堂奥。哲人其萎，空余著述。我却是进取有心，请益无人，因此更增加了对他的怀念。我们虽非亲属，我却时有风木之悲。这恐怕也是非常自然的吧。

我已经到了望九之年，虽然看样子离开为自己的生命划句号的时候还会有一段距离，现在还不能就作总结；但是，自己毕竟已经到了日薄西山、人命危浅之际，不想到这一点也是不可能的。

我身历几个朝代，忍受过千辛万苦。现在只觉得身后的路漫长无边，眼前的路却是越来越短，已经是很有限了。我并没有倚老卖老，苟且偷安；然而我却明确地意识到，我成了一个“悲剧”人物。我的悲剧不在于我不想“不用扬鞭自奋蹄”，不想“老骥伏枥，志在千里”，而是在“老骥伏枥，志在万里”。自己现在承担的或者被迫承担的工作，头绪繁多，五花八门，纷纭复杂，有时还矛盾重重，早已远远超过了自己的负荷量，超过了自己的年龄。这里面，有外在原因，但主要是内在原因。清夜扪心自问：自己患了老来疯了吗？你眼前还有一百年的寿命吗？可是，一到了白天，一接触实际，件件事情都想推掉，但是件件事情都推不掉，真仿佛京剧中的一句话：“马行在夹道内，难以回马。”此中滋味，只有自己一人能了解，实不足为外人道也。

在这样的情况下，我有时会情不自禁地回想自己的一生。自己究竟应该怎样来评价自己的一生呢？我虽遭逢过大大小小的灾难，像十年浩劫那样中国人民空前的愚蠢到野蛮到令人无法理解的灾难，我也不幸——也可以说是有“幸”身逢其盛，几乎把一条老命搭上；然而我仍然觉得自己是幸运的，自己赶上了许多意外的机遇。我只举一个小例子。自从盘古开天地，不知从哪里吹来了一股神风，吹出了知识分子这个特殊的族类。知识分子有很多特点。在经济和物质方面是一个“穷”字，自古已然，于今为烈。在精神方面，是考试多如牛毛。在这里也是自古已然，于今为烈。例子俯拾即是，不必多论。我自己考了一辈子，自小学、中学、大学，一直到留学，月有月考，季有季考，还有什么全国通考，考得一塌糊涂。可是我自己在上百场园内外的考试中，从来没有名落孙山。你能说这不是机遇好吗？

但是，俗话说："一个篱笆三个桩，一个好汉三个帮。"如果没有人帮助，一个人会是一事无成的。在这方面，我也遇到了极幸运的机遇。生平帮过我的人无虑数百。要我举出人名的话，我首先要举出的，在国外有两个人，一个是我的博士论文导师瓦尔特施米特教授，另一个是教吐火罗语的老师西克教授。在国内的有四个人：一个是冯友兰先生，如果没有他同德国签订德国清华交换研究生的话，我根本到不了德国。一个是胡适之先生，一个是汤用彤先生，如果没有他们的提携的话，我根本来不了北大。最后但不是最少，是陈寅恪先生。如果没有他的影响的话，我不会走上现在走的这一条治学的道路，也同样是来不了北大。至于他为什么不把我介绍给我的母校清华，而介绍给北大，我从来没有问过他，至今恐怕永远也是一个谜，我们不去谈它了。

我不是一个忘恩负义的人。我一向认为，感恩图报是做人的根本准则之一。但是，我对他们四位，以及许许多多帮助过我的师友怎样"报"呢？专就寅恪师而论，我只有努力学习他的著作，努力宣扬他的学术成就，努力帮助出版社把他的全集出全，出好。我深深地感激广州中山大学的校领导和历史系的领导，他们再三举办寅恪先生学术研讨会，包括国外学者在内，群贤毕至。中大还特别创办了陈寅恪纪念馆。所有这一切，我这个寅恪师的弟子都看在眼中，感在心中，感到很大的慰藉。国内外研究陈寅恪先生的学者日益增多，先生的道德文章必将日益发扬光大，这是毫无问题的。这是我在垂暮之年所能得到的最大的愉快。

然而，我仍然有我个人的思想问题和感情问题。我现在是"后已见来者”，然而却是“前不见古人”，再也不会见到寅恪先生了。我心中感到无限的空漠，这个空漠是无论如何也填充不起来了。掷笔长叹，不禁老泪纵横矣。

1995年12月1日

# 一个真正的中国人<br>一个真正的中国知识分子*

我的题目《一个真正的中国人，一个真正的中国知识分子》，分为两个问题，“一个真正的中国人”讲陈先生的爱国主义，因为近几年国内外对陈先生的著作写了很多文章，也是非常有深度的，可是我感到有一点不大够，我们中国评论一个人是“道德文章”，道德摆在前面，文章摆在后面，这标准看起来很简单，实际上并不简单。据我知道，在国际上评论一个人时把道德摆在前面并不是太多。我们中国历史上的严嵩，大家知道是一个坏人，可字写得非常好。传说北京的六必居，还有山海关“天下第一关”都是严嵩写的，没有署名，因为他人坏、道德不行，艺术再好也不行，这是咱们中国的标准。今天我着重讲一下我最近对寅恪先生道德方面的一些想法，不一定都正确。

第一个讲爱国主义。关于爱国主义，过去我写过文章，我听说有一位台湾的学者认同我所说的陈先生是爱国主义者，我感到很高兴。爱国主义这个问题我考虑过好多年，什么叫爱国主义？爱国主义有几种、几类？是不是一讲爱国主义都是好的？在此我把考虑的结果向大家汇报一下。

---

* 本文是季羡林先生在广州中山大学召开的纪念陈寅恪先生的学术研讨会上的发言。——编者注

爱国须有“国”，没有“国”就没有爱国主义，这是很简单的。有了国家以后就出现了爱国主义。在中国，出现了许多爱国者，比欧洲、美国都多：岳飞、文天祥、史可法等。在欧洲历史上找一个著名的爱国者比较难。我记得小学时学世界历史，有法国爱国者 Jeanne d'Arc（贞德），好像在欧洲历史上再找一个岳飞、文天祥式的爱国者很难，什么原因呢？并不是欧洲人不爱国，也不是说中国人生下来就是爱国的，那是唯心主义。我们讲存在决定意识，因此可以说，是我们的环境决定我们爱国。什么环境呢？在座的都是历史学家，都知道我们中国几千年的历史有一个特点，北方一直有少数民族的活动。先秦，北方就有少数民族威胁中原；先秦之后秦始皇雄才大略，面对北方的威胁派出大将蒙恬去征伐匈奴；到了西汉的开国之君刘邦时，也曾被匈奴包围过；武帝时派出卫青、霍去病征伐匈奴，取得胜利，对于丝绸之路的畅通等有重大意义。六朝时期更没法说了，北方的少数民族或者叫兄弟民族到中原来。隋朝很短。唐代是一个伟大的朝代，唐代的开国之君李渊曾对突厥秘密称臣，不敢宣布，不敢明确讲这个问题。到了宋代，北方辽、金取代了突厥，宋真宗“澶渊之盟”大家都是知道的，不需我讲了，宋徽宗、宋钦宗都被掟到了北方。之后就是南宋，整个宋代由于北方少数民族的威胁，产生了大爱国主义者岳飞、文天祥。元代是蒙古贵族当政，也不必说了。明代又是一个大朝代，明代也受到北方少数民族的威胁，明英宗也有土木堡之围。明代之后清朝又是满族贵族当政。

中国两千多年以来的历史一直有外敌或内敌（下面还将讲这个问题）威胁，如果没有外敌的话，我们也产生不出岳飞、文天祥，也出不了爱国诗人陆游及更早牧羊北海的苏武。中华民族近两千年的历史一直受外敌，后来是西方来或南来的欧洲，或东方来的敌人的威胁。所以，现在中国五十六个民族，过去不这么算，始终都有外敌。外敌存在是一种历史存在，由于有这么一个历史存在，决定了中国五十六个民族爱我们的祖国。

欧洲的历史与这不一样，很不一样。虽然难于从欧洲史上找出爱国主义者，但是欧洲人都爱国，这是毫无问题的，他们都爱自己的国家。我说中国人、中华民族爱国是存在决定意识，这是第一个问题。

第二个问题，爱国主义是不是好的？大家一看，爱国主义能是坏东西吗？我反复考虑这个问题，觉得没那么简单。我在上次纪念论文集的序言中讲了一个看法，认为爱国主义有广义、狭义之分。狭义的爱国主义指敌我矛盾时的表现，如苏武、岳飞、文天祥、史可法；还有一种爱国主义不一定针对敌人，像杜甫"致君尧舜上，再使风俗淳"，"君"嘛当然代表国家，在当时爱君就是爱国家，杜甫是爱国的诗人。所以，爱国主义有狭义、广义这么两种。最近我又研究这一问题，现在有这么一种不十分确切的看法，爱国主义可分为正义的爱国主义与非正义的爱国主义。正义的爱国主义是什么呢？一个民族、一个国家受外敌压迫、欺凌、屠杀，这时候的爱国主义我认为是正义的爱国主义，应该反抗，敌人来了我们自然会反抗。还有一种非正义的爱国主义，压迫别人的民族，欺凌别人的民族，他们也喊爱国主义，这种爱国主义能不能算正义的？国家名我不必讲，我一说大家都知道是哪个国家，杀了人家，欺侮人家，那么你爱国爱什么国，这个国是干嘛的？所以，我将爱国主义分为两类，即正义的爱国主义与非正义的爱国主义，爱国主义不都是好的。

我这个想法惹出一场轩然大波。北京有一个大学校长，看了我这个想法，非常不满，给我写了一封信，说：季羡林你那个想法在我校引起了激烈的争论，认为你说的不对，什么原因呢？你讲的当时的敌人现在都是我们五十六个民族之一，照你这么一讲不是违反民族政策吗？帽子扣得大极了。后来我一想，这事儿麻烦了，那个大学校长亲自给我写信！我就回了一封信，我说贵校一部分教授对我的看法有意见，我非常欢迎，但我得解释我的看法，一是不能把古代史现代化，二是你们那里的教授认为，过去的民族战争，如与匈奴打仗是内战，岳飞与金打仗是内战，都是内战，不能说是爱国。我说，按照这种讲法，中国历史上没有一个爱国者，都是内战牺牲者。若这样，首先应该把西湖的岳庙拆掉，把文天祥的祠堂拆掉，这才属于符合民族政策，这里需加上引号。

关于内战，我说我给你举一个例子，元朝同宋朝打仗能说是民族战争吗？今天的蒙古人民共和国承认是内战吗？别的国家没法说的，如匈奴现在我们已经搞不清楚了。鲁迅先生几次讲过，当时元朝征服中国时，已经征服俄罗斯了，所以不能讲是内战。我说，你做校长的，真正执行民族政策应该讲道理，不能歪曲，我还听说有人这样理解岳飞的《满江红》，岳飞的《满江红》中有一句“壮志饥餐胡虏肉，笑谈渴饮匈奴血”，他们理解为你们那么厉害，要吃我们的肉，喝我们的血。岳飞的《满江红》是真是假，还值得研究，一般认为是假的。但我知道，邓广铭教授认为是真的。不管怎么样，我们不搞那些考证。虽然这话说得太厉害了，内战嘛，怎么能吃肉喝血。我给他们回信说，你做校长的要给大家解释，说明白，讲道理，不能带情绪。我们五十六个民族基本上是安定团结的，没问题的。安定团结并不等于说用哪一个民族的想法支配别的民族，这样不利于安定团结。后来他没有给我回信，也许他们认为我的说法有道理。

现在我感觉到爱国主义不一定都是好的，也有坏的。像牧羊的苏武、岳飞、文天祥，面对匈奴，抵抗金、蒙古，这些都是真的爱国主义。那么，陈先生的爱国主义呢？

大家都知道，我说陈先生是三世爱国，三代人。第一代人陈宝箴出生于1831年，1860年到北京会试，那时候英法联军火烧圆明园，陈宝箴先生在北京城里看见西方烟火冲天，痛哭流涕。1895年陈宝箴先生任湖南巡抚，主张新政，请梁启超做时务学堂总教习。陈宝箴先生的儿子陈三立是当时的大诗人，陈三立就是陈散原，也是爱国的，后来年老生病，陈先生迎至北京奉养。1937年陈三立先生生病，后来卢沟桥事变，陈三立老人拒绝吃饭，拒绝服药。前面两代人都爱国，陈先生自己对中国充满了热爱，有人问为什么1949年陈先生到南方来，关键问题在上次开会之前就有点争论。有一位台湾学者说陈先生对国民党有幻想，要到台湾去。广州一位青年学者说不是这样。实际上可以讲，陈先生到了台湾也是爱国，因为台湾属于中国，没有出国，这是诡辩。事实上，陈先生到了广东不再走了，他对蒋介石早已失望。四十年代中央研究院院士开会，蒋介石接见，陈先生回来写了一首诗："看花愁近最高楼"，他对蒋介石印象如此。

大家一般都认为陈先生是钻进象牙塔里做学问的，实际上，在座的与陈先生接触过的还有不少，我也与陈先生接触了几年，陈先生非常关心政治，非常关心国家前途，所以说到了广东后不再走了。陈先生后来呢，这就与我所讲的第二个问题有关了。

陈先生对共产主义是什么态度，现在一些人认为他反对共产主义，实际上不是这样的，大家看一看浦江清《清华园日记》，他用英文写了几个字，说陈先生赞成Communism（共产主义），但反对Russian Communism，即陈先生赞成共产主义，但反对俄罗斯式的共产主义。浦江清写日记，当时不敢写“共产”两个字，用了英语。说陈先生反对共产主义是不符事实的。那么，为什么他又不到北京去，这就涉及我讲的第二个问题。第一个问题我讲了陈先生是一个真正的中国人，重点在“真正”，三代爱国还不“真正”吗？这第二个问题讲陈先生是一个真正的中国知识分子。

我自己作为一个中国的知识分子，也做了有八十年了，有一点体会。中国这个国家呢，从历史上讲始终处于别人的压迫之下，当时是敌人现在可能不是了，不过也没法算，你说他们现在跑到哪里去了，谁知道。世界上哪有血统完全纯粹的人！没有。我们身上流的都是混血，广州还好一点，广东胡血少。我说陈先生为什么不到北京去？大家都知道，周总理、陈毅、郭沫若他们都希望陈先生到北方去，还派了一位陈先生的弟子来动员，陈先生没有去，提出的条件大家都知道，我也就不复述了。到了1994年，作为一个中国的知识分子，我写过一篇文章《一个老知识分子的心声》，我说中国的知识分子由于历史条件决定有两个特点，第一个爱国，刚才我已讲过了；第二个骨头硬，硬骨头，骨头硬并不容易。毛泽东赞扬鲁迅，说鲁迅的骨头最硬，这是中国知识分子的优良传统。

三国时祢衡骂曹操。章太炎骂袁世凯，大家都知道，章太炎挂着大勋章，赤脚，到新华门前骂袁世凯，他那时就不想活着回来。袁世凯这个人很狡猾，未敢怎么样。中国知识分子的这种硬骨头，这种精神，据我了解，欧洲好像也不大提倡。我在欧洲呆了多年，有一点发言权，不过也不是百分之百的正确。所以，爱国是中国知识分子几千年来的一个传统，硬骨头又是一个传统。

陈先生不到北京，是不是表示他的骨头硬，若然，这下就出问题了：你应不应该啊？你针对谁啊？你对我们中华人民共和国骨头硬吗？我们五十年代的党员提倡做驯服的工具，不允许硬，难道不对吗？所以，中国的问题很复杂。

我举两个例子，都是我的老师，一个是金岳霖先生，清华园时期我跟他上过课；一个是汤用彤先生，到北大后我听过他的课，我当时是系主任。这是北方的两位，还可以举出其他很多先生，南方的就是陈寅恪先生。

金岳霖先生是伟大的学者，伟大的哲学家，他平常非常随便，后来他在政协呆了很多年，我与金岳霖先生同时呆了十几年，开会时常在一起，同在一组，说说话，非常随便。有一次开会，金岳霖先生非常严肃地作自我批评，绝不是开玩笑的，什么原因呢？原来他买了一张古画，不知是唐伯虎的还是祝枝山的，不清楚，他说这不应该，现在革命了，买画是不对的。玩物丧志，我这个知识分子应该做深刻的自我批评，深挖灵魂中的资产阶级思想。不是开玩笑，真的！当时我也有点不明白，因为我的脑袋也是驯服的工具，我也有点吃惊，我想金先生怎么这样呢，这样表现呢？

汤用彤先生也是伟大的学者，后来年纪大了，坐着轮椅。我有时候见着他，他和别人说话，总讲共产党救了我，我感谢党对我的改造、培养；他说，现在我病了，党又关怀我，所以，我感谢党的改造、培养、关怀。他也是非常真诚的。金岳霖、汤用彤先生不会讲假话的，那么对照一下，陈先生怎么样呢？我不说了。我想到了孟子说的几句话：

> 富贵不能淫，贫贱不能移，威武不能屈，此之谓大丈夫。

陈先生真够得上一个“大丈夫”。

现在有个问题搞不清楚，什么问题呢？究竟是陈先生正确呢，还是金岳霖、汤用彤先生和一大批先生正确呢？我提出来，大家可以研究研究。现在比较清楚了，改革开放以后，知识分子脑筋中的紧箍咒少了，感觉舒服了，可是五十年代的这么两个例子，大家评论一下。像我这样的例子，我也不会讲假话，我也不肯讲假话，不过我认为我与金岳霖先生一派，与汤用彤先生一派，这一点无可怀疑。到了1958年大跃进，说一亩地产十万斤，当时苏联报纸就讲一亩地产十万斤的话，粮食要堆一米厚，加起麦秆来更高，于理不通的。“人有多大胆，地有多大产”，完全是荒谬的，当时我却非常真诚，像我这样的人当时被哄了一大批。我非常真诚，我并不后悔，因为一个人认识自己非常困难，认识社会也不容易。

我常常讲，我这个人不是“不知不觉”，更不是“先知先觉”，而是“后知后觉”，我对什么事情的认识，总比别人晚一步。今天我就把我最近想的与知识分子有关的问题提出来，让大家考虑考虑，我没有答案。我的行动证明我是金岳霖先生一派、汤用彤先生一派，这一派今天正确不正确，我也不说，请大家考虑。

1999年

# 对陈寅恪先生的一点新认识

我忝列寅恪先生门下，自谓颇读了一些先生的书，对先生的治学方法有一点了解，对先生的为人也有所了解，自己似乎真正能了解陈寅恪先生了。

但是实际情况并不是这样。

我以前注意到，先生是考据大师，其造诣之深绝不在乾嘉诸朴学大师之下。但是有一点却是乾嘉大师所无法望其项背的。寅恪先生绝不像乾嘉大师那样似乎只是为考证而考证，他在考证中寓有极深刻的思想性，比如他研究历史十分重视民族关系、文化关系、对外文化交流的关系，以及家族和地域关系等等，读了他的著作，绝不会仅仅得到一点精确的历史知识，而是会得到思想性和规律性极强的知识和认识，让你有豁然开朗之感。

在清华国学研究院四大导师中，寅恪先生在这一点上是很突出的。梁任公先生思想活泼，极富创新能力，但是驳杂多变，不成体系。王静安先生早期颇具一个哲学家、思想家的素质；但是，到了晚年，则一头钻入考据探讨中，不复有任何思想色彩。赵元任先生走的是另外一条路，不在我讨论范围之内。总之，我认为在清华四大导师中，寅恪先生是最具备一个思想家素质的人。至于先生是不是一个杰出的思想家，则是我从来没有想到过的一个问题。

最近读了李慎之先生的一篇文章，题目是《独立之精神，自由之思想》(《学术界》2000年第5期),极有创见,论证极能说服人。我恍然大悟,寅恪先生是中国二十世纪杰出的思想家之一,我深信不疑。这种近在眼前的事,我在几十年中竟没有悟到,愧一己之愚鲁,感慎之之启迪。在内疚之余,觉得自己对寅恪先生的认识,终于又近了一步,又不禁喜上眉梢了。

"独立之精神,自由之思想"这两个词儿是先生所撰的"清华大学王观堂先生纪念碑铭"中的话,是赞美王静安先生的。原来王静安先生自沉后,陈先生哀痛备至,又是写诗,又是写文章,来表达自己的哀思。静安先生自沉的原因,学者间意见颇不一致。依我个人的看法,原因并不复杂。他的遗言:"五十之年,只欠一死;经此事变,义无再辱。"说得十分清楚。"事变",指的是国民党军的北伐。王氏是一个大学者,一个大师,谁也不会有异辞。但是,心甘情愿地充当末代皇帝溥仪小朝廷上的"上书房行走",又写诗赞美妖婆慈禧,实在不能不令人惋惜。他在政治上实在是非常落后,非常迟钝的。陈寅恪先生把他的死因不说成是殉清,而是殉中国文化,说他是具有"独立之精神,自由之思想",又说"文化神州丧一身",颇有拔高之嫌。我认为,能当得起这两句话的只有陈先生本人。

我在这里想附带讲一个小问题。在王观堂先生挽词中有两句诗:"回思寒夜话明昌,相对南冠泣数行。"王观堂先生流泪是很自然的。但是,寅恪先生三世爱国,结果却是祖父被慈禧赐死,父亲被慈禧斥逐,他对清代不会有什么好感的,可是他何以也"泣数行"呢?他这眼泪是从哪里流出来的呢?难道这就是他所说的"君为李煜亦期之以刘秀"吗?

几年前，我曾写过一篇文章《一个老知识分子的心声》，讲了一点我心里想讲的话。我认为，在过去几千年的历史上，中国优秀的知识分子有两个特点：一个是根深蒂固的爱国心，这是由历史环境所造成的，并不是说中国知识分子有爱国的基因；一个是硬骨头精神。中国历史上出了许多铮铮铁骨的知识分子，千载传颂。孟子说："富贵不能淫，贫贱不能移，威武不能屈，此之谓大丈夫。"我过去对所谓"硬骨头"就只能理解到这个水平。现在看来，是远远不够了。寅恪先生的"独立之精神，自由之思想"，是现代的科学的说法，拿来用到我所说的"硬骨头"上恰如其分。

将近一年前，我在广州中山大学召开的纪念陈寅恪先生的学术讨论会上作了一次发言，题目是《一个真正的中国人，一个真正的中国知识分子》，前一句是歌颂寅恪先生的爱国主义，后一句是赞美他的硬骨头精神，颇获得与会者的赞同。在发言中，我讲到，建国以后，绝大部分的，即使不是百分之百的知识分子，包括许多留学国外多年的高级知识分子在内，都是自觉自愿地进行所谓"思想改造"，认真严肃地参加造神运动。我的两位极可尊敬的老师，都是大名鼎鼎的学术大师，也参加到这个庞大的造神队伍中来。他们绝不会有任何私心杂念，完全是一片赤诚。要说一点原因都没有，那也是不对的。他们在旧社会呆过，在国外呆过，在半殖民地的社会中受到外人的歧视，心中充满了郁懑之气，一旦中国人民站起来了，哪能不感激涕零呢？我在政治方面是后知后觉。我也着了迷似的参加造神活动，甚至失掉了最起码的常识。人家说，一亩地能产五十万斤粮食，我也深信不疑，"人有多大胆，地有多大产"嘛！我膜拜在自己造的神脚下，甚至幻想以自己的性命来表达忠诚。结果被神打倒在地，差一点丢掉了小命。然而，在南方的陈寅恪先生却依然爱国不辍，头脑清醒，依旧坚持“独立之精神，自由之思想”。我和我那两位老师是真诚的，其他广大的知识分子也是真诚的。可是这两个“真诚”之间不有天地悬殊的差异吗？何者为优？何者为劣？由聪明的读者自己去判断吧！我自己是感到羞愧的。中国历史上，大知识分子着了迷，干可笑的事情的先例，我现在还想不起来。

我主要论述的是寅恪先生的人生基本态度，也就是“独立之精神，自由之思想”。这似乎有点离了题，可是我认为，并没有离。一个学者的基本人生态度怎么能够同他的学术思想截然分开呢？以陈先生的人生基本态度为切入口来求索他的学术思想，必能有新的收获。但是，这个工作我不做了，请其他有志有识之士去完成吧。

2000年10月3日

# 回忆汤用彤先生

自己已经到了望九之年。过去八十多年的忆念，如云如烟，浩渺一片。但在茫茫的烟雾中，却有几处闪光之点，宛如夏夜的晴空，群星上千上万，其中有大星数颗，熠熠闪光，明亮璀璨。无论什么时候回想起来，都晶莹如在眼前。

我对于汤用彤先生的回忆就是最闪光之点。

但是，有人会提出疑问了："你写了那么多对师友的回忆文章，为什么单单对于你回忆中最亮之点的汤锡予（先生的号）先生却没有写全面的回忆文章呢？"这问得正确，问得有理。但是，我却有自己的至今还没有说出来过的说法。试想：锡予先生是在哪一年逝世的？是在1964年。一想到这个年份，事情就很清楚了。在那时候，阶级斗争已经快发展到年年讲，月月讲，日日讲的程度。所谓"无产阶级文化大革命"虽然还没有爆发，但是对政治稍有敏感的人，都会已经感到"山雨欲来风满楼"的高压气氛。锡予先生和我都属于后来在十年浩劫中出现的"资产阶级（反动）学术权威"这一号的人物，我若一写悼念文章，必然会流露出我的真情来。如果我还有什么优点的话，那就是，没有真感情，我不写回忆文章。但是，在那个时代，真感情都会被归入"小资产阶级"的范畴，而一旦成了"小资产阶级"，则距离"修正主义"只差毫厘了。我没有这个胆量，所以就把对锡予先生怀念感激之情，深深地埋在我的心灵深处。到了今天，环境气氛已经大大地改变了，能够把真情实感从心中移到纸上来了。

因为不在一个学校，我没有能成为锡予先生的授业弟子。但是，他的文章我是读过的，他的道德我是听说过的。“高山仰止，景行行止”，他早已是我崇拜的对象。我也崇拜一些别的大师，读其书未见其人者屡见不鲜。但我却独独对锡予先生常有幻象；我想象他是一个瘦削慈祥的老人，有五绺白须，飘拂胸前。对于别的大师，没见面过的大师，我从来没有过这样的幻象，此理我至今不解。但是，我相信，其中必有原因，一种深奥难言的原因。既然“难言”，现在就先不“言”吧。

1945年，我在德国呆了整整十年之后，二战结束，时来入梦的祖国母亲在召唤我了。我必须回国了。回国后，必须找一个职业，用当时的话来说，就是“抢一只饭碗”。古人云:“民以食为天。”没有饭碗，怎么能过日子呢？于是我就写信给我的恩师、正在英国治疗目疾的陈寅恪先生，向他报告我十年来学习的过程。我的师祖吕德斯（Heinrich Lüders）正是他的老师，而我的德国恩师瓦尔特施密特（Ernst Waldschmidt）正是他的同学。因此，我一讲学习情况，他大概立即了然。不久我就收到他的一封长信，信中除了一些奖掖鼓励的话以外，他说，他想介绍我到北京大学任教。

这实在是望外之喜。北大这个全国最高学府，与我本有一段因缘，1930年我曾考取北大，因梦想出国，弃北大而就清华。现在我的出国梦已经实现了，阴阳往复，往往非人力所能定，我终究又要回到北大来了。我简直狂喜不能自已，立即回信应允。这就是我来北大的最初因缘。

1945年10月，我离开住了十年的“客树回望成故乡”的哥廷根，挥泪辞别了像老母一般的女房东，到了瑞士，在这山青水绿的世界公园中住了将近半年，然后经法国马赛、越南西贡、英国占领的香港，回到了祖国的上海。路上用了将近四个月。时二战中遗留在大洋里的水雷尚未打捞，时时有触雷的危险。载着上千法国兵的英国巨轮的船长，随时都如临深履薄，战战兢兢，终于靠他们那一位上帝的保佑，度过了险境，安然抵达西贡。从西贡至香港，海上又遇到飓风，一昼夜，小轮未能前进一寸。这个险境也终于度过了。离开祖国将近十一年的儿子又回到母亲怀抱里来了，临登岸时，我思绪万端，悲喜交集，此情实不足为外人道也。

初到上海，人地生疏，我仿佛变成了瑞普·凡·温克（Rip fvan Winkel），满目茫然。幸而臧克家正住在那里，我在他家的榻榻米上睡了十几天。又转到南京，仍然是无家可归，在李长之的办公桌上睡了一个夏天。当时寅恪师已经从英国回国，我曾到他借住的俞大维的官邸中去谒见他。师生别离已经十多年了，各自谈了别后的情况，都有九死一生之感。杜甫诗说“今夕复何夕？共此灯烛光”，不啻为我当时的心情写照也。寅恪师命我持在德国发表的论文，到鸡鸣寺下中央研究院历史语言研究所去见当时北大代理校长傅斯年先生，时校长胡适尚留美未返。傅告诉我，按照北大的规定，在国外拿了学位回国的人，只能给予副教授的职称。我对此并不在意，能入北大，已如登龙门了，焉敢还有什么痴心妄想？如果真有的话，那不就成了不知天高地厚了吗？

在南京做了一个夏天的“流动人口”。虽然饱赏了台城古柳的清碧，玄武湖旖旎的风光，却也患上了在南京享有盛名的痱疾，颇受了点苦头。在那年的秋天，我从上海乘海轮到了秦皇岛，又从秦皇岛乘火车到了北平。锡予先生让阴法鲁先生到车站去迎接我们。时届深秋，白露已降。“凄清弥天地，落叶满长安”（长安街也），我心中说不出是什么滋味，凄凉中有欣慰，悲愁中有兴奋，既忆以往，又盼来者，茫然懵然，住进了几乎是空无一人的红楼。

第二天，少曾（阴法鲁号）陪我到设在北楼的文学院院长办公室去谒见锡予先生，他是文学院长。这是我景慕多年以后第一次见到先生。把眼前的锡予先生同我心中幻想的锡予先生一对比，当然是不相同的，然而我却更爱眼前的锡予先生。他面容端严慈祥，不苟言笑，却是即之也温，观之也诚，真蔼然仁者也。先生虽留美多年，学贯中西，可是身着灰布长衫，脚踏圆口布鞋，望之似老农老圃，没有半点“洋气”，没有丝毫教授架子和大师威风。我心中不由自主地油然生幸福之感，浑身感到一阵温暖。晚上，先生设家宴为我接风，师母也是慈祥有加，更增加了我的幸福之感。当时一介和一玄都还年小，恐怕已经记不得那天的情景了。我从这一天起就成了北大的副教授，开始了我下半生的新生活，心中陶陶然也。

我可绝没有想到，过了一个来星期，至多不过十天，锡予先生忽然告诉我：我已经被聘为北京大学正教授兼新成立的东方语言文学系系主任，并且还兼任文科研究所的导师。前两者我已经不敢当，后一者人数极少，皆为饱学宿儒，我一个三十多岁的名不见经传的毛头小伙子，竟也滥竽其间，我既感光荣，又感惶恐不安。这是谁的力量呢？我心里最清楚：背后有一个人在，这都出于锡予先生的垂青与提携，说既感且愧，实不足以表达我的心情。

我做副教授任期之短，恐怕是前无古人的，这无疑是北大的新纪录，后来也恐怕没有人打破的。我只能说，这是一种恩情，它对我从那以后一直到今五十多年在北大的工作中，起了而且还在起着激励的作用。

但是，我心中总还有一点遗憾之处：我没有能成为锡予先生的授业弟子。往者已矣，来者可追。大概是1947年，锡予先生开“魏晋玄学”这一门课，课堂就在我办公室的楼上。这真是天赐良机，我焉能放过！解放前的教授，相对来讲社会地位高，工资收入丰，存在决定意识，这样就“决定”出来了“教授架子”。架子人人皆有，各有巧妙不同，没有架子的也得学着端起一副拒人的架子。我自认是一个上不得台盘的人，有没有架子，我自己不得而知。但是，在锡予先生跟前，宛如小丘之仰望泰岳，架子何从端起！而且听先生讲课，正是我求之不得的。在当时，一位教授听另外一位教授讲课，简直是骇人听闻的事。这些事情我都不想，毅然征得了锡予先生的同意，成了他班上的最忠诚的学生之一，一整年没有缺过一次课，而且每堂课都工整地做听课的笔记，巨细不遗。这一大本笔记，我至今尚保存着，只是“只在此室中，书深不知处”了，有朝一日总会重见天日的。这样一来，我就自认为是锡予先生的私淑弟子，了了一个宿愿。

锡予先生对我的关心是多方面的。他让我从红楼搬到文科研究所的大院子里去住，此地在明朝是令人闻而觳觫的特务机关东厂，是专杀好人折磨好人的地狱，据说当年的水牢还有遗迹保留着。“庭院深深深几许”，我住在最里面一个院子里，里面堆满考古挖掘出土的汉代砖棺，阴气森森，传说是闹鬼的凶宅之一。

晚上没有人敢来找我，除非他在门房打听得万分清楚：季羡林确是在家里，才敢迈步走进。我也并非“季大胆”，只是在欧洲十年多，受了“西化”，成了一个“无鬼论”者，所以能处之泰然。夏夜昏黑，我经常在缕缕的马樱花香中，怡然入梦。

当时的北大真正是精兵简政。只有一个校长胡适之先生，还经常不在学校，并没有什么副校长。一个教务长主管全校的教学科研工作。一个秘书长主管全校的后勤工作。六个学院：文、理、法、农、工、医，各设院长一人。也没有听说有什么校院长联席会，什么系主任联系会。专就文学院而论，锡予先生孤身一人，聘人、升职等等现在非开上无数次会不可解决的问题，那时一次会也不开，锡予先生一个人说了算。大概因为他为人正直，办事公道，从来没有出过什么娄子。我们系里遇到麻烦，我总去找锡予先生，他不动声色，帮我解除了困难。他还帮我在学校图书馆中要了一间教授研究室，所有我要用的书都从书库中提到我的研究室里，又派一位研究生马理女士当我的助手，帮我整理书籍。室内窗明几净，我心旷神怡。我之所以能写出几篇颇有点新见解的文章，不能不说是出于锡予先生之赐。我的文章写出后，首先送给锡予先生，请求指正。他的意见，哪怕是片言只语，对我总都是大有帮助的。

就这样，我们共同迎来了1949年北京的解放。在解放军围城期间，南京方面派一架专机，来接几位名单上有名的著名教授到尚未解放的南京去。锡予先生单上有名，但他却坚决不走，他期望看到新中国。有一段时间，锡予先生被任命为北大校务委员会主席，算是一个“过渡政权”。总之，北大师生共同度过了许多初解放后兴奋狂欢的令人难忘的日子。

1952年，我们北大从城里搬到了现在的燕园中来。政府早已任命马寅初先生为北大校长，只有两个副校长，其中一个是党委书记江隆基兼任，实际上主管教学和科研的就是锡予先生一人。马老德高望重，但实际上不大真管事情。江隆基是一个正直正派有理智有良心的老革命家。据我们局外人看，校领导是团结的。当时的北大，同全国各大学和科研机构一样，几乎是天天搞“运动”。然而北大这样一所全国重点大学，一只无形的带头羊，却并没有出什么娄子，这与校领导的团结和江隆基同志的睿智正直是分不开的。

还是讲一讲我自己的情况吧。出城以后，我“官”运亨通，财源大发。先是在城里时工资被评为每月一千一百斤小米，解放前夕那种物价一小时一涨，火箭似地上升的可怕日子一去不复返了。后来按级别评定工资，我依稀记得：马老（马寅初）是三级，等于政府的副总理。以下是汤老（汤用彤）、翦老（翦伯赞）、曹老（曹靖华）等，具体级别记不清了。再以下就是我同其他几位老牌和名牌的教授。到了1956年，又有一次全国评定教授工资的活动，根据我的回忆，这次活动用的时间较长，工作十分细致，深入谨慎。人事处的一位领导同志，曾几次征求我的意见：中文系教授吴组缃是全国著名的小说家、《红楼梦》研究专家、中国作家协会书记处书记，我的老同学和老朋友，他问我吴能否评为一级教授？我当然觉得很够格。然而最后权衡下来，仍然定为二级，可见此事之难。据我所知，有的省份，全省只有一个一级教授，有的竟连一个也没有，真是一级之难“难于上青天”了。

然而，藐予小子竟然被评为一级，这实在令我诚惶诚恐。后来听说，常在一个餐厅里吃饭的几位教授，出于善意的又介乎可理解与不可理解之间的心理，背后赐给我了一个诨名，曰“一级”。只要我一走进食堂，有人就窃窃私语，会心而笑：“‘一级’来了！”我不怪这些同事，同他们比起来，无论是年龄或学术造诣，我都逊一筹，起个把诨名是应该的。这是由于我的运气好吗？也许是的；但是我知道，背后有一个人在，这个人不是别人，正是锡予先生。

俗话说：“福不双至。”可是1956年，我竟是“福真双至”。“一级”之外，我又被评选为中国科学院哲学社会科学学部委员。这是中国一个读书人至高无上的称号，从人数之少来说，比起封建时期的“金榜题名”来，还要难得多。除了名以外，还有颇为丰厚的津贴，真可谓“名利双收”。至于是否又有人给我再起什么诨号，我不得而知，就是有的话，我也会一笑置之。

总之，在我刚过不惑之年没有几年的时候，我还只能算是一个老青年，一个中国读书人所能期望的最高的荣誉和利益，就都已稳稳地拿到手中。我是一个颇有点自知之明的人，我知道，我之所以能够做到这一步，与锡予先生不声不响的提携是分不开的。说到我自己的努力，不能说一点都没有，但那是次要的事。至于机遇，也不能说一点没有，但那更是次要之次要，微不足道了。

从1956年起直到1964年锡予先生逝世，不知道经过了多少次运动，到了1966年十年浩劫开始而登峰造极。在这些运动中，在历次的提职提级的活动中，我的表现都还算过得去。我真好像是淡泊名利，与人无争，至今还在燕园内外有颇令人满意的口碑。难道我真就这样好吗？我的道德真就这样高吗？不，不是的。我虽然不敢把自己归入坏人之列，因为除了替自己考虑外，我还能考虑别人。我绝对反对曹操的哲学：“宁要我负天下人，不要天下人负我。”但我也决非圣贤，七情六欲，样样都有；私心杂念，一应俱全。可是，既然在名利两个方面，我早已达到了顶峰，我还有什么可争的呢？难道我真想去“九天揽月，五洋捉鳖”吗？我之所以能够获得少许美名，其势然也。如果说我是“浪得名”，也是并不冤枉的。话又说了回来，如果没有锡予先生，我能得到这一点点美名吗？

所以，我现在只能这样说，我之所以崇敬锡予先生，忆念锡予先生，除了那一些冠冕堂皇的表面理由以外，还有我内心深处从来没有对别人说起过的动机。古人说：“人生得一知己足矣。”我不敢谬托自己是锡予先生的知己，我只能说锡予先生是我的知己。我生平要感谢的师辈和友辈，颇有几位，尽管我对我这一生并不完全满意，但是有了这样的师友，我可以说是不虚此生了。

我自己现在已经是垂暮之年，活得早早超过了我的期望。因为我的父母都只活了四十多岁，因此，我的最高期望是活到五十岁。可是，到了今天，超过这个最高期望已经快到四十年了。我虽老迈，但还没有昏聩。曹孟德说：“老骥伏枥，志在千里。”我窃不自量力，大有“老骥伏枥，志在万里”之势。在学术研究方面，我还有不少的计划。这些计划是否切合实际，可另作别论，可我确实没有攀登八宝山的计划，这一点是完全可以肯定的。

但愿我回忆中那一点最亮的光点，能够照亮我前进的道路。

1997年5月28日

# 不可超越的一座丰碑*

## ——记汤用彤先生

国学大师汤锡予（用彤）先生离开我们已经二十多年了。我虽不是锡予先生的及门弟子，但自己认为是他的私淑弟子。从上大学起，他的著作就哺育了我，终生受用不尽。来北大工作，又有知遇之感。现在，值《全集》出版之际，难道我真的就无话可说，无话能说，无话要说吗？

我是有话要说的，而且是非说不行的。我并不想，也不敢涉及锡予先生的道德文章。在这方面，我只有学习的责任，而无置喙之余地。我所要说的与锡予先生有关，但又不限于他一个人。我所要谈的是我考虑已久，别人也多有所论列的一个问题：学术大师能不能够超越？理科的我不谈，只谈人文社会科学方面的真正的大师。我的重点是“真正的”三个字。那一些自命为“大师”或者想让别人把自己捧成大师的人，不在我谈论的范围内。

俗话说：“长江后浪推前浪，世上新人换旧人。”又说：“青出于蓝而胜于蓝。”还有什么“雏凤清于老凤声”。类似的俗话和诗句，多得无法一一列举。意思只有一个，就是后人胜于前人，超越前人。从一般意义上来看，这个意思并没有错。随着人类社会

---

* 本文为《汤用彤全集》序，编入本卷时作了删节。——编者注

的发展前进，总会不断有新的发明创造出现，总会不断有新鲜事物产生，你能说这不是后人胜于前人吗？至于中国古代的儒者和非儒者迷信尧舜禹汤文武周孔，陶渊明迷信“羲皇上人”，恐怕主要是从伦理道德方面着眼的。我想，谈到伦理道德，人类恐怕是越来越差劲。这是题外的话了，这里且不再谈。

我过去对新胜于旧的说法一向深信不疑，使我的信念动摇的是一次偶然的事件。我读马克思的一篇文章，其中说：希腊神话具有永恒的魅力。“魅力”而又“永恒”，不能不逼我深思。我理解的马克思主义总是主张新胜于旧的，主张人类总是前进的。希腊神话当然是旧东西，它怎么能永恒又有魅力呢？

我对这个问题反复思考，但自己的悟性不高，终于达不到很高的水平。我觉得，在地球上突出一些高山，仅仅一次出现；但它们将永恒存在，而且是不可超越的。在人类文学史和学术史中，不论中外，有时候会出现一些伟大诗人和学者，他们也仅仅一次出现；但他们也将永恒存在，而且不可超越。论高山，比如喜马拉雅山、泰山、华山等等都是。论诗人和学者，中国的屈原、李白、杜甫等等；西方的但丁、莎士比亚、歌德等等都是诗人。中国的孔子、司马迁、司马光以及明清两代的黄宗羲、顾炎武、戴震、王念孙父子、钱大昕等等都是学者或思想家。画家、书法家、音乐家也可以举出一些来。他们都是仅仅一次出现的，拿他们同高山相比，也是不可超越的。赵瓯北的诗：“江山代有才人出，各领风骚数百年。”历史已经证明了，这个说法是站不住脚的。

我在上面强调了仅仅出现一次和不可超越，希腊神话就符合这个条件。但是仅仅出现一次还不行，仅仅出现一次必须是伟大的精粹的东西，才能不可超越。那些低矮庸陋的人物和事件，也都是仅仅出现一次的。但是他们和它们有什么值得超越的价值呢？他们和它们自己就会化为尘埃，消迹得无影无踪。

专就人物而论，他们之所以不可超越，是由于他们的伟大。若就对大自然，对人类社会，对人类自身的了解而论，古人不管多么伟大也比不上现代的人。李白、杜甫、王羲之、贝多芬、达·芬奇等等，不但不懂电子计算机，他们连原始的火车都没有见过，他们的伟大决不是靠这些东西，而是靠他们的天才。现在，在即将进入二十一世纪之际，连一个小学生知道的东西，特别是科技方面的东西，都比古代中外大师、大诗人、大学者、大音乐家、大画家等等要多得多。但是，除非他们是一群疯子，有谁敢称超过了李白、杜甫等的诗歌，孔子的思想，贝多芬的音乐，达·芬奇的绘画呢？我的意思并不是说，今后不会再有不可超越的大师出现了。大师还会出现的。我想改一改赵瓯北的诗："江山代有大师出，各领风骚无数秋。"

我在上面绕了很大一个弯子，刺刺不休地说了些别人可能认为是梦呓而我自己则认为是真理的话。这些都是楔子，我的目的是在讨论中国近现代学术大师的问题。自清末以来，中国学术界由于种种原因，陆续出现了一些国学大师。我个人认为，最主要的原因是西方文化、西方学术思想和哲学，以排山倒海之势涌入中国，中国学坛上的少数先进人物，接受了西方的影响，同时又忠诚地继承和发展了中国古代优秀的学术传统，于是就开出了与以前不同的鲜丽的花朵，出现了少数大师，都是一次出现而又不可超越的。我想以章太炎划界，他同他的老师俞曲园代表了两个时代。章太炎是不可超越的，王国维是不可超越的，陈寅恪是不可超越的，汤用彤也同样是不可超越的。

我在上面多次讲到“不可超越”，是不是指的是学术到了这些大师手里就达到了极巅，达到了终点，不能再发展下去了呢？完全不是这个意思。学术会永远存在的，学术会永远发展下去的，只要地球存在，就有学术存在。但是，学术发展的道路不是平坦的，不是永远一样的，不是均衡的。在这一条大路上，不时会有崇山峻岭出现，这种情况往往出现在有新材料被发现，有新观点出现，于时夤缘时会，少数奇才异能之士就会脱颖而出，这就是大师。大师也并不能一下子把所有的问题都能看到，又都能解决。大师解决的问题也不见得都能彻底。这就给后人留下了进一步探讨的余地。就这样，大师一代接一代地传下去。旧问题解决了，新问题又出现，永远有问题，永远有大师。每一个大师都是不可超越的，每一个大师都是一座丰碑。这一些丰碑就代表着学术的进步，是学术发展的道路上的一座座里程碑。

汤锡予先生就是这样一座丰碑，一个里程碑，他是不可超越的。

1999年7月24日

# 我眼中的张中行

接到韩小蕙小姐的约稿信，命我说说张中行先生与沙滩北大红楼。这个题目出得正是时候。好久以来，我就想写点有关中行先生的文章了。只是因循未果。小蕙好像未卜先知，下了这一阵及时雨，滋润了我的心，我心花怒放，灵感在我心中躁动。我又焉得不感恩图报，欣然接受呢？

中行先生是高人、逸人、至人、超人。淡泊宁静，不慕荣利，淳朴无华，待人以诚。以八十七岁的高龄，每周还到工作单位去上几天班。难怪英文《中国日报》发表了一篇长文，颂赞中行先生。通过英文这个实为世界语的媒介，他已扬名寰宇了。我认为，他代表了中国知识分子，特别是老年知识分子的风貌，为我们扬了眉，吐了气。我们知识分子都应该感谢他。

但是，现在回想起来，却不能不承认这是一件怪事：我与中行先生同居北京大学朗润园二三十年，直到他离开这里迁入新居以前的几年，我们才认识，这个“认识”指的是见面认识，他的文章我早就认识了。有很长一段时间，亡友蔡超尘先生时不时地到燕园来看我。我们是济南高中同学，很谈得来。每次我留他吃饭，他总说，到一位朋友家去吃，他就住在附近。现在推测起来，这“一位朋友”恐怕就是中行先生，他们俩是同事。愧我钝根，未能早慧。不然的话，我早个十年八年认识了中行先生，不是能更早得一些多得一些潜移默化的享受，早得一些多得一些智慧，撬开我的愚钝吗？佛家讲因缘，因缘这东西是任何人任何事物都无法抗御的。我没有什么话好说。

但是，也是由于因缘和合，不知道是怎样一来，我认识了中行先生。早晨起来，在门前湖边散步时，有时会碰上他。我们俩有时候只是抱拳一揖，算是打招呼，这是“土法”。还有“土法”是“见了兄弟媳妇叫嫂子，无话说三声”，说一声“吃饭了吗？”这就等于舶来品“早安”。我常想中国礼义之邦，竟然缺少几句见面问安的话，像西洋的“早安”、“午安”、“晚安”等等。我们好像挨饿挨了一千年，见面问候，先问“吃了没有？”我同中行先生还没有饥饿到这个程度，所以不关心对方是否吃了饭，只是抱拳一揖，然后各行其路。

有时候，我们站下来谈一谈。我们不说：“今天天气，哈，哈，哈！”我们谈一点学术界的情况，谈一谈读了什么有趣的书。有一次，我把他请进我的书房，送了他一本《陈寅恪诗集》。不意他竟然说我题写的书名字写得好。我是颇有自知之明的，我的“书法”是无法见人的。只在迫不得已时，才泡开毛笔，一阵涂鸦。现在受到了他的赞誉，不禁脸红。他有时也敲门，把自己的著作亲手递给我。这是我最高兴的时候。有一次，好像就是去年春夏之交，我们早晨散步，走到一起了，就站在小土山下，荷塘边上，谈了相当长的时间。此时，垂柳浓绿，微风乍起，鸟语花香，四周寂静。谈话的内容已经记不清楚。但是此情此景，时时如在眼前，亦人生一乐也。可惜在大约半年以前，他乔迁新居。对他来说，也许是件喜事。但是，对我来说，却是无限惆怅。朗润园辉煌如故，青松翠柳，“依然烟笼一里堤”。北大文星依然荟萃。我却觉得人去园空。每天早晨，独缺一个耄耋而却健壮的老人，荷塘为之减色，碧草为之憔悴。“此情可待成追忆，只是当时已惘然”。

中行先生是“老北大”。同他比起来，我虽在燕园已经呆了将近半个世纪，却仍然只能算是“新北大”。他在沙滩吃过饭，在红楼念过书。我也在沙滩吃过饭，却是在红楼教过书。一“念”一“教”，一字之差，时间却相差了二十年，于是“新”“老”判然分明了。即使是“新北大”吧，我在红楼和沙滩毕竟吃住过六年之久，到了今天，又哪能不回忆呢？

中行先生在文章中，曾讲过当年北大的入学考试。因为我自己是考过北大的，所以备感亲切。1930年，当时山东唯一的一个高中——省立济南高中毕业生八十余人，来北平赶考。我们的水平不是很高。有人报了七八个大学，最后，几乎都名落孙山。到了穷途末日，朝阳大学，大概为了收报名费和学费吧，又招考了一次，一网打尽，都录取了。我当时尚缺自知之明，颇有点傲气，只报了北大和清华两校，居然都考取了。我正做着留洋镀金的梦，觉得清华圆梦的可能性大，所以就进了清华。清华入学考试没有什么特异之处，北大则给我留下了难忘的印象。先说国文题就非常奇特：“何谓科学方法？试分析详论之。”这哪里像是一般的国文试题呢？英文更加奇特，除了一般的作文和语法方面的试题以外，还另加一段汉译英，据说年年如此。那一年的汉文是：“别来春半，触目愁肠断。砌下落梅如雪乱，拂了一身还满。”这也是一个很难啃的核桃。最后，出所有考生的意料，在公布的考试科目以外，又奉赠了一盘小菜，搞了一次突然袭击：加试英文听写。我们在山东济南高中时，从来没有搞过这玩意儿。这当头一棒，把我们都打蒙了。我因为英文基础比较牢固，应付过去了。可怜我那些同考的举子，恐怕没有几人听懂的。结果在山东来的举子中，只有三人榜上有名。我侥幸是其中之一。

至于沙滩的吃和住，当我在1946年深秋回到北平来的时候，斗换星移，时异事迁，相隔二十年，早已无复中行先生文中讲的情况了。他讲到的那几个饭铺早已不在。红楼对面有一个小饭铺，极为窄狭，只有四五张桌子。然而老板手艺极高，待客又特别和气。好多北大的教员都到那里去吃饭，我也成了座上常客。马神庙则有两个极小但却著名的饭铺，一个叫“菜根香”，只有一味主菜：清炖鸡。然而却是宾客盈门，川流不息，其中颇有些知名人物。我在那里就见到过马连良、杜近芳等著名京剧艺术家。路南有一个四川饭铺，门面更小，然而名声更大，我曾看到过外交官的汽车停在门口。顺便说一句：那时北平汽车是极为稀见的，北大只有胡适校长有一辆。这两个饭铺，对我来说是“山川信美非吾土”，价钱较贵。当时通货膨胀骇人听闻，纸币上每天加一个0，也还不够。我吃不起，只是偶尔去一次而已。我有时竟坐在红楼前马路旁的长条板凳上，同“引车卖浆者流”挤在一起，一碗豆腐脑，两个火烧，既廉且美，舒畅难言。当时有所谓“教授架子”这个名词，存在决定意识，在抗日战争前的黄金时期，大学教授社会地位高，工资又极为优厚，于是满腹经纶外化而为“架子”。到了我当教授的时候，已经今非昔比，工资一天毛似一天，虽欲摆“架子”，焉可得哉？而我又是天生的“土包子”，虽留洋十余年，而“土”性难改。于是以大学教授之“尊”而竟在光天化日之下，端坐在街头饭摊的长板凳上却又怡然自得，旁人谓之斯文扫地，我则称之源于天性。是是非非，由别人去钻研讨论吧。

中行先生至今虽已到了望九之年，他上班的地方仍距红楼沙滩不远，可谓与之终生有缘了。因此，在他的生花妙笔下，其实并不怎样美妙的红楼沙滩，却仿佛活了起来，有了形貌，有了感情，能说话，会微笑。中行先生怀着浓烈的“思古之幽情”，信笔写来，娓娓动听。他笔下那一些当年学术界的风云人物，虽墓木久拱，却又起死回生，出入红楼，形象历历如在眼前。我也住沙滩红楼颇久。一旦读到中行先生妙文，也引起了我的“思古之幽情”。我的拙文，不敢望中行先生项背，但倘能借他的光，有人读上一读，则予愿足矣。

中行先生的文章，我不敢说全部读过，但是读的确也不少。这几篇谈红楼沙滩的文章，信笔写来，舒卷自如，宛如行云流水，毫无斧凿痕迹，而情趣盎然，间有幽默，令人会心一笑。读这样的文章，简直是一种享受。他文中谈到的老北大的几种传统，我基本上都是同意的。特别是其中的容忍，更合吾意。蔡孑民先生的“兼容并包”，到了今天，有人颇有微辞。夷考其实，中外历史都证明了，哪一个国家能兼容并包，哪一个时代能兼容并包，那里和那时文化学术就昌盛，经济就发展。反之，如闭关锁国，独断专行，则文化就僵化，经济就衰颓。历史事实和教训是无法抗御的。文中讲到外面的人可以随时随意来校旁听，这是传播文化的最好的办法。可惜到了今天，北大之门固若金汤。门外的人如想来旁听，必须得到许多批准，可能还要交点束修。对某些人来说，北大宛若蓬莱三山，可望而不可即了。对北大，对我们社会，这样做究竟是一件好事，还是一件坏事，请读者诸君自己来下结论吧！我不敢越俎代庖了。

中行先生的文章是极富有特色的。他行文节奏短促，思想跳跃迅速；气韵生动，天趣盎然；文从字顺，但决不板滞，有时宛如大珠小珠落玉盘，仿佛能听到节奏的声音。中行先生学富五车，腹笥丰盈。他负暄闲坐，冷眼静观大千世界的众生相，谈禅论佛，评儒论道，信手拈来，皆成文章。这个境界对别人来说是颇难达到的。我常常想，在现代作家中，人们读他们的文章，只须读上几段而能认出作者是谁的人，极为稀见。在我眼中，也不过几个人。鲁迅是一个，沈从文是一个，中行先生也是其中之一。

在许多评论家眼中，中行先生的作品被列入“学者散文”中。这个名称妥当与否，姑置不论。光说“学者”，就有多种多样。用最简单的分法，可以分为“真”“伪”二类。现在商品有假冒伪劣，学界我看也差不多。确有真学者。这种人往往是默默耕耘，晦迹韬光，与世无忤，不事张扬。但他们并不效法中国古代的禅宗，主张“不立文字”，他们也写文章。顺便说上一句，主张“不立文字”的禅宗，后来也大立而特立。可见不管你怎样说，文字还是非立不行的。中行先生也写文章，他属于真学者这一个范畴。与之对立的当然就是伪学者。这种人会抢镜头，爱讲排场，不管耕耘，专事张扬。他们当然会写文章的。可惜他们的文章晦涩难懂，不知所云。有的则塞满了后现代主义的词语，同样是不知所云。我看，实际上都是以艰深文浅陋，以“摩登”文浅陋。称这样的学者为“伪学者”，恐怕是不算过分的吧。他们的文章我不敢读，不愿读，读也读不懂。

读者可千万不要推断，我一概反对“学者散文”。对于散文，我有自己的偏见:散文应以抒情叙事为正宗。我既然自称“偏见”,可见我不想强加于人。学者散文,古已有之。即以传世数百年的《古文观止》而论,其中选有不少可以归入“学者散文”这一类的文章。最古的不必说了,专以唐宋而论,唐代韩愈的《原道》、《师说》、《进学解》等篇都是“学者散文”,柳宗元的《桐叶封弟辨》也可以归入此类。宋代苏轼的《范增论》、《留侯论》、《贾谊论》、《晁错论》等等,都是上乘的“学者散文”。我认为,上面所举的这些篇“学者散文”,有一个共同的特点,就是文采斐然,换句话说,也就是艺术性强。我又有一个偏见:凡没有艺术性的文章,不能算是文学作品。

拿这个标准来衡量中行先生的文章,称之为“学者散文”,它是决不含糊的,它是完全够格的。它融会思想性与艺术性,融会到天衣无缝的水平。在当今“学者散文”中堪称独树一帜,可为我们的文坛和学坛增光添彩。

1995年8月

# 悼念赵朴老

朴老涅槃，我心实悲。我曾在什么地方看过一幅壁画，画的是如来佛涅槃时的情景。如来佛右肋在下侧卧在那里，身旁围了一大群弟子，大多数是痛哭流涕，悲哀难抑。独有一位弟子站在那里，凝然无动于衷。他大概是已经参透了人生奥秘，领悟了无常是生命的正道。他也许正是这一幅壁画的核心人物，他是众僧的榜样，他是众生的楷模。我个人是一个凡夫俗子，远远没能参透人生的奥秘，我宁愿归属痛哭的众僧之列。

提到赵朴老，我真是早已久仰久仰了。他是著名的身体力行的佛教居士，中国佛协的领导人，造诣高深的佛学理论家；他又是蜚声书坛的书法家；他还是有悠久革命经历的国务活动家。赵朴老真正是口碑载道，誉满中外，成为人们景仰的对象。

可就是这样一位名人，一位大人物，却丝毫没有名人的架子，大人物的派头。同他一接触，就会被他那慈祥的笑容所感动，使人们如坐春风，如沐春雨，感到无比的温暖和幸福。我个人同朴老接触不多；但是，每会面一次，就增强一次上述的感觉。

我同朴老相处最长的一次是在1986年。当时，班禅大师奉中央命赴尼泊尔公干，中央派了一架专机，陪同的人很多，赵朴老和夫人陈邦织女士也在其中。我作为全国人大常委敬陪末座。我们坐在飞机最前面的特别包厢里，中间一张小桌，两边各坐二人，朴老和班禅一边，我和陈邦织女士一边。飞机飞临珠穆朗玛峰上空，接到尼泊尔加德满都的电话，说那里晨雾未消，不能降落，请飞机放慢速度。我们刚登上飞机时，飞机起飞，要系好安全带。但是，班禅大师的安全带两端碰不拢，他笑着说：“你看我这肚子！”过了不久，加德满都来了电话说，飞机可以降落了。我诚敬地对班禅大师说：“这是托大师的洪福！”他笑着说：“我跟你一样！”可见班禅大师是一位多么平易近人的活佛。

我送给了朴老一本刚出版的《原始佛教语言》，请求指正。朴老还没有来得及看，但是，陈邦织先生却一路手不停披，等到飞机在加德满都机场着陆时，看样子，她已经把全书看得差不多了。我心里暗暗钦佩邦织先生读书之勤。由此可以推断，她大概是同朴老一样“学富五车”的。

在加德满都，我同朴老夫妇和秘书一起被安排住在全城最高级的大概是五星级的一家大饭店里。饭店里有中西许多国家的餐厅。我同人大常委会几位同志经常是吃一顿饭换一个餐厅，遍尝了许多国家的名菜，可谓大快朵颐了。朴老是虔诚的佛教信徒，坚持素食，几十年如一日。他们不同我们一起吃饭。但因同住一层楼，房间相距不远，所以不乏见面的机会。有一天，朴老夫妇忽然来敲我的房门，邦织先生手持一幅朴老刚写好的字送给我。这真是喜从天降，我哪里会想到在异乡作客时竟能获得朴老的墨宝呢？我双手去捧接，心潮腾涌，视墨宝如拱璧，心想家中又得到了一件传家宝，我这个人和我们全家都有福了。

加德满都是一个很奇特有趣的地方，位于一个大山谷中。神话传说，此地原来处于深水中，谷口有巨石挡住，水流不出去。后来文殊菩萨手挥巨剑把巨石劈开，水流了出去，就形成了现在的加德满都。所以，尼泊尔人尊文殊为保护神。在中国，文殊菩萨的圣地是五台山，因此尼泊尔朋友也视五台山为圣山，到了中国，多往朝拜。这也可以算是中尼友谊史上的一段佳话吧。

从尼泊尔回来以后，我还曾多次见到过朴老。在人民大会堂招待星云大师的宴会上，在人民大会堂不同的厅里召开的不同的会议上，在广济寺召开的讨论清代大藏经雕版的会上，我都同他见过面。虽然说话不多，但是，他那真正体现了佛教基本精神慈悲为怀的人格的魅力却在无形中净化了我的灵魂。我缺少慧根，毕生同佛教研究打交道，却不能成为真正的佛教信徒。但是，我对佛教的最基本的教义万有无常（sarvam anityam）却异常信服。我认为，这真正抓住了宇宙万有的根本规律，是谁也否定不掉的。

我在上面曾说到，朴老已经参透了人生的奥秘。他在遗嘱中用诗歌表达了他的生死观："生固欣然，死亦无憾。花落还开，水流不断。我兮何有，谁欤安息。明月清风，不劳寻觅。"谁读了这首诗不会受到真挚的感动呢？我是一个俗人，虽然也向往这种境界，但是却徒劳无功。我达不到如来涅槃壁画上那一位凝然无动于衷的法师的水平，我只能像一般俗人一样悲痛不已。

2000年11月6日

# 为胡适说几句话

在中国近现代史上，胡适是一个起过重要作用但争议又非常多的人物。过去，在极“左”思想的支配下，我们曾一度把他完全抹煞，把他说得一文不值，反动透顶。十一届三中全会以后，我们看问题比较实事求是了。因此对胡适的评价也有了一些改变。但是，最近我在一份报刊上一篇文章中读到（胡适）“一生追随国民党和蒋介石”，好像他是一个铁杆国民党员、蒋介石的崇拜者。根据我的了解，好像事情不完全是这个样子，因此禁不住要说几句话。

胡适不赞成共产主义，这是一个事实，是谁也否认不掉的。但是，他是不是就是死心塌地地拥护国民党和蒋介石呢？这是一个值得探讨的问题。他从来就不是国民党员，他对国民党并非一味地顺从。他服膺的是美国的实验主义，他崇拜的是美国的所谓民主制度。只要不符合这两个尺度，他就挑点小毛病，闹着独立性。对国民党也不例外。最著名的例子是他在《新月》上发表的文章:《知难行亦不易》，是针对孙中山先生的著名学说“知难行易”的。我在这里不想讨论“知难行易”的哲学奥义，也不想涉及孙中山先生之所以提出这样主张的政治目的。我只想说，胡适敢于对国民党的“国父”的重要学说提出异议，是需要一点勇气的。蒋介石从来也没有听过“国父”的话，他打出孙中山先生的牌子，其目的只在于欺骗群众。但是，有谁胆敢碰这块牌子，那是断断不能容许的。于是，文章一出，国民党蒋介石的御用党棍一下子炸开了锅，认为胡适简直是大不敬，竟敢在太岁头上动土，一犬吠影，百犬吠声，这群走狗一拥而上。但是，胡适却一笑置之，这一场风波不久也就平息下去了。

另外一个例子是胡适等新月派的人物曾一度宣扬“好人政府”，他们大声疾呼，一时甚嚣尘上。这立刻又引起了一场喧闹。有人说，他们这种主张等于不说，难道还有什么人主张坏人政府吗？但是，我个人认为，在国民党统治下面提倡好人政府，其中隐含着国民党政府不是好人政府的意思。国民党之所以暴跳如雷，其原因就在这里。

这样的小例子还可以举出一些来，但是，这两个也就够了。它充分说明，胡适有时候会同国民党闹一点小别扭的。个别“诛心”的君子义正辞严地昭告天下说，胡适这样做是为了向国民党讨价还价。我没有研究过“特种”心理学，对此不敢赞一辞，这里且不去说它。至于这种小别扭究竟能起什么作用，也不在我研究的范围之内，也不去说它了。我个人觉得，这起码表明胡适不是国民党蒋介石的忠顺奴才。

但是，解放以后，我们队伍中的一些人创造了一个新术语，叫做“小骂大帮忙”。胡适同国民党闹点小别扭就归入这个范畴。什么叫“小骂大帮忙”呢？理论家们说，胡适同国民党蒋介石闹点小别扭，对他们说点比较难听的话，这就叫做“小骂”。通过这样的“小骂”，给自己涂上一层保护色，这种保护色是有欺骗性的，是用来迷惑人民的。到了关键时刻，他又出来为国民党讲话。于是人民都相信了他的话，天下翕然从之，国民党就“万寿无疆”了。

这样的“理论”未免低估了中国老百姓的觉悟水平。难道我们的老百姓真正这样糊涂、这样低能吗？国民党反动派最后垮台的历史，也从反面证明了这种说法是不正确的，是不符合实际情况的。把胡适说得似乎比国民党的中统、军统以及其他助纣为虐的忠实走狗还要危险，还要可恶，也是不符合实际情况的。

我最近常常想到，解放以后，我们中国的知识分子学习了辩证法，对于这一件事无论怎样评价也不会过高的。但是，正如西方一句俗语所说的那样：一切闪光的不都是金子。有人把辩证法弄成了诡辩术，老百姓称之为“变戏法”。辩证法稍一过头，就成了形而上学、唯心主义、教条主义，就成了真正的变戏法。一个最著名的例子就是，在封建时代赃官比清官要好。清官能延长封建统治的寿命，而赃官则能促其衰亡。周兴、来俊臣一变而为座上宾，包拯、海瑞则成了阶下囚。当年我自己也曾大声疾呼宣扬这种荒谬绝伦的谬论，以为这才是真正的辩证法，为了自己这种进步，这种“顿悟”，而心中沾沾自喜。一回想到这一点，我脸上就不禁发烧。我觉得，持“小骂大帮忙”论者的荒谬程度，与此不相上下。

上面讲的对胡适的看法，都比较抽象。我现在从回忆中举两个具体的例子。我于1946年回国后来北大工作，胡适是校长，我是系主任，在一起开会，见面讨论工作的机会是非常多的。我们俩都是国立北平图书馆的什么委员，又是北大文科研究所的导师，更增加了见面的机会。同时，印度尼赫鲁政府派来了一位访问教授师觉月博士和六七位印度留学生。胡适很关心这一批印度客人，经常要见见他们，到他们的住处去看望，还请他们吃饭。

他把照顾印度朋友的任务交给了我。所有这一切都给了我更多的机会，来观察、了解胡适这样一个当时在学术界和政界都红得发紫的大人物。我写的一些文章也拿给他看，他总是连夜看完，提出评价。他这个人对任何人都是和蔼可亲的，没有一点盛气凌人的架子。这一点就是拿到今天来也是颇为难能可贵的。今天我们个别领导干部那种目中无人、天上天下唯我独尊的气势我们见到的还少吗？根据我几年的观察，胡适是一个极为矛盾的人物。要说他没有政治野心，那不是事实。但是，他又死死抓住学术研究不放。一谈到他有兴趣的学术问题，比如说《水经注》、《红楼梦》、神会和尚等等，他便眉飞色舞，忘掉了一切，颇有一些书呆子的味道。蒋介石是流氓出身，一生也没有脱掉流氓习气。他实际上是玩胡适于股掌之上。可惜胡适对于这一点似乎并不清醒。有一度传言，蒋介石要让胡适当总统。连我这个政治幼儿园的小学生也知道，这根本是不可能的，这是一场地地道道的骗局。可胡适似乎并不这样想。当时他在北平的时候不多，经常乘飞机来往于北平南京之间，仆仆风尘，极为劳累，他却似乎乐此不疲。我看他是一个异常聪明的糊涂人。这就是他留给我的总印象。

我现在谈两个小例子。首先谈胡适对学生的态度。我到北大以后，正是解放战争激烈地展开，国民党反动派垂死挣扎的时候。北大学生一向是在政治上得风气之先的，在反对国民党反动统治方面，也是如此。北大的民主广场号称北京城内的“解放区”。学生经常从这里列队出发，到大街上游行示威，反饥饿，反迫害，反内战。国民党反动派大肆镇压、逮捕学生。从小骂大帮忙的理论来看，现在应当是胡适挺身出来给国民党帮忙的时候了，是他协助国民党反动派压制学生的时候了。但是，据我所知道的，胡适并没有这样干，而是张罗着保释学生，好像有一次他还亲自找李宗仁，想利用李的势力让学生获得自由。有的情景是我亲眼目睹的，有的是听到的。恐怕与事实不会相距过远。

还有一件小事，是我亲身经历的。大约在1948年的秋天，人民解放军已经对北平形成了一个大包围圈，蒋介石集团的末日快要来临了。有一天我到校长办公室去见胡适，商谈什么问题。忽然走进来一个人——我现在忘记是谁了，告诉胡适说，解放区的广播电台昨天夜里有专门给胡适的一段广播，劝他不要跟着蒋介石集团逃跑，将来让他当北京大学校长兼北京图书馆馆长。我们在座的人听了这个消息，都非常感兴趣，都想看一看胡适怎样反应。只见他听了以后，既不激动，也不愉快，而是异常地平静，只微笑着说一句："他们要我吗？"短短的五个字道出了他的心声。看样子他已经胸有成竹，要跟国民党逃跑。但又不能说他对共产党有刻骨的仇恨。不然，他决不会如此镇定自若，他一定会暴跳如雷，大骂一通，来表示自己的对国民党和蒋介石的忠诚。我这种推理是不是实事求是呢？我认为是的。

总之，我认为胡适是一位非常复杂的人物，他反对共产主义，但是拿他那一把美国尺子来衡量，他也不见得赞成国民党。在政治上，他有时候想下水，但又怕湿了衣裳。他一生就是在这种矛盾中度过的。他晚年决心回国定居，说明他还是热爱我们祖国大地的。因此，说他是美国帝国主义的走狗，说他"一生追随国民党和蒋介石"，都不符合实际情况。

解放后，我们有过一段极"左"的历史，对胡适的批判不见得都正确。十一届三中全会以后，我们拨乱反正，知人论世，真正的辩证法多了，形而上学、教条主义、似是而非的伪辩证法少了。我觉得，这是了不起的成就，了不起的转变。在这种精神的鼓舞下，我为胡适说了上面这一些话，供同志们探讨时参考。

1987年11月25日

# 还胡适以本来面目*

在中国近百年来的学术史上、思想史上、文化史上、文学史上，甚至教育史上，胡适都是一个举足轻重的人物，一个矛盾重重的人物，一个物议沸沸扬扬的人物，一个很值得研究而又非研究不行的人物。

最近安徽教育出版社决定出版约摸有二千万字的《胡适全集》，征序于我。我没有怎样考虑，便轻率地答应了下来。现在说是轻率，但在当时并没有一点轻率的感觉，反而觉得确有点把握。因为我从中学起，一直到大学，到留学，到回国任教，胡适的著作从《尝试集》、《胡适文存》起，一直到《胡适论学近著》，再加上报刊杂志上他的那一些政论文章，都读过，有的还读了不止一遍。对他的学术造诣以及对政治和社会问题的看法，自己觉得颇有把握。在另一方面，在四十年代后半，我作为北京大学的一个系主任，同作为校长的胡适，经常有接触的机会，请示汇报，在所难免。在学术研究方面，我同他一样，都推崇考据之学，颇能谈得来。从而对他的为人，待人接物，应对进退，有充足的感性认识。有了这两个方面，为他的全集写序，心里是觉得颇有底儿的。答应下来，难道还能算是轻率吗？

但是，一旦静心构思，准备动笔，我才憬然顿悟：自己答应得真是过于轻率了。我平常写东西，下笔颇快。这一次我却想一改

* 本文为《胡适全集》序。——编者注

旧习，学一学我的老祖宗季文子，要“三思而后行”，想把序写得好一点，写出一点水平来。适逢当今学坛突然掀起一股“胡适热”，仅就我视线所及，已经有十多种关于胡适的论著和胡适本人的著作出版问世。我觉得，要想写好这一篇序，必须熟读今贤书，从他们的书中吸取营养，扩大自己的眼界，开拓自己的思路。这个想法不能说不正确，古代中外许多圣贤不都提倡多闻吗？

于是我就多方搜求，得到了十几种胡适的书和关于胡适的书，整整齐齐，罗列案头，准备一一阅读，然后下笔，定能彩笔生花，写出一篇美妙的序文来。读了第一本书，觉得获得了很多知识，心里甜丝丝的。读了第二本，又觉得增长了很多知识，心里又甜丝丝的。记得外国什么哲学家说过，读别人的书，好像是让别人在自己的脑袋里跑马。跑第一次马时，我觉得跑得好，跑得有道理。跑第二次马时，我就觉得有点不对头。比方说，第一次跑马，马头向东。第二次跑马，马头却突然转而向西。究竟是向东对呢？还是向西对？我有点糊涂起来了。我这“糊涂”并不“难得”，是于无意中得之的。在糊涂中，我自己暗自思忖：如果第三次跑马而马头向南，第四次跑马而马头向北，我脑袋里岂非天下大乱了吗？这样一来，我将茫然、懵然，无所适从，我将完全处于被动的地位，变成一位呆子。

我于是下定决心，当机立断，把案头的书推开，除了偶尔翻阅一下以外，不再从头认真细读。与其让别人在自己脑袋里跑马，何不让自己跑几趟马呢？此时，我仿佛成了菩提树下的如来佛，尘障全逝，本性固融，丢掉了桎梏，获得了大自在。

且看我跑出些什么结果来。

# 胡适在中国近百年来学术史思想史上的地位

中国近百年来的学术史，也可以说是二十世纪的学术史，究竟应该怎样分期，我还没有读到并世贤哲们的著作。我自己在这方面决不敢以内行自居，本着“半瓶子醋晃荡”的原则，提出自己的看法。学术总是脱离不开政治的，以政治环境为纲，我想把二十世纪的中国学术史分为五个阶段：

一、1901—1911年；

二、1911—1919年；

三、1919—1949年；

四、1949—1978年；

五、1978年至现在。

我在下面试着加以简略的分析。

我觉得，要想探索中国近百年来的学术史，必须抓住三条线索或者三条脉络：一条是遵守乾嘉诸老的以考据为基础的治学方法；一条是利用西域和敦煌新发现或新出土的古代典籍和文物；一条是——利用美国学者费正清的现成的话——“中国对西方的反应”（China is response to the west）。第一条和第三条都明白易懂，只有第二条需要加点解释。中国学术史上——我想，世界学术史也一样——有一种现象或者甚至一条规律：有新材料发现，就能把学术研究向前推进一步，在学术史上形成一个新的阶段或新的时代。这样的例子，中外都不缺乏。在中国学术史上，最新的一次材料大发现，就是西域考古成果和敦煌遗书。关于这个问题，王静安先生作过演讲，而且他自己就是身体力行的人。陈寅恪先生在《王静安先生遗书·序》(见《金明馆丛稿二编》)一文中说："然详绎遗书，其学术内容及治学方法，殆可举三目以概括之者。一曰取地下之实物与纸上之遗文互相释证。……二曰取异族之故书与吾国之旧籍互相补正。……三曰取外来之观念，与固有之材料互相参证。"这真是可谓要言不烦。以简单明了的三目概括了王静安一生"几若无涯岸之可望"的治学范围和治学方法，真是大手笔。寅恪先生的第一目和第二目，相当于我上面说的第二条，第三目相当于我说的第三条，大家一看就可以明白。

我在下面分析我提出来的五个阶段时，就以陈先生的三目为纲，只有提纲，才能挈领。我的分析当然以适之先生为主，因为我不是在写中国近百年来的学术史，而是写《胡适全集》的序。在五个阶段中，第一阶段与胡适关系不大，那时他还是青年学生。第二阶段则与他关系至大，他是这一阶段的主角。第三阶段他仍然演重要的角色。第四阶段他居住在台湾和美国，几与大陆学术界脱离。第五阶段则他已去世，没有可能再扮演什么角色了。岁月流转，时移世变，对陈先生的三目必须有所增添。这是很自然的事，用不着多加解释了。

以下就是分析。

## 第一阶段

虽然清王朝已朝不虑夕，但仍然有一个太后和两个皇帝坐在宝座上，发号施令，天下依然是大清帝国的天下。这种政治环境不能不对人们的心态起着作用。

在这期间，乾嘉诸老的考据学风对一些学者仍有影响。学术界的一些领袖人物，像章太炎、梁启超等忙着以不同的形式进行反满的活动，想重振大汉之天威，对学术研究不能不有所忽视，研究成果难以出现。但是，正在同时，由西方人进行的西域考古则硕果累累，而敦煌遗书的发现者最初也是西方人。北京的学者们虽已有所闻，但他们中之奸滑腐败者，只知窃取，据为己有，而不知研究利用，与西方学人根本对立。在学术研究方面根本谈不到对西方的反应。

在这一阶段，胡适还是一个少年，谈不上什么参与。

## 第二阶段

1911年，辛亥革命成功。不管对这个成功如何评价，反正北京已把皇帝改成总统（最初叫普理玺天德），五族共和了，中国几千年来的封建统治结束了。这种政治环境也必然对中国人民——学者当然也包括在里面——的心态起着作用。在政治上，共和了没有多久，洪宪复辟的丑剧就出台而后又迅速覆灭。接着来了军阀混战，民不聊生。在学术文化圈子里，老一辈的领袖人物，如章太炎、严复、康有为、梁启超等等，都有点功成身退的意味，一点也不活跃，在这一阶段的前一半，几乎成了真空。然而却给胡适准备好了活动的舞台。

胡适于1910年赴美留学，先学农，后改文学，又改哲学。在文学和哲学中，他如鱼得水，欢游自如，找到了安身立命之地。初到美国时，他对美国政治感到极大的兴趣，并且亲自参加一些活动，达到如疯如狂的地步。因此，终其一生他认为美国式的民主政治是最好的政治，这里就埋下了他既反对共产党的政治，也反对国民党的政治之根。在哲学思想方面，他的最高理想就是杜威实验主义，也可以说是终生以之的。在学术研究方面，从他所写的三篇最早的文章：《诗三百篇言字解》、《尔汝篇》、《吾我篇》，依稀可以看出乾嘉诸大师的考据学对他的影响，他也是终生服膺增加了一点新成分的考据学，他有时称之为“科学方法”。

胡适于1917年回国。他虽然去国七年之久，但是对国内的情况，他还是相当清楚的。他回国后看到的是一个民生凋敝、政治混乱的局面。学术界几乎是一片荒芜，好像是等待着他来一试身手，大显身手。他一不颓唐，二不郁闷，而是精神抖擞，投入到祖国的改造中去。他带回来的是满脑袋的西方，特别是美国的思想。从对西方的反应这个角度上来看，这是最激烈的时候，激烈地向西方倾斜。胡适的思想实际上是“全盘西化”的思想。陈独秀于1915年在上海创办《新青年》，可以说是为胡适准备好了一片活动场所。1917年，胡适的石破天惊的文章《文学改良刍议》，就发表在《新青年》1917年1月号上。这是中国近代“文艺复兴”的第一声响炮，影响深远。胡适原意是掀起一场新文化运动，然而最终却变成了一场声势浩大的政治运动，胡适对此曾多次表示不满。胡适因此以二十多岁的青年“暴得大名”。

总之，第二阶段的后半期，胡适意气风发，主宰了当时的文坛和学坛。

## 第三阶段

在这一阶段的前半期，胡适仍然是中国学术界和思想界的主将，同时他又涉足政治，发表了一些政论文章。在学术研究方面，乾嘉诸老的考据学对他仍有极大的影响。他锐意弘扬自己的“科学方法”。最著名的两句话“大胆的假设，小心的求证”是他津津乐道而又人所共知的。西域考古资料，他不甚措意。敦煌遗书也仅仅利用了一点关于神会和尚的资料。而在同时，中国学术界的诸大师，如王国维、陈寅恪等等则精心利用地下发掘出来的资料和敦煌遗书，写出了超越欧洲和日本学者水平的文章。在对西方的反应方面，胡适一仍旧贯，向西方，特别是向美国倾斜，在学术方面和政治方面，都是如此。

## 第四阶段

此时中华人民共和国已经建立，胡适逃出了大陆，有时住在美国，有时住在台湾。在台湾，他并没有受到青睐，有时还遭到批判。在大陆，从五十年代中期起，他遭到严厉的批判，成为著名的“反面教员”。对学术界的正面影响，可以说是一点也没有，有人甚至谈胡色变，在大陆，胡适时代早已经结束了。胡适毕竟还是一个爱国者，不愿老死异乡的美国，晚年回到了台湾，刚过古稀之年，就走完了自己的人生历程。

## 第五阶段

1978年中国大陆执行了改革开放的方针以后，经济上发生了天翻地覆的变化。文化界和学术界，也在多年窒息之后，从外面吹进了一股新风。中国的知识分子，被除掉了桎梏，思想活泼起来。在学术研究方面，敦煌学取得了辉煌的成绩，吐鲁番学也初具规模，一批年轻学人脱颖而出，预示着中国学术万紫千红，繁花似锦的时期即将在新的一个世纪内来临。对西方的反应是积极的，我们既主张拿来主义，也推行送去主义，这给我们带来了莫大的益处。胡适虽然早已离开了人世，但在这一股和煦的春风吹拂中，学术界正掀起一股"胡适热"，关于胡适的著作已经出版了十几种。胡适自己的著作也陆续出版，《胡适全集》即将出版，这将是胡适研究的登峰造极之举。对胡适的评价，也一反过去那种僵化死板的教条主义，转向比较实事求是的公平合理的康庄大道。还胡适以本来面目，此其时矣。

# 作为学者的胡适

我认为，胡适首先是一个学者，所以我把评估他的学术成就列为第一项。这里用"评估"二字，似乎夸大了一点，只能说是我对他的学术成就的印象而已。而且学者和思想家往往紧密相联，你中有我，我中有你，硬分为二，是不得已之举，其间界限是十分模糊的。

我不是写胡适传，我不想把他的学术著作一一罗列。如果举书名的话，也不过是为了便于说明问题。我想把他的学术著作粗略地分为六大类：

一、早年的《诗三百篇言字解》、《尔汝篇》、《吾我篇》；

二、整理国故和《国学研究》；

三、以《说儒》为中心的《胡适论学近著》；

四、关于神会和尚的研究；

五、关于《水经注》的研究；

六、为许多旧的长篇小说写序、作考证，一直到新红学、《白话文学史》和《哲学史》等。

这六大类约摸可以概括他的学术研究范围。

我对以上六大类都不一一作细致的论述和分析。我只根据我在上面划分中国近百年学术史的阶段时提出来的三条线索或者三条脉络，来笼统地加以概括。第一类中的三篇文章，明显地表现出来了，它们一方面受到了乾嘉考据的影响，另一方面又受到了西方语言研究的影响，特别是“吾”、“我”、“尔”、“汝”这几个人称代词。汉字是没有曲折变化的，完全不像西方那样。在西方语言中，人称代词有四格——主格、宾格、所有格和受事格——从字形上来看，泾渭分明。而汉字则不然，格变只能表现在字变上。这一点很容易为不通西语者所疏忽。胡适至少通英语，对此他特别敏感，所以才能写出这样的文章。胡适自己说：“我那时对归纳法已经发生了兴趣，也有所了解，至少我已经知道了‘归纳法’这个词汇了。同时我也完全掌握了以中国文法与外国文法作比较研究的知识而受其实惠。”（《胡适口述自传》120—121页）可以看出他自己的认识。

谈到国学研究，先要澄清一个误解。我往往听到有人怀疑：胡适是新文化运动的领袖，怎么会一变而整理起国故来？这是不了解全面情况的结果。胡适说："中国文艺复兴运动有四重目的：

一、研究问题，特殊的问题和今日迫切的问题；

二、输入学理，从海外输入那些适合我们作参考和比较研究用的学理；

三、整理国故（把三千年来支离破碎的古学，用科学方法作一番有系统的整理）；

四、再造文明，这是上三项综合起来的最后目的。"（上引书，203页）原来胡适是把整理国故或国学研究纳入他的"中国文艺复兴"的范畴之内的，同平常所理解的不同。

胡适对中国近三百年来的学术研究作了几点总结。在成就方面，他认为有三项：第一项是"有系统的古籍整理"；第二项是发现古书和翻刻古书；第三项是考古——发现古物。同时，他也指出了三大严重的缺点：第一个缺点是研究范围太狭窄；第二个缺点是太注重功力，而忽略了理解；第三个缺点是缺少参考比较的材料。他针对这三大缺点，提出了复兴和提倡国学研究的三点意见：第一，用历史的方法来尽量扩大研究的范围；第二，注意有系统的整理；第三，"专史式"的整理——诸如语言文字史、文学史、经济史、政治史、国际思想交流史、科技史、艺术史、宗教史、风俗史等等。（上引书，204—207页）

以上就是胡适对整理国故的意见和贡献。

至于《胡适论学近著》中《说儒》那一篇长达数万言的论文，确是他的力作。他认为，"儒"字的原义是柔、弱、懦、软等等的意思。孔子和老子都属于被周灭掉的殷遗民的传教士，由于他们是亡国之民，他们不得不采取那种柔顺以取容的人生观。

唐德刚先生对《说儒》这篇文章给予了至高无上的评价。他说："适之先生这篇《说儒》，从任何角度来看，都是我国国学现代化过程中，一篇继往开来的划时代著作。"他又说："胡氏此篇不但是胡适治学的巅峰之作，也是中国近代文化史上最光辉的一段时期，所谓'三十年代'的巅峰之作。我国近代学术，以'五四'开其端，到三十年代已臻成熟期。那时'五四'少年多已成熟，而治学干扰不大，所以宜其辉煌也。这个时期一过以至今日，中国再也没有第二个'三十年代'了。适之先生这篇文章，便是三十年代史学成就的代表作。"（上引书，273—274页）我个人认为，唐先生对《说儒》的评价和对三十年代学术的估价，是颇值得商榷的。《说儒》意思虽新颖，但并没有得到学术界的公认。郭沫若就有文章反驳。所谓"三十年代"的学术成就，不知何所指。当时日寇压境，举国同愤，也不能说"干扰不大"。

关于适之先生的神会和尚的研究和《水经注》的研究，他的确用力很勤，可以说是半生以之。前者的用意在研究中国禅宗史，后者的用意在为戴震平反昭雪，其成绩都应该说是在《说儒》之上。

为旧小说写序，作考证，在这方面胡适的贡献是很大的，而影响也很大。在旧时代，小说不能登大雅之堂。由于胡适和其他一些学者的努力，小说公然登上了文学的殿堂，同其他昔日高贵的文学品种平起平坐。他对《红楼梦》的研究，我个人觉得是合情合理的。至于与此有联系的《白话文学史》，我认为是失败之作。因为白话同浅显的文言并无泾渭分明的界限，反不如用模糊理论来解释——可惜当时这个理论还没有产生。胡适有时牵强附会，甚至捉襟见肘，不能自圆其说。《中国哲学史》始终没有写完，晚年虽立下宏愿大誓，要把它写完，可惜他过早地逝去，留下了一部“未完成的杰作”。适之先生在学术问题上有时候偏激得离奇，比如对中国的骈文，他说“有欠文明”。他认为“四六”体起标点符号的作用，他把中国中古期文章体裁说成“鄙野”或“夷化”，因为它同古代老子和孔子所用的体裁完全不同，同后来唐宋八家的古文，也迥然有别。他拿欧洲“修道士的拉丁”和印度的“沙门梵文”来相比。前者我不懂，后者则完全不是这么一回事。我认为这是一位极其谨严的学者的极其可怪的偏见。这一点，唐德刚先生也是完全不同意的。（上引书，274—275页）

## 作为思想家的胡适

胡适不喜欢“哲学史”这个词儿，而钟爱“思想史”这个词儿。因此，我不称他为“哲学家”，而称他为“思想家”。

不管是哲学，还是思想，他都没有独立的体系，而且好像也从来没有想创立什么独立的体系，严格地讲，他不能算是一个纯粹的思想家。我给他杜撰了一个名词：行动思想家，或思想行动家。他毕生都在行动，是有思想基础的行动。大名垂宇宙的五四运动，在中国学术史上、中国文学史上，甚至中国政治史上，是空前的，而执大旗做领袖的人物，不能不说是胡适，这是他在既定的思想基础上行动的结果，一个纯粹的思想家是难以做到的。

说到思想，胡适的思想来源是相当复杂的，既有中国的传统思想，又有西方的古代一直到近代的思想，以后者为主。中国“全盘西化”的思想和他有密切的关系。年轻时候信仰世界主义、和平主义和国际主义，在这方面影响他的有中国的老子。老子主张“不争”说：“夫惟不争，故天下莫能与之争。”还有墨子的《非攻》。此外还有西方的耶稣教的《圣经》，讲什么，人家打你的右颊，你把左颊再转过去要他打。他这样的信仰都是历四五十年而不衰的。胡适的行动看起来异常激进，但是他自己却说，自己是保守分子。（上引书，138、161页）表面上看，他是“打倒孔家店”的急先锋，他却不但尊崇孔子，连儒家大儒朱熹也尊崇。唐德刚先生甚至称他为“最后的一位理学家”。

胡适的意见有时候也流于偏激，甚至偏颇。他关于骈文的看法，上面已经介绍过了。与此有关联的是他对于文言的看法。他说：“死文字不能产生活文学。我认为文言文在那时已不止是半死，事实已全死了；虽然文言文之中，尚有许多现时还在用的活字，文言文的文法，也是个死文字的文法。”（上引书，161页）

那么，胡适真正的主要的思想究竟是什么呢？一言以蔽之，曰实验主义。我现在根据胡适的自述，简略地加以介绍。实验主义是十九世纪末叶至二十世纪初叶流行于美国的有影响的大哲学派别之一，当时最主要的大师是查理·皮尔士（Chanler Artier Pierce）、威廉·詹姆士（William James）和约翰·杜威（John Dewey）。第一人逝世于1914年，第二人1910年。胡不可能从他们受学。只有杜威还健在，胡就成了他的学生。胡适自己说，杜威对他有“终身影响”。

什么又叫做“实验主义”呢？必须先介绍一点欧洲哲学史，

特别是古希腊的哲学，才能知道杜威一些说法的来源。这要从苏格拉底（Sokrates，公元前470？—前399）讲起。我现在根据唐德刚先生的注释（上引书，108—114页）极其简略地加以说明。苏格拉底对“知识”这个概念有特殊看法。人性是本善的，之所以有不善，是由于“无知”的缘故。“知”是“行”的先决条件。“知”中有善而无恶，有恶之“知”，不是真“知”，无“知”则“行”无准则。要了解什么是“知”，必须了解什么是“不知”。所有的事物和概念都有真“知”，一般人不了解真“知”而自以为“知”，所以都是糊涂一辈子。他十分强调“自知之明”。他之所以拼命反对“民主”，就是因为他认为芸芸众生都是无“知”之辈，他们不能“主”，“主”者只能是有德者，“德”只是“知”的表现。有“知”自有“德”。从“无知”到“有知”，有一个从无到有的过程和方法，这就是“苏格拉底法则”。苏格拉底认为，天下任何事物和概念都各有其“普遍界说”（universal definition），比如说，猫的“普遍界说”就是“捉老鼠”。世界上的事物和概念，都将由其本身的“普遍界说”而形成一个单独的“形式”（form），这个“形式”有其特有的“次文化”（subculture）。

上述这种推理法，就是所谓“苏格拉底法则”。杜威对这个法则极为赞赏，胡适亦然。他们认为，“法则”只是一种法则，是一种寻求真理、解决问题的方法，并不是替任何“主义”去证明那种毫无讨论余地的“终极真理”（ultima-tetruth）。他们实验主义者是走一步算一步的，不立什么“终极真理”。

苏格拉底的再传弟子——柏拉图的弟子亚里士多德（公元前384—前322），批评他的师祖和老师的推理杂乱无章，他搞了一个“三段论法”。所谓“三段”，指的是大前提、小前提和结论。这可以称为“演绎推理法”（dedudive method）。这方法的核心是“证明真理”，而不是“寻求真理”。后来它为中世纪的耶稣教神学所利用。这种神学已经有“终极真理”和“最后之因”，只需要证明，而不需要探求，这与亚里士多德的三段论法一拍即合，所以就大行其道了。

胡适经常讲他的方法是“归纳法”，就是针对这种演绎法而发的。

既然讲到了方法，我现在就来谈一谈胡适的“实证思维术”。胡适说：“我治中国思想与中国历史的各种著作，都是围绕着‘方法’这一观念打转的。‘方法’实在主宰了我四十多年来所有的著述。从基本上说，我这一点实在得益于杜威的影响。”这是“夫子自道”，由此可见他毕生重视方法，在思想方面和治学方面的方法，而这方法的来源则是杜威的影响。（上引书，94 页）

根据胡适的论述，杜威认为人类和个人思想的过程都要通过四个阶段：

第一阶段，固定信念阶段。

第二阶段，破坏和否定主观思想的阶段。这第二个阶段杜威称之为讨论阶段。

第三阶段，是从苏格拉底法则向亚里士多德的逻辑之间发展的阶段。杜威用溢美之辞赞扬苏格拉底，而对亚里士多德的三段论法则颇有微辞。

第四阶段，也就是后阶段，是现代的归纳实证和实验逻辑。（上引书，93—94 页）

杜威在另一本举世闻名的著作《思维术》中，认为有系统的思想通常要通过五个阶段：

第一阶段，为思想之前奏（antecedent），是一个困惑、疑虑的阶段，导致思想者去认真思考。

第二阶段，是决定这疑虑和困惑究在何处。

第三阶段，为解决这些困惑和疑虑，思想者自己会去寻找一个解决问题的假设，或面临一些现成的假设的解决方法，任凭选择。

第四阶段，思想者只有在这些假设中，选择其一作为对他的困惑和疑虑的可能解决的办法。

第五阶段，也是最后阶段。思想者要求证，他把大胆选择的假设，小心地证明出来，哪个是对他的疑虑和困惑最满意的解决。（上引书，96页）

我想，大家一看就能够知道，胡适有名的"大胆的假设，小心的求证"，来源就在这里，是他从杜威那里学来而加以简化和明确化了的。

根据我个人肤浅的分析，在对外方面，在对西方的反应方面，胡适这个思想的来源还不仅限于杜威，一定还有尼采的影响在，他那"重新评估一切价值"的名言，影响了整个世界。在对内方面，胡适也受到了影响，最突出的是宋代哲学家张载。张载说："在可疑而不疑者，不曾学；学则须疑。"（《大学·原下》）他又说："无征而方，取不信。启诈妄之道也。杞宋不足征吾言，则不言；周足征，则从之。故无征不信，君子不言。"（《正蒙·有德篇》）（以上引文都见上引书，20页。参看同书，12页，胡适自己的说法）

多少年来，我就认为"大胆的假设，小心的求证"，这十个字是胡适对思想和治学方法最大最重要的贡献。胡适自己在《口述自传》中“青年期逐渐领悟的治学方法”这一节里说：“我的治学方法似乎是经过长期琢磨，逐渐发展起来。……我十几岁的时候，便已有好怀疑的倾向，尤其是关于宗教方面。”下面他讲到“汉学”，又说，近三百年来学术方法上所通行的批判研究实自北宋开始，中国考古学兴起的时候。古代的文物逐渐发展成历史工具来校勘旧典籍，这便是批判的治学方法的起源。“考据学”或“考证学”于焉产生。胡适在十九岁前读中国经书，发现了汉、宋注疏之不同，企图自己来写点批判性的文章。这种以批判法则治学的方法，胡适名之为“归纳法”。（上引书，118—119页）

在这同一节中，胡适又说：“我举出了这些例子，也就是说明我要指出我从何处学得了这些治学方法，实在是很不容易的。我想比较妥当的方法，是我从考据学方面着手逐渐地学会了校勘学和训诂学。由于长期钻研中国古代典籍，而逐渐地学会了这种治学方法。所以我要总结我的经验的话，我最早的资本或者就是由于我有怀疑的能力。”（上引书，125页）

最了解自己的老师的胡适的学生唐德刚说，胡适的治学方法只是集中西“传统”方法之大成，他始终没有跳出中国的“乾嘉学派”和西洋中古僧侣所搞的“圣经学”（biblical scholarship）的窠臼。（上引书，133页）唐又本着“吾爱吾师，吾尤爱真理”的精神说，胡适“不成一套！”（上引书，111页）

唐德刚先生的话不无道理，胡适的“治学方法”确实是中西合璧的。但是，我认为，决不能就因此贬低了胡适的“大胆的假设，小心的求证”。我上面已经提到，这是胡适最大的贡献之一。无论是人文社会家，还是自然科学家，真想做学问，都离不开这十个字。在这里，关键是“大胆”和“小心”。研究任何一个问题，必先有假设，否则就是抄袭旧论，拾人牙慧。这样学问永远不会有进步。要想创新，必有假设，而假设则是越大胆越好。在神学统治的重压下，哥白尼敢于假设地球围着太阳转，胆子可真够大的了。但是，大胆究竟能够或者应该大到什么程度，界限很难确定，只好说“存乎一心”了。有了假设，只是解决问题第一步。这种假设往往是出于怀疑，很多古圣先贤都提倡怀疑，但是怀疑了，假设了，千万不要掉以轻心，认为轻而易举就能得到结论，必须求证，而求证则是越小心越好。世界上，万事万物都异常复杂，千万不要看到一些表面就信以为真，一定要由表及里，多方探索，慎思明辨，期望真正能搔到痒处。到了证据确凿，无懈可击，然后才下结论。有的学者甚至认为，孤证难信。这做起来比较难。如果真正只有一个孤证．你难道就此罢手吗？

胡适毕生从事考据之学，迷信考据之学。他在《齐白石传》中说过几句话：白石先生用“瞒天过海”的迷信方法，来隐瞒自己的年龄，却瞒不过考据学。可见他对考据学信仰之虔诚。我再重复说一句：十字诀是胡适重大贡献之一，对青年学者有深远的影响。

## 作为政治家和社会活动家的胡适

刚写上了“政治家”这个词儿，我就想改为“政治活动家”，或者由我杜撰的“政治热心家”或“政治欣赏家”。因为我始终认为，胡适不是一位“政治家”。在胡适所处的时代和地区，同中国历史上一样，一个不“厚”不“黑”的人，是不能成为“政治家”，享受高官厚禄的，而胡适所缺乏的正是这两个要害之点，他仅仅是热衷政治的书生或者“书呆子”。在这一方面，胡适是缺乏自知之明的。

胡适毕生喜欢政治。他以一个不到二十岁的中国青年，一到美国，立即迷上了美国的政治。他大概认为，政治的最高目标就是“民主”，而美国政治正体现了这个最高目标。其实，美国的“民主”究竟是怎么一回事，明眼人都能看得清楚。可是适之先生竟一叶障目，偏偏视而不见。根据他的《口述自传》，他初到美国时，对美国的政治情况并不清楚。但是，当他听了一位讲美国政治的老师的课以后，立即兴趣大增。他最初本来是学农的，但兴趣全不在农上。美国的总统选举实与一个想学农的中国青年风马牛不相及。可是他也积极参加美国人的会议，并佩戴支持什么候选人的襟章。罗斯福被刺之后，群众集会，表示同情，并为罗斯福祈祷，好多教授也参加了。他说：“令我惊奇的却是此次大会的主席，竟是本校史密斯大楼（Goldwin Smith Hall）的管楼工人。这座楼是康大各系和艺术学院的办公中心。这种由一位工友所主持的大会的民主精神，实在令我神往之至。”（上引书，33 页）

他以后还参加了很多政治性的会。他说：“我可以说，由这些集会引起我的兴趣也一直影响了我以后一生的生活。”（上引书，34 页）在“我对美国政治的兴趣”这一节最后一段话中，他“夫子自道”地说：“我对美国政治的兴趣和我对美国政治的研究，以及我学生时代所目睹的两次美国大选，对我后来对中国政治和政府的关心，都有着决定性的影响。其后在我一生之中，除了一任四年的战时中国驻美大使之外，我甚少参预实际政治。但是在我成年以后的生命里，我对政治始终采取了我自己所说的不感兴趣的兴趣（disinterested interest），我认为这种兴趣是一个知识分子对社会应有的责任。”（上引书，36页）

这些都是真话，胡适确实是毕生对政治感兴趣，对他自己所说的“不感兴趣”，我却只能画一个问号。我现在讲一件我亲眼目睹的事实。解放前夕，蒋介石出于政治需要，在南京导演了一幕选举国大代表和选举总统的喜剧。不知是出于什么用心，忽然传出了一阵流言说，蒋介石要让胡适当总统。对于这个流言，我们几个对政治最无经验、最不感兴趣的在适之先生身边工作的人，都觉得好笑，这是蒋介石的一种政治手法。蒋介石是什么人，他焉能把即使只是傀儡性的“总统”让别人干呢？然而，根据我们的观察，胡适却真信以为真。当年他虽是北大校长，但是在南京的时间却比在北平的时间长。后来，总统选出来了，当然是蒋介石。然而胡先生却至死未悟。他在美国还有时对唐德刚说，是CC派反对他当总统。有时候又忽然说，CC派赞成他当总统。他让蒋介石玩于股掌之上而一点感觉都没有，我称他是“书呆子”，难道还算是过分吗？

至于胡适对国共两党的态度，那是众所周知的，他不赞成共产主义。但是，据他自己说，他没有写过一篇批判共产主义的文章。这可能是真的。但是，表示不满的地方却是多而又多的。对于国民党，他虽然当过国民党政府的驻美大使，也算是大官了，平常也与国民党政府和许多政府要人打交道，竞选国民党政府的国大代表，但是也并没有卖身依附，惟命是听，他还经常闹点独立性，写文章提倡“好政府主义”，又说什么，知难行亦不易，是针对“国父”的。因此，国共两方都不喜欢他。大陆上从五十年代起对他批判之激烈，之普遍，延续时间之长，是大家都知道的。个中原因究竟何在呢？我读过许多批判胡适的文章，台湾方面的文章由于两岸隔绝，我没有读到过。大陆方面的文章，在当年那种极“左”思潮影响下，满篇僵硬庸俗的教条，有的竟流于谩骂、污蔑，殊不足以服人。我没有读到一篇真正能搔到痒处的文章。我现在斗胆提出一个个人的解释，请大家指正。我觉得，胡适之所以这样做，其根源全在他的哲学思想中。我在上面已经讲过，胡适追随他的老师杜威之后，相信“苏格拉底法则”，而反对亚里士多德的“三段论法”。前者是归纳的，不立什么“终极真理”；后者是演绎法，先立一个“终极真理”，然后加以证明。胡适认为，国共两党都先立一个“终极真理”，只要求或者只允许人们了解和信奉。这与他的哲学思想直接矛盾，所以他才加以反对。

总之，我想说的是，胡适只是一个政治活动家和社会活动家，而不是一个政客，说文雅一点就是政治家。在那样的社会，不厚不黑，焉能从政？

## 作为人，作为“朋友”的胡适

我从小就读胡适的书，从我这一方面来讲，我们算是神交已久。从年龄上来看，我们是相差一个辈分。当他在北大教书最辉煌的时期，我还在读中学，无缘见他，也无缘听他的课。上大学时，我上的是清华大学，所以始终没有一面之缘。我在德国呆了十年之后，由于我的恩师陈寅恪先生的推荐，当时北大校长正是胡适，代理校长是傅斯年，文学院长是汤用彤，他们接受了我，我才能到北大来任教。作为全国最高学府的北大，门限是非常高的，学生进北大不容易，教师就更难。而我一进北大，只当了一两个星期的副教授——这是北大的规定，拿到外国学位的回国留学生只能担任副教授，且为期数年——立即被提为正教授兼东方语言文学系系主任，当时我只有三十几岁。因此，我毕生感激他们几位先生对我有知遇之恩。

我同适之先生共同工作了才短短三年，在这段时间内，他还经常飞往南京，在北平的时间不算太多。但是，做的事情却真还不少。我是系主任，经常要向他这位校长请示汇报工作。我们又同是北大教授会或校委会（准确的名称我记不大清楚了）的成员，同是北大文科研究所（有点像现在的文科研究生院，理科好像是没有）的导师，同是北京图书馆的评议会的成员。最后这个职位一直到今天对我还是一个谜。评议会成员只有六七位，都是北平学术界的显赫人物，为什么独独聘我这个名不见经传的毛头小伙子担任评议员？我是既喜，又愧，又迷惑不解。

适之先生对印度研究很重视，很感兴趣。他对汉译佛经相当熟悉，他大概读过不少。尼赫鲁派来一位访问教授师觉月博士，他委托我照顾。印度政府又派来十几位研究生，他也委托我照顾他们。他安排师觉月做学术报告，亲自主持会议，用英文发表欢迎词。他曾多次会见师觉月和印度留学生，都要我参加。我写了一篇论文《列子与佛典》，送给他看。他写了几句话说："《生经》一证，确凿之至。"这表示他完全同意我那篇论文的结论。

适之先生待人亲切、和蔼，什么时候见他，都是满面笑容，从来不摆教授架子，不摆名人架子，不摆校长架子，而且对什么人都是这样，对教授是这样，对职员是这样，对学生是这样，对工友也是这样。我从来没有看到过他疾言厉色，发脾气。同他在一起，不会有任何一点局促不安之感。他还不缺乏幽默感。有一次，在教授会上，杨振声教授新得到了一张异常名贵的古画，愿意与同仁们分享快乐，于是把画带到了会上，大家都啧啧称赞。这时胡先生把画拿起来，做装入自己口袋里之状，引得大家哄堂大笑。

适之先生对学生是非常爱护的。“沈崇事件”发生以后，北京大学和北平其他大学的学生们，怀着满腔爱国热情，上街游行抗议。国民党在北平的宪兵三团和其他一些机构，包括特务机构在内，逮捕了不少爱国学生。我第一次看到胡适面有怒容。他乘着他那一辆在北平还极少见的汽车，奔走于国民党驻北平的各大衙门之间，会见当时的一些要人，要他们释放被捕的爱国学生。震于胡适的威名，特别是在美国的威名，他们不敢不释放学生。据说现在还能找到胡适当时写给一些国民党军政要员的信。胡适不会不知道，当时的学生运动，如上述的“沈崇事件”，以及反饥饿、反迫害的运动等等，背后实有中共地下党的推动力。但是此时他关心的是学生，而不是什么党员。平时我在他那一间相当简陋的校长办公室中也有时碰到学生会的领导人去找他，提出什么请求和意见，这些学生大部分是左派学生，他统统和蔼相待，并无所轩轾。

我在上面曾称胡适为“书呆子”，这决不是无根据的。有一次，记得是在北京图书馆开评议会。会前，他说他有其他约会，必须提前离开。然而，会开着开着就离了题，忽然谈起了《水经注》。一听《水经注》，胡先生的兴致勃然而起，座位上仿佛有了胶，把他粘住，侃侃而谈，再也不提“走”字，一直到散会为止。他的那个约会早被他忘得无影无踪了。难道这还不算有点“呆”气吗?

我同适之先生总共在一起工作了三年,三年的时间并不算长,但是留给我的印象却不少,上面所列举的不过是其中最主要的鲜明的而已。我的总印象是:胡适是一个好“朋友”,胡适是一个好人。

我在上面写了作为学者、作为思想家、作为政治家、作为“朋友”的胡适之。我曾多次引用唐德刚先生的意见。因为,我觉得,唐先生是《胡适口述自传》的笔记者和翻译者,他又博学多能,很有独到的见解。他最了解胡适。但是,他的意见我并不完全赞成,特别是他说“胡适是发展中的学者”,因为他处于发展中国家之中。这种把学术研究与经济发展等量齐观的看法,是值得怀疑的。对于自然科学和技术来说,也许还能讲得通,因为这些学问需要大量的钱,需要实验室,钱越多越好。而对人文社会科学来说,则是另外一码事儿。

唐先生对“发展中的学术”作了解释,他举的例子偏偏是机械技术。他认为,发展中国家只能搞初级机械,如小型水力发电机、沼气灯等等。如果妄想到超发达的国家去采购“精密机器”,不但不适宜,而且会造成浪费和混乱。现代西方搞经济发展的学者们认为,引进科技,要恰如其分,他们把这种科技叫做“恰当科技”(appropriate technology)。唐先生接着说:“在一个国家的‘学术’发展的程序中,亦复如是。在‘发展中学术’这个阶段里,他们所能搞的也就是一种‘恰当学术’(appropriate scholarship)。换言之,也就是一种不新不旧,不中不西,土洋并举,风力电力两用的‘机械学术’。……老实说,胡适之先生搞了一辈子所谓‘科学方法的批判的整理国故’,便是那个时代的‘恰当学术’；他老人家本身也就是一位了不起的‘恰当学人’（appropriate scholar）。既然我们整个的国家，整个的学术界还停滞在‘发展中’阶段，胡公受了时代的限制，他也不能单枪匹马，闯入‘已发展’阶段了。”（上引书，271页）唐先生又说：“胡先生那一套，再向前走一步，就进入社会科学的领域了。”（上引书，272页）这真令我有点糊涂，我不了解唐先生所说的“社会科学”指的是什么。专就我个人比较了解的文艺理论和语言理论而言，西方（美国当然也包括在里面）异说蜂起，日新月异。我再套用赵瓯北的诗说：“江山年有才人出，各领风骚数十天。”唐先生所说的“社会科学”，难道就是指这种学问吗？

一部人类文化史证明，经济的发展与学术的昌明，往往并不同步。欧洲的许多文化巨人的出现，往往并不在他们国家经济发展的峰巅时期。这些巨人之所以能成为巨人，依我看，不出三个原因：一是他们个人的天才与勤奋；二是他们国家雄厚的文化积淀；三是靠机遇。这最后一点，英国诗人 Thomas Gray 在他那一首咏乡村墓地的诗中曾有所暗示。我现在提一个大胆而无偏见的看法：不管美国经济还要怎样“超发展”，不管他还能得多少诺贝尔奖金，像欧洲的那些巨人是出不来的，因为美国几乎没有什么文化积淀。真正典型的美国东西，如爵士乐之类，总给人一种肤浅庸俗的感觉。

拿中国文学史来看，真正的伟大作家之出现，多由于他们个人的不幸，比如司马迁遭宫刑，李后主亡国。中国古人说“诗必穷而后工”，指的就是这种现象。有些伟大作家遭逢乱离之后，才写出了不朽的作品，比如杜甫、李清照等等都是这样。这些文学巨人的出现，决不是由于经济高度发展，甚至可以说适得其反，经济遭到破坏的时期反而能出大文学家。

总之，说胡适是一个“发展中的学者”，只因他出于一个“发展中的国家”，唐先生的这种说法和他的解释，我都是不能同意的。

这一篇相当长的序就要结束了。回头再看我在开头时写下的那一个副标题《还胡适以本来面目》，觉得自己未免太轻率了，太大胆了，太不自量力了。通过我在上面写的这一些话，就不难看出，胡适是一个非常复杂的人物，是一个充满了矛盾的人物。我有何德何能，能够还胡适以本来面目！我看到的现在已经出版的有十几种论胡适的著作，每一个作者几乎都有自己心目中的胡适的“本来面目”。有一些书，大概由于作者对胡适和胡适的时代缺乏感性认识，我读了后只感到他们颇为“隔膜”。我自己不让他们在我脑海里跑马，我自己来跑，看来跑的结果也并不太美妙。唐德刚先生对适之先生是有充分的感性认识的，但他心目中的胡适的“本来面目”也不能令我完全心服。印度古代寓言中有一个瞎子摸象的故事，看来我们在胡适这一位巨人面前，都成了摸象的瞎子。胡适的“本来面目”，还隐在一片云雾中，至少有一部分是这样的。想要拨云雾而见青天，还需要进一步去研究、探索。

但是，有一点我们都是应该肯定的：胡适是个有深远影响的大人物，他是推动中国“文艺复兴”的中流砥柱，尽管崇美，他还是一个爱国者，多少年来泼到他身上的污泥浊水必须清洗掉。我们对人，对事，都要实事求是，这是我们从事学术研究的人们的起码的准则。

1996年12月24日写毕

# 站在胡适之先生墓前*

我现在站在胡适之先生墓前。他虽已长眠地下，但是他那典型的“我的朋友”式的笑容，仍宛然在目。可我最后一次见到这个笑容，却已是五十年前的事了。

1948年12月中旬，是北京大学建校五十周年的纪念日。此时，解放军已经包围了北平城，然而城内人心并不惶惶。北大同仁和学生也并不惶惶；而且，不但不惶惶，在人们的内心中，有的非常殷切，有的还有点狐疑，都在期望着迎接解放军。适逢北大校庆大喜的日子，许多教授都满面春风，聚集在沙滩孑民堂中，举行庆典。记得作为校长的适之先生，做了简短的讲话，满面含笑，只有喜庆的内容，没有愁苦的调子。正在这个时候，城外忽然响起了隆隆的炮声。大家相互开玩笑说：“解放军给北大放礼炮哩！”简短的仪式完毕后，适之先生就辞别了大家，登上飞机，飞往南京去了。我忽然想到了李后主的几句词：“最是仓皇辞庙日，教坊犹唱别离歌，垂泪对宫娥。”我想改写一下，描绘当时适之先生的情景：“最是仓皇辞校日，城外礼炮声隆隆，含笑辞友朋。”我哪里知道，我们这一次会面竟是最后一次。如果我当时意识到这一点的话，我是含笑不起来的。

---

* 本文节选自《台游随笔》。——编者注

从此以后，我同适之先生便天各一方，分道扬镳，“世事两茫茫”了。听说，他离开北平后，曾从南京派来一架专机，点名接走几位老朋友，他亲自在南京机场恭候。飞机返回以后，机舱门开，他满怀希望地同老友会面。然而，除了一两位以外，所有他想接的人都没有走出机舱。据说——只是据说，他当时大哭一场，心中的滋味恐怕真是不足为外人道也。

适之先生在南京也没有能呆多久，“百万雄师过大江”以后，他也逃往台湾。后来又到美国去住了几年，并不得志，往日的辉煌犹如春梦一场，它不复存在。后来又回到台湾，最初也不为当局所礼重。往日总统候选人的迷梦，也只留下了一个话柄，日子过得并不顺心。后来，不知怎样一来，他被选为中央研究院的院长，算是得到了应有的礼遇，过了几年舒适称心的日子。适之先生毕竟是一书生，一直迷恋于《水经注》的研究，如醉如痴，此时又得以从容继续下去。他的晚年可以说是差强人意的。可惜仁者不寿，猝死于宴席之间。死后哀荣备至。中央研究院为他建立了纪念馆，包括他生前的居室在内，并建立了胡适陵园，遗骨埋葬在院内的陵园。今天我们参拜的就是这个规模宏伟极为壮观的陵园。

我现在站在适之先生墓前，鞠躬之后，悲从中来，心内思潮汹涌，如惊涛骇浪，眼泪自然流出。杜甫有诗：“焉知二十载，重上君子堂。”我现在是“焉知五十载，躬亲扫陵墓”。此时，我的心情也是不足为外人道也。

我自己已经到望九之年，距离适之先生所呆的黄泉或者天堂乐园，只差几步之遥了。回忆自己八十多年的坎坷又顺利的一生，真如一部二十四史，不知从何处说起了。

积八十年之经验，我认为，一个人生在世间，如果想有所成就，必须具备三个条件：才能、勤奋、机遇。行行皆然，人人皆然，概莫能外。别的人先不说了，只谈我自己。关于才能一项，再自谦也不能说自己是白痴。但是，自己并不是什么天才，这一点自知之明，我还是有的。谈到勤奋，我自认还能差强人意，用不着有什么愧怍之感。但是，我把重点放在第三项上：机遇。如果我一生还能算得上有些微成就的话，主要是靠机遇。机遇的内涵是十分复杂的，我只谈其中恩师一项。韩愈说："古之学者必有师。师者所以传道、授业、解惑也。"根据老师这三项任务，老师对学生都是有恩的。然而，在我所知道的世界语言中，只有汉文把"恩"与"师"紧密地嵌在一起，成为一个不可分割的名词。这只能解释为中国人最懂得报师恩，为其他民族所望尘莫及的。

我在学术研究方面的机遇，就是我一生碰到了六位对我有教导之恩或者知遇之恩的恩师，我不一定都听过他们的课，但是，只读他们的书也是一种教导。我在清华大学读书时，读过陈寅恪先生所有的已经发表的著作，旁听过他的"佛经翻译文学"，从而种下了研究梵文和巴利文的种子。在当了或滥竽了一年国文教员之后，由于一个天上掉下来的机遇，我到了德国哥廷根大学。正在我入学后的第二个学期，瓦尔德施米特先生调到哥廷根大学任印度学的讲座教授。当我在教务处前看到他开基础梵文的通告时，我喜极欲狂。"踏破铁鞋无觅处，得来全不费功夫。"难道这不是天赐的机遇吗？最初两个学期，选修梵文的只有我一个外国学生。然而教授仍然照教不误，而且备课充分，讲解细致。威仪俨然，一丝不苟。几乎是我一个学生垄断课堂，受益之大，自可想见。二战爆发，瓦尔德施米特先生被征从军。已经退休的原印度讲座教授西克，虽已年逾八旬，毅然又走上讲台，教的依然是我一个中国学生。西克先生不久就告诉我，他要把自己平生的绝招全传授给我，包括《梨俱吠陀》、《大疏》、《十王子传》，还有他费了二十年的时间才解读了的吐火罗文，在吐火罗文研究领域中，他是世界最高权威。我并非天才，六七种外语早已塞满了我那渺小的脑袋瓜，我并不想再塞进吐火罗文。然而像我的祖父一般的西克先生，告诉我的是他的决定，一点征求意见的意思都没有。我惟一能走的道路就是：敬谨遵命。现在回忆起来，冬天大雪之后，在研究所上过课，天已近黄昏，积雪白皑皑地拥满十里长街。雪厚路滑，天空阴暗，地闪雪光，路上阒静无人，我搀扶着老爷子，一步高，一步低，送他到家。我没有见过自己的祖父，现在我真觉得，我身边的老人就是我的祖父。他为了学术，不惜衰朽残年，不顾自己的健康，想把衣钵传给我这个异国青年。此时我心中思绪翻腾，感激与温暖并在，担心与爱怜奔涌。我真不知道是置身何地了。

二战期间，我被困德国，一呆就是十年。二战结束后，听说寅恪先生正在英国就医，我连忙给他写了一封致敬信，并附上发表在哥廷根科学院集刊上用德文写成的论文，向他汇报我十年学习的成绩。很快就收到了他的回信，问我愿不愿意到北大去任教。北大为全国最高学府，名扬全球；但是，门坎一向极高，等闲难得进入。现在竟有一个天赐的机遇落到我头上来，我焉有不愿意之理！我立即回信同意。寅恪先生把我推荐给了当时北大校长胡适之先生，代理校长傅斯年先生，文学院长汤用彤先生。寅恪先生在学术界有极高的声望，一言九鼎。北大三位领导立即接受。于是我这个三十多岁的毛头小伙子，在国内学术界尚无藉藉名，公然堂而皇之地走进了北大的大门。唐代中了进士，就“春风得意马蹄疾，一日看遍长安花”。我虽然没有一日看遍北平花，但是，身为北大正教授兼东方语言文学系主任，心中有点洋洋自得之感，不也是人之常情吗？

在此后的三年内，我在适之先生和锡予（汤用彤）先生领导下学习和工作，度过了一段毕生难忘的岁月。我同适之先生，虽然学术辈分不同，社会地位悬殊，想来接触是不会太多的。但是，实际上却不然，我们见面的机会非常多。他那一间在孑民堂前东屋里的狭窄简陋的校长办公室，我几乎是常客。作为系主任，我要向校长请示汇报工作，他主编报纸上的一个学术副刊，我又是撰稿者，所以免不了也常谈学术问题，最难能可贵的是他待人亲切和蔼，见什么人都是笑容满面，对教授是这样，对职员是这样，对学生是这样，对工友也是这样。从来没见他摆当时颇为流行的名人架子、教授架子。此外，在教授会上，在北大文科研究所的导师会上，在北京图书馆的评议会上，我们也时常有见面的机会。我作为一个年轻的后辈，在他面前，决没有什么局促之感，经常如坐春风中。

适之先生是非常懂得幽默的，他决不老气横秋，而是活泼有趣。有一件小事，我至今难忘。有一次召开教授会，杨振声先生新收得了一幅名贵的古画，为了想让大家共同欣赏，他把画带到了会上，打开铺在一张极大的桌子上，大家都啧啧称赞。这时适之先生忽然站了起来，走到桌前，把画卷了起来，做纳入袖中状，引得满堂大笑，喜气洋洋。

这时候，印度总理尼赫鲁派印度著名学者师觉月博士来北大任访问教授，还派来了十几位印度男女学生来北大留学，这也算是中印两国间的一件大事。适之先生委托我照管印度老少学者。他多次会见他们，并设宴为他们接风。师觉月作第一次演讲时，适之先生亲自出席，并用英文致欢迎词，讲中印历史上的友好关系，介绍师觉月的学术成就，可见他对此事之重视。

适之先生在美国留学时，忙于对西方，特别是对美国哲学与文化的学习，忙于钻研中国古代先秦的典籍，对印度文化以及佛教还没有进行过系统深入的研究。据说后来由于想写完《中国哲学史》，为了弥补自己的不足，开始认真研究中国佛教禅宗以及中印文化关系。我自己在德国留学时，忙于同梵文、巴利文、吐火罗文以及佛典拼命，没有余裕来从事中印文化关系史的研究。回国以后，迫于没有书籍资料，在不得已的情况下，开始注意中印文化交流史的研究。在解放前的三年中，只写过两篇比较像样的学术论文：一篇是《浮屠与佛》，一篇是《列子与佛典》。第一篇讲的问题正是适之先生同陈援庵先生争吵到面红耳赤的问题。我根据吐火罗文解决了这个问题。两老我都不敢得罪，只采取了一个骑墙的态度。我想，适之先生不会不读到这一篇论文的。我只到清华园读给我的老师陈寅恪先生听。蒙他首肯，介绍给地位极高的《中央研究院史语所集刊》发表。第二篇文章，写成后我拿给了适之先生看，第二天他就给我写了一封信，信中说："《生经》一证，确凿之至！"可见他是连夜看完的。他承认了我的结论，对我无疑是一个极大的鼓舞。这一次，我来到台湾，前几天，在大会上听到主席李亦园院士的讲话，中间他讲到，适之先生晚年任中央研究院院长时，在下午饮茶的时候，他经常同年轻的研究人员坐在一起聊天。有一次，他说，做学问应该像北京大学的季羡林那样。我乍听之下，百感交集。适之先生这样说一定同上面两篇文章有关，也可能同我们分手后十几年中我写的一些文章有关。这说明，适之先生一直到晚年还关注着我的学术研究。知己之感，油然而生。在这样的情况下，我还可能有其他任何的感想吗？

在政治方面，众所周知，适之先生是不赞成共产主义的。但是，我们不应忘记，他同样也反对三民主义。我认为，在他的心目中，世界上最好的政治就是美国政治，世界上最民主的国家就是美国。这同他的个人经历和哲学信念有关。他们实验主义者不主张什么“终极真理”，而世界上所有的“主义”都与“终极真理”相似，因此他反对。他同共产党并没有任何深仇大恨。他自己说，他一辈子没有写过批判共产主义的文章，而反对国民党的文章则是写过的。我可以讲两件我亲眼看到的小事。解放前夕，北平学生动不动就示威游行，比如“沈崇事件”、反饥饿反迫害等等，背后都有中共地下党在指挥发动，这一点是人所共知的，适之先生焉能不知！但是，每次北平国民党的宪兵和警察逮捕了学生，他都乘坐他那辆当时北平还极少见的汽车，奔走于各大衙门之间，逼迫国民党当局非释放学生不行。他还亲笔给南京驻北平的要人写信，为了同样的目的。据说这些信至今犹存。我个人觉得，这已经不能算是小事了。另外一件事是，有一天我到校长办公室去见适之先生，一个学生走进来对他说：昨夜延安广播电台曾对他专线广播，希望他不要走，北平解放后，将任命他为北大校长兼北京图书馆的馆长。他听了以后，含笑对那个学生说：“人家信任我吗？”谈话到此为止，这个学生的身份他不能不明白。但他不但没有拍案而起，怒发冲冠，态度依然亲切和蔼。小中见大，这些小事都是能够发人深思的。

适之先生以青年暴得大名，誉满士林。我觉得，他一生处在一个矛盾中，一个怪圈中：一方面是学术研究，一方面是政治活动和社会活动。他一生忙忙碌碌，倥偬奔波，作为一个“过河卒子”，勇往直前。我不知道，他自己是否意识到身陷怪圈。当局者迷，旁观者清，我认为，这个怪圈确实存在，而且十分严重。那么，我对这个问题有什么看法呢？我觉得，不管适之先生自己如何定位，他一生毕竟是一个书生，说不好听一点，就是一个书呆子。我也举一件小事。有一次，在北京图书馆开评议会，会议开始时，适之先生匆匆赶到，首先声明，还有一个重要会议，他要早退席，会议开着开着就走了题，有人忽然谈到《水经注》。一听到《水经注》，适之先生立即精神抖擞，眉飞色舞，口若悬河。一直到散会，他也没有退席，而且兴致极高，大有挑灯夜战之势。从这样一个小例子中不也可以小中见大吗？

我在上面谈到了适之先生的许多德行，现在笼统称之为“优点”。我认为，其中最令我钦佩，最使我感动的却是他毕生奖掖后进。“平生不解掩人善，到处逢人说项斯。”他正是这样一个人。这样的例子是举不胜举的。中国是一个很奇怪的国家，一方面有我上面讲到的只此一家的“恩师”；另一方面却又有老虎拜猫为师学艺，猫留下了爬树一招没教给老虎，幸免为徒弟吃掉的民间故事。二者显然是有点矛盾的。适之先生对青年人一向鼓励提携。四十年代，他在美国哈佛大学遇到当时还是青年的学者周一良和杨联升等，对他们的天才和成就大为赞赏。后来周一良回到中国，倾向进步，参加革命，其结果是众所周知的。杨联升留在美国，在二三十年的长时间内，同适之先生通信论学，互相唱和。在学术成就上也是硕果累累，名扬海外。周的天才与功力，只能说是高于杨，虽然在学术上也有所表现，但是，格于形势，不免令人有未尽其才之感。看了二人的遭遇，难道我们能无动于衷吗？

我同适之先生在孑民堂庆祝会上分别，从此云天渺茫，天各一方，再没有能见面，也没有能互通音信。我现在谈一谈我的情况和大陆方面的情况。我同绝大多数的中老年知识分子和教师一样，怀着绝对虔诚的心情，向往光明，向往进步。觉得自己真正站起来了，大有飘飘然羽化而登仙之感，有点忘乎所以了。我从一个最初喊什么人万岁都有点忸怩的低级水平，一踏上“革命”之路，便步步登高，飞驰前进；再加上天纵睿智，虔诚无垠，全心全意，投人造神运动中。常言道：“众人拾柴火焰高。”大家群策群力，造出了神，又自己膜拜，完全自觉自愿，决无半点勉强。对自己则认真进行思想改造。原来以为自己这个知识分子，虽有缺点，并无罪恶；但是，经不住社会上根红苗壮阶层的人士天天时时在你耳边聒噪：“你们知识分子身躯脏，思想臭！”西方人说：“谎言说上一千遍就成为真理。”此话就应在我们身上，积久而成为一种“原罪”感，怎样改造也没有用，只有心甘情愿地居于“老九”的地位，改造，改造，再改造，直改造得懵懵懂懂，“两涘渚崖之间，不辨牛马”。然而涅槃难望，苦海无边，而自己却仍然是膜拜不息。

通过无数次的运动一直到十年浩劫自己被关进牛棚被打得一佛出世二佛升天，皮开肉绽，仍然不停地膜拜，其精诚之心真可以惊天地泣鬼神了。改革开放以后，自己脑袋里才裂开了一点缝，"觉今是而昨非"，然而自己已快到耄耋之年，垂垂老矣，离开鲁迅在《过客》一文讲到的长满了百合花的地方不太远了。

至于适之先生，他离开北大后的情况，我在上面已稍有所涉及；总起来说，我是不十分清楚的，也是我无法清楚的。到了1954年，从批判俞平伯先生的《红楼梦研究》的资产阶级唯心论起，批判之火终于烧到了适之先生身上。这是一场缺席批判。适之远在重洋之外，坐山观虎斗。即使被斗的是他自己，反正伤不了他一根毫毛，他乐得怡然观战。他的名字仿佛已经成一个稻草人，浑身是箭，一个不折不扣的"箭垛"，大陆上众家豪杰，个个义形于色，争先恐后，万箭齐发，适之先生兀自巍然不动。我幻想，这一定是一个非常难得的景观。在浪费了许多纸张和笔墨、时间和精力之余，终成为"竹篮子打水，一场空"，乱哄哄一场闹剧。

适之先生于1962年猝然逝世，享年已经过了古稀，在中国历代学术史上，这已可以算是高龄了，但以今天的标准来衡量，似乎还应该活得更长一点。中国古称"仁者寿"，但适之先生只能说是"仁者不寿"。当时在大陆上"左"风犹狂，一般人大概认为胡适已经是被打倒在地的人，身上被踏上了一千只脚，永世不得翻身了。这样一个人的死去，有何值得大惊小怪！所以报刊杂志上没有一点反应。我自己当然是被蒙在鼓里，毫无所知。十几二十年以后，我脑袋里开始透进点光的时候，我越想越不是滋味，曾写了一篇短文《为胡适说几句话》，我连"先生"二字都没有勇气加上，可是还有人劝我以不发表为宜。文章终于发表了，反应还差强人意，至少没有人来追查我，我心里一块石头落了地。最近几年来，改革开放之风吹绿了中华大地，知识分子的心态有了明显的转变，身上的枷锁除掉了，原罪之感也消逝了。被泼在身上的污泥浊水逐渐清除了，再也用不着天天夹着尾巴过日子了。这种思想感情上的解放，大大地提高了他们的积极性，愿意为祖国的繁荣富强贡献自己的力量。出版界也奋起直追，出版了几部《胡适文集》。安徽教育出版社雄心最强，准备出版一部超过两千万字的《胡适全集》。我可是万万没有想到，主编这一非常重要的职位，出版社竟垂青于我。我本不是胡适研究专家，我诚惶诚恐，力辞不敢应允。但是出版社却说，现在北大曾经同适之先生共过事而过从又比较频繁的人，只剩下我一个人了。铁证如山，我只能“仰”（不是“俯”）允了。我也想以此报知遇之恩于万一。我写了一篇长达一万七千字的总序，副标题是：还胡适以本来面目。意思也不过是想拨乱反正，以正视听而已。前不久，又有人邀我在《学林往事》中写一篇关于适之先生的文章，理由同前，我也应允而且从台湾回来后抱病写完。这一篇文章的副标题是：毕竟一书生。原因是，前一个副标题说得太满，我哪里有能力还适之先生以本来面目呢？后一个副标题是说我对适之先生的看法，是比较实事求是的。

我在上面谈了一些琐事和非琐事，俱往矣，只留下了一些可贵的记忆。我可真是万万没有想到，到了望九之年，居然还能来到宝岛，这是以前连想都没敢想的事。到了台北以后，才发现，五十年前在北平结识的老朋友，比如梁实秋、袁同礼、傅斯年、毛子水、姚从吾等等，全已作古。我真是“访旧全为鬼，惊呼热衷肠”了。天地之悠悠是自然规律，是人力所无法抗御的。

我现在站在适之先生墓前，心中浮想联翩，上下五十年，纵横数千里，往事如云如烟，又历历如在目前。中国古代有俞伯牙在钟子期墓前摔琴的故事，又有许多在挚友墓前焚稿的故事。按照这个旧理，我应当把我那新出齐了的《文集》搬到适之先生墓前焚掉，算是向他汇报我毕生科学研究的成果。但是，我此时虽思绪混乱，但神智还是清楚的，我没有这样做。我环顾陵园，只见石阶整洁，盘旋而上，陵墓极雄伟，上覆巨石，墓志铭为毛子水亲笔书写，墓后石墙上嵌有“德艺双隆”四个大字，连同墓志铭，都金光闪闪，炫人双目。我站在那里，蓦抬头，适之先生那有魅力的典型的“我的朋友”式的笑容，突然显现在眼前，五十年依稀缩为一刹那，历史仿佛没有移动。但是，一定神儿，忽然想到自己的年龄，历史毕竟是动了，可我一点也没有颓唐之感。我现在大有“老骥伏枥，志在万里”之感。我相信，有朝一日，我还会有机会，重来宝岛，再一次站在适之先生的墓前。

1999年5月2日写毕

## 后记

文章写完了。但是对开头处所写的1948年12月在孑民堂庆祝建校五十周年一事，脑袋里终究还有点疑惑。我对自己的记忆能力是颇有一点自信的，但是说它是“铁证如山”，我还没有这个胆量。怎么办呢？查书。我的日记在“文革”中被抄家时丢了几本，无巧不成书，丢的日记中正巧有1948年的。于是又托高鸿查胡适日记，没能查到。但是，从当时报纸上的记载中得知胡适于12月15日已离开北平，到了南京，并于17日在南京举行北大校庆五十周年庆祝典礼，发言时“泣不成声”云云。可见我的回忆是错了。又一个“怎么办呢？”一是改写，二是保留不变。经过考虑，我采用了后者。原因何在呢？我认为，已经发生过的事情是一个现实，我脑筋里的回忆也是一个现实，一个存在形式不同的现实。既然我有这样一段回忆，必然是因为我认为，如果适之先生当时在北平，一定会有我回忆的那种情况，因此我才决定保留原文，不加更动。但那毕竟不是事实，所以写了这一段“后记”，以正视听。

1999年5月14日

# 扫傅斯年先生墓*

我们虽然算是小同乡，但我与孟真先生并不熟识，几乎是根本没有来往。原因是年龄有别，辈分不同。我于1930年到北京来上大学的时候，进的是清华大学。当时孟真先生已经是学者，是教育家，名满天下了。我只是一个无名小卒，不可能有认识的机会。

我记得，在我大学一年级或二年级时，不知是清华的哪一个团体组织了一次系列讲座，邀请一些著名的学者发表演说，其中就有孟真先生。时间是在晚上，地点是在三院的一间教室里。孟真先生西装笔挺，革履锃亮。讲演的内容，我已经完全忘记了；但是，他那把双手插在西装坎肩的口袋里的独特的姿势，却至今历历如在目前。

在以后一段长达十五六年的时间中，我同孟真先生互不相知，一没有相知的可能，二没有相知的必要，我们本来就是萍水相逢嘛。

然而天公却别有一番安排，我在德国呆了十年以后，陈寅恪师把我推荐给北京大学。1946年夏，我回国住在南京，适值寅恪先生也正在南京，我曾去谒见。他让我带着我在德国发表的几篇论文，到鸡鸣寺下中央研究院去拜见当时的北大代校长傅斯年，

---

* 本文节选自《台游随笔》。——编者注

我遵命而去。见了面，没有说上几句话，就告辞出来。我们第二次见面就是这样匆匆。

二战期间，我被阻欧洲，大后方重庆和昆明等地的情况，我茫无所知。到了南京以后，才开始零零星星地听到大后方学术文化教育界的一些情况，涉及面非常广，当然也涉及傅孟真先生。他把山东人特有的直爽的性格——这种性格其他一些省份的人也具有的——发挥到淋漓尽致的水平。他所在的中央研究院当然是国民党政府下属的一个机构，但是，他不但不加入国民党，而且专揭国民党的疮疤。他被选为地位很高的参政员，是所谓“社会贤达”的代表。他主持正义，直言无讳，被称为“傅大炮”。国民党的四大家族，在贪赃枉法方面，各有千秋，手段不同，殊途同归。其中以孔祥熙家族名声最坏。那一位“威”名远扬的孔二小姐，更是名动遐迩，用飞机载狗逃难，而置难民于不顾。孟真先生不讲情面，不分场合，在光天化日之下，大庭广众之中，痛快淋漓地揭露孔家的丑事，引起了人民对孔家的憎恨。孟真先生成为“批孔”的专业户，口碑载道，颂声盈耳。

孟真先生的轶事很多，我只能根据传说讲上几件。他在南京时，开始任中央研究院历史语言研究所所长。他待人宽厚，而要求极严。当时有一位广东籍的研究员，此人脾气古怪，双耳重听，形单影只，不大与人往来，但读书颇多，著述极丰。每天到所，用铅笔在稿纸上写上两千字，便以为完成了任务，可以交卷了，于是悄然离所，打道回府。他所爱极广，隋唐史和黄河史，都有著述，洋洋数十万言。对历史地理特感兴趣，尤嗜对音。他不但不通梵文，看样子连印度天城体字母都不认识。在他手中，字母仿佛成了积木，可以任意挪动。放在前面，与对音不合，就改放在后面。这样产生出来的对音，有时极为荒诞离奇，那就在所难免了。但是，这位老先生自我感觉极为良好，别人也无可奈何。有一次，他在所里做了一个学术报告，说《史记》中的“禁不得祠明星出西方”“不得”二字是Buddula（佛陀）的对音，佛教在秦代已输人中国了。实际上，“禁不得”这样的字眼儿在汉代是通用的。老先生不知怎样一时糊涂，提出了这样的意见。在他以前，一位颇负盛名的日本汉学家藤田丰八已有此说，老先生不一定看到过，孤明独发，闹出了笑话。不意此时远在美国的孟真先生听到了这个信息，大为震怒，打电话给所里，要这位老先生检讨，否则就炒鱿鱼。老先生不肯，于是便卷铺盖离开了史语所，老死不明真相。

但是，孟真先生是异常重视人才的，特别是年轻的优秀人才。他奖励扶掖，不遗余力。他心中有一张年轻有为的学者的名单，对于这一些人，他尽力提供或创造条件，让他们能安心研究，帮助他们出国留学，学成回国后仍来所里工作。他还尽力延揽著名学者，礼遇有加。他创办的《史语所集刊》，在几十年内都是国内外最有权威的人文社会科学的刊物。一登龙门，声价十倍，能在上面发表文章，是十分光荣的事。这个刊物至今仍在继续刊行，旧的部分有人多方搜求，甚至影印，为二十世纪中国学术界所仅见。

孟真先生有其金刚怒目的一面，也有其菩萨慈眉的一面。当年在大后方昆明，西南联大的教师和中央研究院史语所的研究员，有时住在同一所宿舍里。在靛花巷（？）宿舍里，陈寅恪先生住在楼上，一些年纪比较轻的教员和研究员住在楼下。有一天晚上，孟真先生和一些年轻学者在楼下屋子里闲谈。说到得意处，忍不住纵声大笑。他们乐以忘忧，兴会淋漓，忘记了时光的流逝。猛然间，楼上发出手杖捣地板的声音。孟真先生轻声说："楼上的老先生发火了。""老先生"指的当然就是寅恪先生。从此就有人说，傅斯年谁都不怕，连蒋介石也不放在眼中，惟独怕陈寅恪。我想，在这里，这个"怕"字不妥，改为"尊敬"，就更好了。

这一次，我由于一个不期而遇的机会，来到了台北，又听到了一些孟真先生的轶事。原来他离开大陆后，来到了台湾，仍然担任中央研究院史语所所长，同时兼任台湾大学的校长。他这一位大炮，大概仍然是炮声隆隆。据说有一次蒋介石对自己的亲信说："那里（指台大）的事，我们管不了！"可见孟真先生仍然保留着他那一副刚正不阿的铮铮铁骨，他真正继承了中国历代知识分子最优秀的传统。

根据我上面的琐碎的回忆，我对孟真先生是见得少，听得多。我同他最重要的一次接触，就是我进北大时，他正是代校长，是他把我引进北大来的。据说——又是据说，他代表胡适之先生接管北大。当时日寇侵略者刚刚投降，北大，正确说是"伪北大"教员可以说都是为日本服务的；但是每个人情况又各有不同，有少数人认贼作父，觍颜事仇，丧尽了国格和人格。大多数则是不得已而为之。二者应该区别对待。孟真先生说，适之先生为人厚道，经不起别人的恳求与劝说，可能良莠不分，一律留下在北大任教。这个"坏人"必须他做。他于是大刀阔斧，不留情面，把问题严重的教授一律解聘，他说，这是为适之先生扫清道路，清除垃圾，还北大一片净土，让他的老师胡适之先生怡然、安然地打道回校。我就是在这样一个关键时刻到北大来的。我对孟真先生有知遇之感，难道不是很自然的吗？

这一次我们三个北大人来到了台湾。台湾有清华分校，为什么独独没有北大分校呢？有人说，傅斯年担任校长的台湾大学就是北大分校。这个说法被认为是完全正确的。我们三个人中，除我以外，他们俩既没有见过胡适之，也没有见过傅孟真。但是，胡、傅两位毕竟是北大的老校长，我们不远千里而来，为他们二位扫墓，也完全是合情合理的。我们谨以鲜花一束，放在墓穴上，用以寄托我们的哀思。我在孟真先生墓前行礼的时候，心里想了很多很多。两岸人民有手足之情，人为地被迫分开了五十多年，难道现在和好统一的时机还没有到吗？本是同根生，见面却如参与商，一定要先到香港才能再飞台湾。这样人为的悲剧难道还不应该结束吗？北大与台大难道还不应该统一起来吗？我希望，我们下一次再来扫孟真先生墓时，这一出人间悲剧能够结束。

1999年5月5日

# 记张岱年先生

我认识张岱年先生，已有将近七十年的历史了。三十年代初，我在清华念书，他在那里教书。但是，由于行当不同，因而没有相识的机会。只是不时读到他用“张季同”这个名字发表的文章，在我脑海留下了一个青年有为的学者的印象，一留就是二十年。

时移世变，沧海桑田，再见面时已是1952年院系调整以后了。当时全国大学的哲学系都合并到北大来，张先生也因而来到了北大。我们当年是清华校友，而今又是北大同事了。仍然由于行当不同，平常没有多少来往。1957年反右，张先生受到了牵连，这使我对他更增加了一种特殊的敬意。我有一个自己认为是正确的意见：凡被划为“右派”者都是好人，都是正直的人，敢讲真话的人，真正热爱党的人。但是，我决不是说，凡没有被划者都不是好人，好人没有被划者遍天下，只是没有得到被划的“幸福”而已。至于我自己，我蹲过牛棚，说明我还不是坏人，是我毕生的骄傲。独有没有被划为右派，说明我还不够好，我认为这是一生憾事，永远再没有机会来补课了。

张先生是哲学家，对于中国哲学史的研究有湛深的造诣，这是学术界的公论。愧我禀性愚鲁，不善于作邃密深奥的哲学思维。因此对先生的学术成就不敢赞一辞。独对于先生的为人，则心仪已久。他奖掖后学，爱护学生，极有正义感，对任何人都不阿谀奉承，凛然一身正气，又决不装腔作势，总是平等对人。这样多的优秀品质集中到一个人的身上，再加上真正淡泊名利，惟学是务，在当今士林中，真堪为楷模了。

《论语》中说："仁者寿。"岱年先生是仁者，也是寿者。我读书有一个习惯：不管是读学术史，还是读文学史，我首先注意的是中外学者和文学家的生年卒月。我吃惊地发现，古代中外著名学者或文学家中，寿登耄耋者极为稀少。像泰戈尔的八十，歌德的八十三，托尔斯泰的八十二，直如凤毛麟角。许多名震古今的大学问家和大文学家，多半是活到五六十岁。现在，我们已经"换了人间"，许多学者活得年龄都很大，像冯友兰先生、梁漱溟先生等等都活过了九十。冯先生有两句话："岂止于米，相期以茶。""米"是八十八岁，"茶"是一百零八岁。现在张先生已经过米寿两年，距茶寿十八年。从他眼前的健康情况来看，冯先生没有完成的遗愿，张先生一定能完成的。张先生如果能达到茶寿，是我们大家的幸福。"碧章夜奏通明殿，乞赐张老十八春。"

1999年1月10日

# 追忆李长之

稍微了解我的交游情况的人，恐怕都会有一个疑问：季羡林是颇重感情的人，他对逝去的师友几乎都写了纪念文章，为什么对李长之独付阙如呢？

这疑问提得正确，正击中了要害。我自己也有这个疑问的。原因究竟何在呢？我只能说，原因不在长之本人，而在另一位清华同学。事情不能说是小事一端，但也无关世界大局和民族兴亡，我就不再说它了。

长之是我一生中最早的朋友。认识他时，我只有八九岁，地方是济南一师附小。我刚从私塾转入新式小学，终日嬉戏，并不念书，也不关心别人是否念书。因此对长之的成绩如何也是始终不知道的，也根本没有想知道的念头。小学生在一起玩，是常见的现象，至于三好两歹成为朋友，则颇为少见。我同长之在一师附小的情况就是这样，我不记得同他有什么亲密的往来。

当时的一师校长是王祝晨先生，是有名的新派人物，最先接受了五四的影响，语文改文言为白话。课本中有一课是举世皆知的"阿拉伯的骆驼"。我的叔父平常是不大关心我的教科书的。无巧不成书，这一个"阿拉伯的骆驼"竟偶然被他看到了。看了以后，他大为惊诧，高呼："骆驼怎么能说话呢？荒唐！转学！转学！"

于是我立刻就转了学，从一师附小转到新育小学（后改称三合街小学）。报名口试时，老师出了一个"骡"字，我认识了，而与我同去的大我两岁的彭四哥不认识。我被分派插入高小一年级，彭四哥入初小三年级。区区一个“骡”字为我争取了一年。这也可以算是一个轶事吧。

我在新育小学，不是一个用功的学生。不爱念书，专好打架。后来有人说我性格内向，我自己也认为是这样；但在当时，我大概很不内向，而是颇为外向的，打架就是一个证明。我是怎样转为内向的呢？这问题过去从未考虑过，大概同我所处的家庭环境有关吧。反正我当时是不大念书的。每天下午下课以后，就躲到附近工地上堆砖的一个角落里，大看而特看旧武侠小说，什么《彭公案》、《施公案》、《济公传》、《东周列国志》、《封神演义》、《说岳》、《说唐》等等，《彭公案》我看到四十几续，越续越荒唐，我却乐此不疲。不认识的字当然很多。秋妹和我常开玩笑，问不认识的字是用筷子夹喔还是用笤帚扫；前者表示不多，后者则表示极多，我大概是用笤帚扫的时候居多吧。读旧小说，叔父称之为“看闲书”，是为他深恶而痛绝的。我看了几年闲书却觉得收获极大。我以后写文章，思路和文笔都似乎比较通畅，与看闲书不无关联。我痛感今天的青年闲书看得不够。是不是看闲书有百利而无一弊呢？也不能这样说，比如我想练“铁沙掌”之类的笑话，就与看闲书有关。但我认为，那究竟是些鸡毛蒜皮的事，用不着大张挞伐的。

看闲书当然会影响上正课。当时已经实行了学年学期末考试张榜的制度。我的名次总盘旋在甲等三四名，乙等一二名之间，从来没有拿到过甲等第一名。我似乎也毫无追求这种状元的野心，对名次一笑置之，我行我素，闲书照看不误。

我一转学，就同长之分了手。一分就是六年。新育毕业后，按常理说，我应该报考当时大名鼎鼎的济南一中的。但我幼无大志，自知是一个上不得台盘的人，我连报名的勇气都没有，只是凑合着报考了与“烂育英”相提并论的“破正谊”。但我的水平，特别是英语水平，恐怕确实高于一般报考正谊中学的学生，因此，我入的不是一年级，而是一年半级，讨了半年的便宜。以后事实证明，这半年是“狗咬尿泡一场空”，一点用处也没有。至于长之，他入的当然是一中。一中毕业以后，他好像是没有入山大附中，而是考入齐鲁大学附中，从那里又考入北京大学预科。但在北大预科毕业后，却不入北大，而是考入清华大学。我自己呢，正谊毕业以后，念了半年正谊高中。山大附设高中成立后，我转到那里去念书。念了两年，日寇占领了济南，停学一年，1929年，山东省立济南高中成立，我转到那里，1930年毕业，考入清华大学。于是，在分别六年之后，我同长之又在清华园会面了。

长之最初入的是生物系，看来是走错了路。我有一次到他屋里去，看到墙上贴着一张图，是他自己画的细胞图之类的东西，上面有教员改正的许多地方，改得花里胡哨。长之认为，细胞不应该这样排列，这样不美。他根据自己的审美观加以改变，当然就与大自然有违。这样的人能学自然科学吗？于是他转入了哲学系。又有一次我走到他屋里，又看到墙上贴着一张法文试卷。上面法文教员华兰德老小姐用红笔改得满篇红色，熠熠闪着红光。这一次，长之没有说法文不应该这样结构，只是苦笑不已，大概是觉得自己的错误已经打破了世界纪录了吧。从这两个小例子上，完全可以看出，长之是有天才的人，思想极为活跃，但不受任何方面的绳墨的约束。这样的人，做思想家可能大有成就，做语言学家或自然科学家则只能有大失败。长之的一生证明了这一点。

我同长之往来是很自然的。但是，不知道是怎样一来，我们同中文系的吴组缃和林庚也成了朋友，经常会面，原因大概是我们都喜欢文学，都喜欢舞笔弄墨。当时并没有什么“清华四剑客”之类的名称，可我们毫无意识地结成了一个团伙，则确是事实。我们会面，高谈阔论，说话则是尽量夸大，尽量偏激，“挥斥方遒”，粪土许多当时的文学家。有一天，茅盾的《子夜》刚出版不久，在中国文坛上引起了极大的震动。我们四人当然不会无动于衷，就聚集在工字厅后面的一间大厅里，屋内光线不好，有点阴暗。但窗外荷塘里却是红荷映日，翠盖蔽天，绿柳垂烟，鸣蝉噪夏，一片暑天风光。我们四人各抒己见，有的赞美，有的褒贬，前者以组缃为代表，后者的代表是我。一直争到室内渐渐地暗了下来，已经到了吃晚饭的时候了，我们方才鸣金收兵。遥想当年的鹅湖大会，盛况也不过如此吧。

由于我们都是“文学青年”，又都崇拜当时文坛上的名星，我们都不自觉地拜在郑振铎先生门下，并没有什么形式，只是旁听过他在清华讲“中国文学史”的课，又各出大洋三元订购了他的《插图本中国文学史》。郑先生是名作家兼学者，但是丝毫没有当时的教授架子，同我们谈话随便，笑容满面，我们结成了忘年交，终生未变。我们曾到他燕京大学的住宅去拜访过他，对他那藏书插架之丰富，狠狠地羡慕了一番。他同巴金、靳以主编了《文学季刊》，一时洛阳纸贵。我们的名字赫然印在封面上，有的是编委，有的是特约撰稿人。虚荣心恐怕是人人有之的。我们这几个二十岁刚出头的毛头小伙子，心里有点飘飘然，不是很自然的吗？有一年暑假，我同长之同回济南，他在家中宴请老舍，邀我作陪，这是我认识老舍先生之始，以后也成了好朋友。

我同长之还崇拜另一位教授，北京大学德文系主任清华大学兼任教授杨丙辰先生。他也是冯至先生的老师，早年在德国留过学，没拿什么学位，翻译过德国一些古典名著，其他没有什么著作。他在北京许多大学兼课，每月收入大洋一千余元，当时是一个很大的数目。他有一位年轻貌美的夫人，以捧京剧男角为主要业务。他则每天到中山公园闲坐喝茶为主要活动。夫妇感情极好，没有儿女。杨先生的思想极为复杂，中心信仰是“四大皆空”。因此教书比较随便，每个学生皆给高分。有一天，他拿给长之和我一本德文讲文艺理论的书，书名中有一个德文字Literatur wissir schafr，意思是“文艺科学”。长之和我都觉得此字极为奇妙，玄机无穷，我们简直想跪下膜拜。我们俩谁也没有弄明白，葫芦里究竟卖的是什么药。后来我到了德国，才知道这是一个非常一般的字，一点玄妙也没有。长之却写文章，大肆吹捧杨先生，称他为“我们的导师”。长之称他自己的文学批评理论为“感情的批评主义”。我对理论一向不感兴趣。他说“感情的批评主义”是不是指愿意怎么说就怎么说，完全以主观印象为根据，我不得而知，一直到今天，我也是一点都不明白。

有一位姓张的中文系同学，同我们都不大来往，与长之来往极密。长之张皇“造名运动”，意思是尽快出名，这位张君也是一个自命“天才”的人，在这方面与长之极为投机。对这种事情，我不置一词。但是他从图书馆借书出来，挖掉书中的藏书票，又用书来垫床腿，我则极为不满，而长之漠然置之，这却引起了我的反感。我认为，这是损人利己的行为，是不道德的。再扩大了，就会形成曹操主义："宁要我负天下人，不要天下人负我。"对一个文明社会来说，是完全要不得的。我是不是故意危言耸听呢？我决无此意。这位张君，我毕业后又见过一次面，以后就再没有听到过他的消息，不知所终了。

时间已经到了1935年。我在清华毕业后，在济南省立高中教过一年国文。这一年考取了清华与德国的交换研究生。我又回到北京办理出国手续，住在清华招待所里。此时长之大概是由于转系的原因还没有毕业。我们天天见面，曾共同到南院去拜见了闻一多先生，这是我第一次拜见一多先生，当然也就是最后一次了。长之还在他主编的天津《益世报》"文艺副刊"上写长文为我送行。又在北海为我饯行，邀集了不少的朋友。我们先在荷花丛中泛舟。虽然正在炎夏；但荷风吹来，身上尚微有凉意，似乎把酷暑已经驱除，而荷香入鼻，更令人心旷神怡。抬头见白塔，塔顶直入晴空，塔影则印在水面上，随波荡漾。祖国风光，实在迷人。我这个即将万里投荒的准游子，一时心潮腾涌，思绪万千。再看到这样的景色不知要等到何年何月了。

我同长之终于分了手。我到德国的前两年，我们还不断有书信往来。他给我寄去了日本学者高楠顺次郎等著的《印度古代哲学宗教史》，还在扉页上写了一封信。二战一起，邮路阻绝。我们彼此不相闻问者长达八九年之久。万里相思，婵娟难共。我在德国经历了战火和饥饿的炼狱，他在祖国饱尝了外寇炮火的残酷。朝不虑夕，生死难卜，各人有各人的一本难念的经。但是，有时候我还会想到长之的。忘记了是哪一年，我从当时在台湾教书的清华校友许振德的一封信中，得知长之的一些情况。他笔耕不辍，著述惊人，每年出几本著作，写多篇论文。著作中最引人瞩目的是《鲁迅批判》，鲁迅个人曾读到此书。当时所谓“批判”就是“评论”的意思，与后来“文革”中所习见者迥异其趣。但是，“可惜小将（也许还有老将）不读书”，这给长之招来了无穷无尽的麻烦与灾难，这是后话，在这里暂且不表了。

1946年夏天，我在离开了祖国十一年以后，终于经过千辛万苦，绕道瑞士、法国、越南、香港等地，又回到了祖国的怀抱。当时，我热泪盈眶，激动万端，很想跪下来，吻一下祖国的土地。我先在上海见到了克家，在他的榻榻米上睡了若干天。然后又到南京，见到了长之。我们虽已分别十一年，但在当时，我们都还是三十多岁的小伙子，并显不出什么老相。长之在国立编译馆工作，我则是无业游民。我虽已接收了北大的聘约，但尚未上班，当然没有工资。我腰缠一贯也没有，在上海卖了一块从瑞士带回来的欧美茄金表，得到八两黄金，换成法币，一半寄济南家中，一半留着自己吃饭用。住旅馆是没有钱的，晚上就睡在长之的办公桌上。活像一个流浪汉。

就这样，我的生活可以说是不安定不舒服的。确实是这样。但是也有很舒服的一面。我乍回到祖国，觉得什么东西都可爱，都亲切，都温暖。长之的办公桌，白天是要用的。因此，我一起“床”，就必须离开那里。但是，我又没有别的地方可去，只有出门到处漫游，这就给了我一个接近祖国事物和风光的机会。这就是温暖的来源。国立编译馆离开古台城不远。每天我一离开编译馆，就直奔台城。那里绿草如茵，古柳成行，是否还有“十里”长，我说不出。反正是绿叶蔽天，浓阴匝地，“依旧烟笼十里堤”的气势俨然犹在。这里当然是最能令人发思古之幽情的地方。然而我的幽情却发不出，它完全为感激之情所掩。我套用了那一首著名的唐诗，写了两句诗：“有情最是台城柳，伴我长昼度寂寥。”可见我心情之一斑。附近的诸名胜，比如鸡鸣寺、胭脂井之类，我是每天必到。也曾文思涌动过，想写点什么；但只写了一篇《胭脂井小品序》，有序无文，成了一只断线的风筝了。

长之在星期天当然也陪我出来走走。我们一向是无话不谈的。他向我介绍了国内的情况，特别是国民党的情况。抗战胜利后，国民党派出了很多大员，也有中员和小员，到各地去接收敌伪的财产。他们你争我夺，勾心斗角，闹得一塌糊涂；但每个人的私囊都塞得鼓鼓的。这当然会引起人民群众的愤怒，一时昏天昏地。长之对我绘声绘色地讲了这些情况，可见他对国民党是不满的。他还常带我到鼓楼附近的一条大街上新华社门外报栏那里去看中共的《新华日报》。这是危险的行动。会有人盯梢照相的。他还偷偷地告诉我，济南一中同学王某是军统特务。对他说话要小心。可见长之政治警惕性是很高的。他是我初入国门的政治指导员，让我了解了很多事情。他还介绍我认识了梁实秋先生。梁先生当时也在国立编译馆工作，他设盛宴，表示为我洗尘。从此我们成了忘年交，梁先生也是名人，却毫无名人架子。 我们相处时间虽不长，但是终我们一生都维持着出自内心的友谊。

1946年深秋，我离开了南京，回到上海，乘轮船到达秦皇岛再转乘火车回到了阔别十一年多的北京。再过三年，就迎来了解放。此时长之也调来北京师范大学。中国老知识分子，最初都是豪情满怀，逸兴遄飞的，仿佛走的是铺满了鲜花的阳关大道。但是，不久运动就一个接一个铺天盖地而来，知识分子开始走上了坎坷不平的长满了荆棘的羊肠小道。言必有过，动辄得咎，几乎每个人都被弄得晕头转向，不知所之。但是，中国知识分子的爱国赤诚，源远流长，根深蒂固。即使是处在这样的情况下，几乎没有人心怀不满的，总是深挖自己的灵魂，搜寻自己的缺点。结果是一种中国牌的原罪感压倒了一切。据我看，这并没有产生多少消极的影响。对某一些自高自大的知识分子来说反倒会有一些好处的。这一些人有意与无意地总觉得高人一等。从建国到六十年代中叶“十年浩劫”前，中国的老知识分子的心态和情况大体上就是这样。

北大一向是政治运动的发源地，学生思想非常活跃。北师大稍有不同，但每次运动也从不迟到。我在上面已经说到，长之从南京调北师大工作。我的另一位从初中就成为朋友的同学张天麟，也调到了北师大工作。无巧不成书，每次运动，他们俩总是首先被冲击的对象，成了有名的“运动员”。张的事情在这里先不谈，只谈长之。我在上面已经说过，他并不赞成国民党。但我听说，不知道是在哪一年，他曾在文章中流露出吹捧法西斯的思想。确否不知。即使是真的，也不过只是书生狂言，也可能与他的个人英雄主义思想有关，当不得真的。最大的罪名恐怕还是他那部《鲁迅批判》。鲁迅几乎已经被尊为圣人，竟敢“批判”他，岂不是太岁头上动土！这有点咎由自取，但也不完全是这样。在莫须有的罪名满天飞的时候，谁碰上谁就倒霉。长之是不碰也得碰的。结果被加冕为“右派”。谁都知道,这一顶帽子无比地沉重,无异于一条紧箍,而且谁都能念紧箍咒。他被剥夺了教书的权利,只在图书室搞资料,成了一个“不可接触者”。反右后,历次政治运动,他都是带头的“运动员”,遭受了不知道多少次的批判。这却不是他笔下的那种“批判”,而是连灵魂带肉体双管齐下的批斗。到了十年浩劫,他当然是绝对逃不过的。他受的是什么“待遇”,我不清楚。我自己则是自觉自愿地跳出来的,反对那一位北大的“老佛爷”,在牛棚中饱受痛打与折磨,我们俩都是泥菩萨过江自身难保了。

“四人帮”垮台以后,天日重明,普天同庆。长之终于摘掉了“右派”帽子。虽然仍有一顶“摘帽右派”的帽子无声无影地戴在头上;但他已经感觉到轻松多了。有一天,他来到燕园来看我,嘴里说着“我以前真不敢来呀!”这一句话刺痛了我的心,我感到惭愧内疚。我头上并没戴右派的帽子,为什么没有去看他呢?我决不是出于政治上考虑才不去看他的。我生平最大的缺点——说不定还是优点哩——,就是不喜欢串门子。我同吴组缃和林庚同居一园之内,也是十年九不遇地去看看他们。但是长之毕竟与他俩不同。我不能这样一解释就心安理得,我感到不安。长之伸出了他的右手,五个手指已经弯曲僵硬如鸡爪,不能伸直。这意味着什么呢?我说不清。但是,我的泪水却向肚子里直流,我们相对无言了。

这好像是我同长之的最后一次会面。又隔了一段时间,我随对外友协代表团赴印度访问,在那里呆的时间比较长。回国以后,听说长之已经去世,我既吃惊又痛苦。以长之的才华,本来还可以写一些比较好的文章共庆升平的。然而竟赍志以殁。我们相交七十余年，生不能视其疾，死不能临其丧，我的心能得安宁吗？呜呼！长才未展，命途多舛；未臻耄耋，遽归道山。我还没有能达到“悲欢离合总无情”的水平。我年纪越老，长之入梦的次数越多。我已年届九旬，他还能入梦多少次啊！悲哉！

2001年8月29日写毕

# 悼念邓广铭先生

我认识恭三（邓先生之字）已经很有些年头了。因为同是山东老乡，我们本应该在二十年代前期就在济南认识的。但因他长我四岁，中学又不在一个学校；所以在那里竟交臂失之，一直到了三十年代前期才在北京相识，仍然没有多少来往。紧接着，我又远适异域，彼此不相闻者十余年。1946年，我从欧洲回国，来北大任教，当时恭三是胡适之校长的秘书。我每每到沙滩旧北大孑民堂前院东屋校长办公室去找胡先生，当然都会见到恭三，从此便有了比较多的来往，成了算是能够知心的朋友了。

恭三是历史学家，专门治宋史，卓有建树，腾誉国内外士林，为此道权威。先师陈寅恪先生有一个颇为独特的见解，他在邓广铭《宋史职官志考证序》中写道："华夏民族之文化，历数千载之演进，造极于赵宋之世，后渐衰微，终必复振。"而"复振"的希望有一部分他就寄托在恭三身上。他接着写道："宋代之史事，乃今日所亟应致力者。"然而这一件工作邓并不容易做，因为《宋史》阙误特多，而在诸正史中，卷帙最为繁多，由此可见，欲治《宋史》，必须有勇气，有学力。"数百年来，真能熟读之者，实无几人。"恭三就属于这仅有的"几人"之列。对于《宋史职官志考证》一书，陈先生的评价是："其用力之勤，持论之慎，并世治宋史者，未能或之先也。"这是极高的评价。熟悉陈先生之为人者，都知道，陈先生从不轻易月旦人物，对学人也从未给予廉价的赞美之词。他对恭三的学术评价，实在值得我们注意和深思的。

近些年来，由于众所周知的原因，国内大学及科研机构中，从事人文社会科学的研究事业者，大都有后继乏人之慨叹。实际情况也确实是这样，确实值得人们的担忧。阻止或延缓这种危机的办法，目前还没有见到。有个别据要津者，本应亡羊补牢，但也迟迟不见行动，徒托空言，无济于事。这决非杞人忧天的想法，而是迫在眉睫的灾难。我辈这一批手无缚鸡之力的知识分子，虽然知之甚急，忧之极切，也只能“惊呼热中肠”而已。

在这样的危机中，宋史研究当然也不会例外。但是，恭三是有福的。他的最小的女儿邓小南，女承父业，接过了恭三研究宋史的衣钵，走上了研究宋史的道路，虽然年纪还轻，却已发表了一些颇见水平的论文，崭露头角，将来大成可期。恭三不出家门，就已后继有人，他可以含笑于九泉之下或九天上了。我也为老友感到由衷的高兴。

恭三离开我们时，已经达到九十岁高龄。在中国几千年的学术史上，我还想不起，哪一个学者曾活到这般年纪。但是，从他的身体状态，特别是心理状态上来看，他本来是还能活下去的。他虽身患绝症——他自己并不知道，但在病床上还讲到要回家来写他的《岳飞传》。我们也都希望，他真能够“岂止于米，相期以茶”。即使达不到一百零八岁的茶寿；但是九十九岁的白寿，或者一百岁的期颐，努一把力，还是有希望的。可是死生之事大矣，是不能由我们自己来决定的。我们含恨同他告别了。

回忆我们长达半个世纪的交谊，让我时有凄凉寂寞之感。解放前在沙滩时，我们时常在一起闲聊，上天下地，无所不聊；但是聊得最热烈的却是胡校长竞选国民党的国大代表和传说蒋介石放出风来有意推胡为总统的事。我们当时政治觉悟都不够高；但是，以我们那种很低的水平，也能够知道蒋介石之心是路人皆知。可笑或可悲的是，聪明如胡先生者竟颇有相信之意。我们共同的结论是，胡毕竟是一个书生，说不好听的，是一个书呆子。

以后不久，我同恭三等一批也是书呆子的人，迎来了解放，一时心情极为振奋。1962年以后，朗润园六幢公寓楼落成，我们相继搬了进来。在风光旖旎的燕园中，此地更是特别秀丽幽静。虽然没有“四时不谢之花，八节长春之草”，却也有茂林修竹，翠湖青山。夏天红荷映日，冬日雪压苍松。这些当然都能令人赏心悦目，这已极为难得。但是，光有好风景，对一些书呆子如不佞者，还是不够的，我需要老朋友，需要素心人。陶渊明诗：“闻多素心人，乐与数晨夕。”这正是我所要求的，而我也确实得到了。当年全盛时期，张中行先生住在这里，虽然来往不多；但是早晨散步时，有时会不期而遇，双方相向拱手合十，聊上几句，就各奔前程了。这一早晨我胸中就暖融融的，其乐无穷。组缃是清华老友，也曾在这里住过。常见一个戴儿童遮阳帽的老头儿，独自坐在湖边木椅上，面对半湖朝日，西天红霞。我顾而乐之，认为这应当归入朗润几景之中。“素心人”中，当然有恭三在。我多次讲过，我是最不喜欢拜访人的人，我同恭三，除了在校内外开会时见面外，平常往还也不多。四五年前，我为写《糖史》查资料，我每天到北大图书馆去。回家时，常在路上碰到恭三，他每天上午十一点前必到历史系办公室去取《参考消息》。他说，他故意把《参考消息》订在系里，以便每天往还，借以散步，锻炼身体。两个耄耋老人每天在湖边相遇，这也可以算是燕园后湖一景吧。

然而，光阴荏苒，时移世异，曾几何时，中行先生在校外找到房子，乔迁新居。虽然还时通音问，究亦不能在清晨湖畔，合十微笑了。我心头感到空荡荡的，大发思古之幽情。但是，中行先生还健在，同在一城中，楼多无阻拦，因此，心中尚能忍受得住。至于组缃和恭三，则情况迥乎不同。他们已相继走到了那一个长满了野百合花的地方，永远，永远地再不回来了。此时，朗润园湖光依旧潋滟，山色依旧秀丽，车辆依旧奔驰，人物依旧喧闹。可是在我的心中，我却感到空虚、荒寒、寂寞、凄清，大有"前不见古人，后不见来者"之慨，真想"独怆然而涕下"了。默诵东坡词："人有悲欢离合，月有阴晴圆缺，此事古难全"，聊以排遣忧思而已。

中华民族毕竟是一个伟大的民族。四大发明，震撼寰宇，辉耀千古，我们在这里暂且不谈。我只谈一个词儿"后死者"。在这世界上其他语言中还没有碰到过。从表面上来看，这只是一个非常普通的词儿。但仔细一探究，却觉其含义深刻，令人回味无穷。对已死的人来说，每一个活着的人都是一个"后死者"。可这个词儿里面蕴含着哀思、回忆，抚今追昔，还有责任、信托。已死者活在后死者的记忆中，后者有时还要完成前者未竟之业，接过他们手中曾握过的接力棒，继续飞驰，奔向前方，直到自己不得不把接力棒递给自己的"后死者"，自己又活到别人回忆里了。人生就是如此，无所用其愧恨。现在我自己成了一个"后死者"，感情中要承担所有沉重的负担。我愿意摆脱掉这种沉重的负担吗？我扪心自问：还不想摆脱，一点摆脱的计划都没有。我愿意背着这个沉重的"后死者"的十字架，一直背下去，直到非摆脱不行的时候。但愿那一天晚一点来，阿门！

1998年2月22日

# 学习大师的风范*

## ——谈赵元任先生

赵元任先生是国际上公认的语言学大师。他是当年清华国学研究院的四大导师之一，另有一位讲师李济先生，后来也被认为是考古学大师。在中国现代教育史上，清华国学研究院是一个十分独特的现象。在全国都按照西方模式办学的情况下，国学研究院却带有浓厚的中国旧式的书院色彩。学生与导师直接打交道，真正做到了因材施教。其结果是，培养出来的学生后来几乎都成了大学教授，而且还都是学有成就的学者，而不是一般的教授。这一个研究院只办了几年，倏然而至，戛然而止，有如一颗火焰万丈的彗星，使人永远怀念。教授阵容之强，前无古人，后无来者。赵元任先生也给研究院增添了光彩。

我虽然也出身清华，但是，予生也晚，没能赶得上国学研究院时期；又因为行当不同，终于缘悭一面，毕生没能见到过元任先生，没有受过他的教诲，只留下了高山仰止之情，至老未泯。

我虽然同元任先生没有见过面，但是对他的情况从我读大学时起就比较感兴趣，比较熟悉。我最早读他的著作是他同于道泉先生合译的《仓洋嘉措情歌》。后来，在建国前后，我和于先生在

---

* 本文为《赵元任全集》序。——编者注

北大共事，我常从他的口中和其他一些朋友的口中听到了许多关于赵先生的情况。他们一致认为，元任先生是一个天生的语言天才。他那审音辨音的能力远远超过常人。他学说各地方言的本领也使闻者惊叹不已。他学什么像什么，连相声大师也望尘莫及。我个人认为，赵先生在从事科学研究方面，还有一个很突出的特点或者优势，是其他语言学家所难以望其项背的，这就是，他是研究数学和物理学出身，这对他以后转向语言学的研究有极明显的有利条件。

赵元任先生一生的学术活动，范围很广，方面很多，一一介绍，为我能力所不逮，这也不是我的任务。这一点将由语言学功底远远超过我们的陈原先生去完成，我现在在这里只想谈一下我对元任先生一生学术活动的一点现象。

大家都会知道，一个学者，特别是已经达到大师级的学者，非常重视自己的科学研究工作，理论越钻越细，越钻越深，而对于一般人能否理解，能否有利，则往往注意不够，换句话说就是，只讲阳春白雪，不顾下里巴人；只讲雕龙，不讲雕虫。能龙虫并雕者大家都知道有一个王力先生——顺便说一句，了一先生是元任先生的弟子——他把自己的一本文集命名为《龙虫并雕集》，可见他的用心之所在。元任先生也是龙虫并雕的。讲理论，他有极高深坚实的理论。讲普及，他对国内，对世界都作出了卓有成效的贡献。在国内，他努力推进国语统一运动。在国外，他教外国人，主要是美国人汉语。两方面都取得了极大的成功。当今之世，中国国际地位日益提高，世界上许多国家学习汉语的势头日益增强，元任先生留给我们的关于学习汉语的著作，以及他的教学方法，将会重放光芒，将会在新形势下取得新的成果，这是可以预卜的。

限于能力，介绍只能到此为止了。

而今，大师往矣，留下我们这一辈后学，我们应当怎样办呢？我想每一个人都会说：学习大师的风范，发扬大师的学术传统。这些话一点也没有错。但是，一谈到如何发扬，恐怕就言人人殊了。我窃不自量力，斗胆提出几点看法，供大家参照。大类井蛙窥天，颇似野狐谈禅，聊备一说而已。

话说得远一点。语言是思想的外化，谈语言不谈思想是搔不着痒处的。言意之辨一向是中国哲学史上的一个重要命题，其原因就在这里。我现在先离正文声明几句。我从来不是什么哲学家，对哲学我是一无能力，二无兴趣。我的脑袋机械木讷，不像哲学家那样圆融无碍。我还算是有点自知之明的，从来不做哲学思辨。但是，近几年来，我忽然不安分守己起来，竟考虑了一些类似哲学的问题，岂非咄咄怪事。

现在再转入正文，谈我的"哲学"。首先经过多年的思考和观察，我觉得东西文化是不同的，这个不同表现在各个方面，只要稍稍用点脑筋，就不难看出。我认为，东西文化的不同扎根于东西思维模式的不同。西方的思维模式的主要特点是分析，而东方则是综合。我并不是说，西方一点综合也没有，东方一点分析也没有，都是有的，天底下绝没有泾渭绝对分明的事物，起码是常识这样告诉我们的。我只是就其主体而言，西方分析而东方综合而已。这不是"哲学"分析推论的结果，而是有点近乎直观。此论一出，颇引起了一点骚动，赞同和反对者都有，前者寥若晨星，而后者则阵容颇大。我一向不相信真理愈辨（辩）愈明的。这些反对或赞成的意见，对我只等秋风过耳边。我编辑了两大册《东西文化议论集》，把我的文章和反对者以及赞同者的文章都收在里面，不加一点个人意见，让读者自己去明辨吧。

什么叫分析？什么又叫综合呢？我在《东西文化议论集》中有详尽的阐述，我无法在这里重述。简捷了当地说一说，我认为，西方自古希腊起走的就是一条分析的道路，可以三段论法为代表，其结果是，只见树木，不见森林；头痛医头，脚痛医脚。东方的综合，我概括为八个字：整体概念，普遍联系。有点模糊，而我却认为，妙就妙在模糊。上个世纪末，西方兴起的模糊学，极能发人深思。

真是十分出我意料，前不久我竟在西方找到了“同志”。《参考消息》2000年8月19日刊登了一篇文章，题目是《东西方人的思维差异》，是从美国《国际先驱论坛报》8月10日刊登的一篇文章翻译过来的，是记者埃丽卡·古德撰写的。文章说：一个多世纪以来，西方哲学家和心理学家将他们对精神生活的探讨建立在一种重要的推断上，人类思想的基本过程是一样的。西方学者曾认为，思考问题的习惯，即人们在认识周围世界时所采取的策略都是一样的。但是，最近密歇根大学的一名社会心理学家进行的研究已在彻底改变人们长期以来对精神所持的这种观点。这位学者名叫理查德·尼斯比特。本文的提要把他的观点归纳如下：

东方人似乎更“全面”地思考问题，更关注背景和关系，更多借助经验，而不是抽象的逻辑，更能容忍反驳意见。西方人更具"分析性"，倾向于使事物本身脱离背景，避开矛盾，更多地依赖逻辑。两种思想习惯各有利弊。

这些话简直好像是从我嘴里说出来似的。这里绝不会有什么抄袭的嫌疑，我的意见好多年前就发表了，美国学者也绝不会读到我的文章。而且结论虽同，得到的方法却大异其趣，我是凭观察，凭思考，凭直观，而美国学者则是凭"分析"，再加上美国式的社会调查方法。

以上就是我的"哲学"的最概括的具体内容。听说一位受过西方哲学训练的真正的哲学家说，季羡林只有结论，却没有分析论证。此言说到了点子上；但是，这位哲学家却根本不可能知道，我最头痛的正是西方哲学家们的那一套自命不凡的分析、分析、再分析的论证方法。

这些都是闲话，且不去管他。总之一句话，我认为，文化和语言的基础或者源头就是思维模式，至于这一套思维模式是怎样产生出来的，我在这里先不讨论，我只说一句话：天生的可能必须首先要排除。专就语言而论，只有西方那一种分析的思维模式才能产生以梵文、古希腊文、拉丁文等为首的具有词类、变格、变位等一系列明显的特征的印欧语系的语言。这种语言容易分析、组合，因而产生了现在的比较语言学，实际上应该称之为印欧语系比较语言学的这一门学问。反之，汉语等和藏缅语系的语言则不容易分析、组合。词类、变格、变位等语法现象，都有点模糊不定。这种语言是以综合的思维模式为源头或基础的，自有它的特异之处和优越之处。过去，某一些西方自命为天之骄子的语言学者努力贬低汉语，说汉语是初级的、低级的、粗糙的语言。现在看来，真不能不使人嗤之以鼻了。

现在，我想转一个方向谈一个离题似远而实近的问题：科学方法问题。我主要根据的是一本书和一篇文章。书是《李政道文录》，浙江文艺出版社1999年出版。文章是金吾伦《李政道、季羡林和物质是否无限可分》，《书与人》杂志，1999年第5期，41—46页。

先谈书。李政道先生在本书中一篇文章《水、鱼、鱼市场》写了一节叫做“对二十一世纪科技发展前景的展望”。为了方便说明问题，引文可能要长一点：

> 一百年前，英国物理学家汤姆孙（J. Thomson 1856—1940）发现了电子。这极大地影响了二十世纪的物理思想，即大的物质是由小的物质组成的，小的是由更小的组成的，找到最基本的粒子就能知道最大的构造。（下略）
>
> 以为知道了基本粒子，就知道了真空，这种观念是不对的。（中略）我觉得，基因组也是这样，一个个地认识了基因，并不意味着解开了生命之谜。生命是宏观的。二十世纪的文明是微观的。我认为，到了二十一世纪，微观和宏观会结合成一体。（89页）

我在这里只想补充几句：微观的分析不仅仅是二十世纪的特征，而是自古希腊以来西方的特征，二十世纪也许最明显，最突出而已。

我还想从李政道先生书中另一篇文章《科学的发展：从古代的中国到现在》中引几段话：

> 整个科学的发展与全人类的文化是分不开的。在西方是这样，在中国也是如此。可是，科学的发展在西方与中国并不完全一样。在西方，尤其是如果把希腊文化也算作西方文化的话，可以说，近代西方科学的发展和古希腊有更密切的联系。在古希腊时也和现代的想法基本相似，即觉得要了解宇宙的构造，就要追问最后的元素是什么。大的物质是由小的元素构造，小的元素是由更小的粒子构造，所以是从大到小，小到更小。这个观念是从希腊时就有的（atom就是希腊字），一直到近代。可是，中华民族的文化略有不同。我们是从开始时就感觉到，微观的元素与宏观的天体是分不开的，所以中国人从开始就把五行与天体联系起来。（171页）

李政道先生的书就引用这样多。不难看出，他的一些想法与我的想法颇有能相通之处。他讲的微观与宏观相结合，用我的话来说就是，分析与综合相结合。这一点我过去想得不多，强调得不够。

现在来谈金吾伦先生的文章。金先生立论也与上引李政道先生的那一部书有关。我最感兴趣的是他的文章开头时引的大哲学家怀海德的一段话，我现在转引在这里：

> 十九世纪最大的发明是发明了发明的方法。一种新方法进入人类生活中来了。如果我们要理解我们这个时代，有许多的细节，如铁路、电报、无线电、纺织机、综合染料等等，都可以不必谈，我们的注意力必须集中在方法的本身。这才是震撼古老文明基础的真正的新鲜事物。（41页）

金先生说，李政道先生十分重视科学方法，金先生自己也一样。他这篇文章的重点是说明，物质不是永远可分的，他同意李政道的意见，就是说，当前科学的发展不能再用以前那种“无限可分”的方法论，从事“越来越小”的研究路子，而应改变方略，从整体去研究，把宏观和微观联系起来进行研究。

李政道先生和金吾伦先生的文章就引征到这里为止。他们的文章中还有很多极为精彩的意见，读之如入七宝楼台，美不胜收，我无法再征引了。我倒是希望，不管是研究人文社会科学的学者，还是研究自然科学的学者，都来读一下，思考一下，定能使目光远大，胸襟开阔，研究成果必能焕然一新。这一点我是敢肯定的。

我在上面离开了为《赵元任全集》写序的本题，跑开了野马，野马已经跑得够远的了。我从我的“哲学”讲起，讲到东西文化的不同；讲到东西思维模式的差异：东方特点是综合，也就是“整体概念，普遍联系”，西方的特点是分析；讲到语言和文化的源头或者基础；讲到西方的分析的思维模式产生出分析色彩极浓的印欧语系的语言，东方的综合的思维模式产生出汉语这种难以用西方方法分析的语言；讲到二十世纪是微观分析的世纪，二十一世纪应当是微观与宏观相结合的世纪；讲到科学方法的重要性，等等。所有这一切看上去都似乎与《赵元任全集》风马牛不相及。其实，我一点也没有离题，一点也没有跑野马，所有这些看法都是我全面立论的根据。如果不讲这些看法，则我在下面的立论就成了无根之草，成了无本之木。

我们不是要继承和发扬赵元任先生的治学传统吗？想要做到这一点，不出两途：一是忠实地、完整地、亦步亦趋地跟着先生的足迹走，不敢越雷池一步。从表面上看上去，这似乎是真正忠诚于自己的老师了。其实，结果将会适得其反。古今真正有远见卓识的大师们都不愿意自己的学生这样做。依稀记得一位国画大师（齐白石？）说过一句话："学我者死。""死"，不是生死的"死"，而是僵死，没有前途。这一句话对我们发扬元任先生的学术传统也很有意义。我们不能完全走元任先生走过的道路，不能完全应用元任先生应用过的方法，那样就会"死"。

第二条道路就是根据元任先生的基本精神，另辟蹊径，这样才能"活"。这里我必须多说上几句。首先我要说，既然二十世纪的科学方法是分析的，是微观的，而且这种科学方法绝不是只限于西方。二十世纪是西方文化，其中也包括科学方法等等，垄断了全世界的时代。不管在哪个国家的学者都必然要受到这种科学方法的影响，在任何科学领域内使用的都是分析的方法，微观的方法。不管科学家们自己是否已经意识到这一点，反正结果是一样的。我没有能读元任先生的全部著作，但是，根据我个人的推断，即使元任先生是东方语言大师，毕生研究的主要是汉语，他也很难逃脱掉这一个全世界都流行的分析的思潮。他使用的方法也只能是微观的分析的方法。他那谁也不能否认的辉煌的成绩，是他使用这种方法达到尽善尽美的结果。就是有人想要跟踪他的足迹，使用他的方法，成绩也决不会超越他。在这个意义上来说，赵元任先生是不可超越的。

我闲时常思考汉语历史发展的问题。我觉得，在过去二三千年中，汉语不断发展演变，这首先是由内因所决定的。外因的影响也绝不容忽视。在历史上，汉语受到了两次外来语言的冲击。第一次是始于汉末的佛经翻译。佛经原文是西域一些民族的语言，梵文、巴利文，以及梵文俗语，都是印欧语系的语言。这次冲击对中国思想以及文学的影响既深且远，而对汉语本身则影响不甚显著。第二次冲击是从清末民初起直至五四运动的西方文化，其中也包括语言的影响。这次冲击来势凶猛，力量极大，几乎改变了中国社会整个面貌。五四以来流行的白话文中西方影响也颇显著。人们只要细心把《儒林外史》和《红楼梦》等书的白话文拿来和五四以后流行的白话文一对照，就能够看出其间的差异。按照西方标准，后者确实显得更严密了，更合乎逻辑了，也就是更接近西方语言了。然而，在五四运动中和稍后，还有人——这些人是当时最有头脑的人——认为，中国语言还不够“科学”，还有点模糊，而语言模糊又是脑筋糊涂的表现。他们想进行改革，不是改革文字而是改造语言。当年曾流行过“的”、“底”、“地”三个字，现在只能当做笑话来看了。至于极少数人要废除汉字，汉字似乎成了万恶之本，就更为可笑可叹了。

赵元任先生和我们所面对的汉语，就是这样一种汉语。研究这种汉语，赵先生用的是微观分析的方法。我在上面已经说到，再用这种方法已经过时了，必须另辟蹊径，把微观与宏观结合起来。这话说起来似乎极为容易，然而做起来却真万分困难。目前不但还没有人认真尝试过，连同意我这种看法的人恐怕都不会有很多。也许有人认为我的想法是异想天开，是痴人说梦，是无事生非。“不识庐山真面目，只缘身在此山中”。大家还都处在庐山之中，何能窥见真面目呢？

依我的拙见，大家先不妨做一件工作。将近七十年前，陈寅恪先生提出了一个意见，我先把他的文章抄几段：

> 若就此义言之，在今日学术界，藏缅语系比较研究之学未发展，真正中国语文文法未成立之前，似无过于对对子之一方法。（中略）今日印欧语系化之文法，即马氏文通“格义”式之文法，既不宜施之于不同语系之中国语文，而与汉语同系之语言比较研究，又在草昧时期，中国语文真正文法，尚未能成立，此其所以甚难也。夫所谓某种语言之文法者，其中一小部分，符于世界语言之公律，除此之外，其大部分皆由研究此种语言之特殊现象，归纳为若干通则，成立一有独立个性之系统学说，定为此特种语言之规律，并非根据某一特种语言之规律，即能推之概括万族，放诸四海而准者也。假使能之，亦已变为普通语言学音韵学，名学，或文法哲学等等，而不复成为某特种语言之文法矣。（中略）迄乎近世，比较语言之学兴，旧日谬误之观念得以革除。因其能取

> 同系语言，如梵语波斯语等，互相比较研究，于是系内各种语言之特性逐渐发见。印欧系语言学，遂有今日之发达。故欲详知确证一种语言之特殊现象及其性质如何，非综合分析，互相比较，以研究之，不能为功。而所与互相比较者，又必须属于同系中大同而小异之语言。盖不如此，则不独不能确定，且常错认其特性之所在，而成一非驴非马，穿凿附会之混沌怪物。因同系之语言，必先假定其同出一源，以演绎递变隔离分化之关系，乃各自成为大同而小异之言语。故分析之，综合之，于纵贯之方面，剖别其源流，于横通之方面，比较其差异。由是言之，从事比较语言之学，必具一历史观念，而具有历史观念者，必不能认贼作父，自乱其宗胤也。(《与刘叔雅论国文试题书》，见《金明馆丛稿二编》)

引文确实太长了一点，但是有谁认为是不必要的呢？寅恪先生之远见卓识真能令人折服。但是，我个人认为，七十年前的寅恪先生的狮子吼，并没能起到振聋发聩的作用，好像是对着虚空放了一阵空炮，没有人能理解，当然更没有人认真去尝试。整个二十世纪，在分析的微观的科学方法垄断世界学坛的情况下，你纵有孙悟空的神通，也难以跳出如来佛的手心。中外研究汉语语法的学者又焉能例外！他们或多或少地走上了分析微观的道路，这是毫不足奇的。更可怕的是，他们面对的研究对象是与以分析的思维模式为基础的印欧语系的语言迥异其趣的以综合的思维模式为源头的汉语，其结果必然是用寅恪先生的话来说“非驴非马”、“认贼作父”。陈先生的言语重了一点，但却是说到了点子上。到了二十一世纪，我们必须改弦更张，把微观与宏观结合起来。除此之外，还必须认真分辨出汉语的特点，认真进行藏缅语系语言的比较研究。只有这样，才庶几能发多年未发之覆，揭发出汉语结构的特点，建立真正的汉语语言学。

归根结底一句话，我认为这是继承发扬赵元任先生汉语研究传统的唯一正确的办法。

2000年8月30日写毕于雷雨大风声中

# 文化问题新思考

# 漫谈文学作品的阶级性、时代性和民族性

最近翻看宋人笔记，发现一条内容基本相同只是稍有改变的笔记，竟出现在八本书中。我现在从宋赵与旹的《宾退录》卷九中把这条笔记抄在下面：

> 读诸葛孔明《出师表》而不堕泪者，其人必不忠。读李令伯《陈情表》而不堕泪者，其人必不孝。读韩退之《祭十二郎文》而不堕泪者，其人必不友。

这给我们提出了一个值得深思的问题。这条笔记始作俑者是谁，我想，我们不必去深究。既然它出现在几本书中，可见它触到了一些人的灵魂，引起了共鸣。我们今天读了，仍然会在不同程度上引起共鸣。至少是我自己，还有我认识的一些朋友，读了《出师表》、《陈情表》和《祭十二郎文》，确有想堕泪之意。这几篇古典文学作品确实触碰到了我们内心中的某一些地方，震撼了我们的灵魂，使我们受到感动，得到了"净化"。

但是，最近四五十年以来，我们的唯物主义的文艺理论告诉我们：文学作品是有阶级性的，是有时代性的，是有民族性的。《红楼梦》中贾府上的焦大不会喜欢林妹妹，事实昭著，不容否认。这一套唯物主义文艺理论，有其正确之处，也不容否认。

连不可能是历史唯物主义者的清代诗人赵瓯北也高唱:“江山代有才人出,各领风骚数百年。”可是中国文学的发展却在一定程度上否定了赵瓯北的论点。李杜文章到了现代,经过了不是数百年,而是一千多年,仍然很“新鲜”。像李白、杜甫,中国还有一些诗人和散文家,诸葛亮、李密和韩愈就属于这一些人。外国也有一些作家和作品,可以归入这个范畴。

这些作家和作品的阶级性、时代性和民族性哪里去了呢?我个人觉得,倒是马克思主义的老祖宗马克思敢于说:希腊神话有永恒的魅力。

最现成最合理的解释就是,在承认文学作品的阶级性、时代性和民族性的同时,还承认一个贯通这些性,或者高踞于这些性之上的性:人性。我这种说法或者想法,在文艺理论家眼中,也只能是文艺理论幼儿园的水平。但是,在过去一段时间内,谁要提“人性”就是“人性论”,而“人性论”就是“修正主义”,离开反革命只有一根头发丝的距离了。我们今天托了改革开放的福,敢于把人性提了出来。我偶然读到宋人的笔记,心有所感,不避幼儿园之讥,写了以上这许多话。

1993年8月22日

# 我与东方文化研究

我曾在很多地方都说过，在清人所分的三门学问：义理、辞章、考据中，我最不擅长、最不喜欢的是义理，大体上相当于今天的所谓"哲学"。堂而皇之的理由是不多的，我只不过觉得义理这玩意儿太玄秘，太抽象，恍兮惚兮，其中无象，颇有点"公说公有理，婆说婆有理"的味道。为禀赋所限，我喜欢能摸得着看得见的实打实的东西，那种有一千个哲学家就有一千条真理的情况，我的脑筋跟不上。

可是，万万没有想到，我到了耄耋之年，竟然"老年忽发少年狂"，侈谈起了东方文化，谈起了东西方文化的同与异。实际上，这都是属于义理的范畴内的东西，为我以前所不敢谈、所不愿谈者。个中原因，颇有可得而言之者。

我虽然专门从事语言考证以及文化交流的研究工作，但必然会与文化现象有所接触。久而久之。我逐渐隐约感到东方文化确有其特点，东西文化确有其差异之处。适在这同时，我读到了钱宾四（穆）先生的生平最后的一篇文章，我顿有所悟，立即写成了一篇文章：《"天人合一"新解》，就发表在本刊上。这篇顿悟之作，颇受到学术界（中外皆有）的关注。同时我又进一步阅读和思考，又写成了《关于"天人合一"思想的再思考》。这时我对东西文化不同之处认识得更具体更深入了。而阅读的结果也越来越多地证实了自己的想法。例子太多，不能多举。我只举两个，以概其余。一个是古代的而且是外国的，这就是法国学者（原伊朗裔）阿里·玛扎海里《丝绸之路——中国波斯文化交流史》。这里面讲到，在伊斯兰运动初期，在阿拉伯和波斯（今伊朗）一带，流传着一种说法：希腊人有一只眼睛，而中国人则有两只眼睛。希腊人只有理论，而中国人有技术。中国人有技术，此话不假。但如果说中国没有理论，则不符事实。这且不去讲它。古希腊可以说是西方文化的代表，而中国则是东方文化的代表。阿拉伯和波斯一带的人，在那样早的时候，就已经看出了东西文化的差异，真不能不令人钦佩其远见卓识。

另一个例子是当前中国的。大数学家吴文俊教授在他为《九章算术》所写的序中提到，在数学方面，中西是颇有不同的。西方古代从公理出发，而中国数学则从问题出发。连在自然科学的基础的数学上，中西都有差异，遑论其他！我们不能不佩服吴文俊先生的远见卓识。

上面两个例子，一个是古代外国的，一个是当前中国自然科学的。这样两个例子都与我们今天的东西文化的讨论或者争论似无关联，然而结论却如此一致，你能说这是偶然的巧合吗？这岂不值得我们深思吗？

其他真正与文化或中西文化有关的言论，比比皆是，中国有，外国也有。而且在中国近现代史上，有关中西文化的大辩论是有过多次的；虽然都没有得到完全一致的结论，但中西文化之有差异，则系不容否定之事实。剩下的问题就是：中西文化之差异究竟何在这一个关键问题了。

上面叙述的过程，在不知不觉中，对我起了作用。它逐渐把我从搞考据的轻车熟路上吸引了出来，走到了另一条以前绝对想不到的侈谈义理之学的道路上来。俗话说：“一瓶子醋不响，半瓶子醋晃荡。”在义理之学方面，我是一个“半瓶醋”，这是丝毫也无可怀疑的，但是我有一个好胡思乱想的天性，是优点？是缺点？姑置不论，反正我的“乱想”现在就一变而为“乱响”了。

我想到的问题很多。这几年在许多文章中和座谈会上，我都讲到过。约略言之，可以有以下诸端，性质不同，但都与东西文化有某些关联：第一，汉语语法的研究必须改弦更张。第二，《中国通史》必须重写。第三，《中国文学史》必须重写。第四，中国文艺理论必须使用中国国有的术语，采用同西方不同的判断方法，这样才能在国际学坛上发出声音。第五，中国美学研究必须根本“转型”。第六，我认为，西方的基本思维模式是分析的，而中国或其他东方国家的则是综合的。第七，西方处理人与大自然的关系的“征服”手段是错误的；中国的“天人合一”的观点是正确的。第八，西方的科学技术，在为世界人民谋福利的同时，产生了众多的弊端甚至灾害。现在如仍不悬崖勒马，则人类生存的前途必受到威胁。第九，东方文化与西方文化的关系是“三十年河东，三十年河西”。这一切还仅仅只能算是荦荦大者。你看，这些重重怪论，累累奇思，怎能不引起人们的关注？我这个半瓶醋岂非过分狂妄不自量力了吗？我决无意哗众取宠。我多年的胡思乱想让我不得不写。不管别人如何骇怪，我则深信不疑。

在骇异声中，赞同我的看法者有之，反对我的看法者有之，不知是赞同还是反对者亦有之。对于这些必然会出现的反应，我一律泰然处之。赞同者我当然会喜，反对者我决不会怒。我曾编选过两册《东西文化议论集》，收入我主编的大型丛书《东方文化集成》中。我曾为该书写过一篇序，说明了我的想法。我不称此书为《辩论集》，也不称之为《争论集》，而只称之为《议论集》，意思就是我在该书序中所说的："我认为，居今而谈二十一世纪，不是一个理论问题，而是一个文学创作问题，创作的就是'畅想曲'。我们大家都不妨来畅想一下，以抒发思未来之幽情，共庆升平。"我曾拿京剧《三岔口》来做比喻，在舞台上，刀光剑影，发出森森的寒光，但是你打你的，我打我的，谁也碰不着谁，谁也用不着碰谁。这是一个有待于二十一世纪历史进程来证明的历史问题。在二十一世纪还没有来临的这一块匾下，我们大家都是猜匾上字的近视眼，谁也不敢说匾上究竟是什么字。

最近我在上海《新民晚报》"夜光杯"上发表了一篇短文:《真理愈辨愈明吗》。这个题目就告诉人们，我是不相信真理越辨，或者越辩越明的。常见辩论者双方，最初还能摆事实，讲道理，尚能做到语有伦次。但是随着辩论激烈程度的提高，个人意气用事的情况也愈益显著，终于辩到了最后，人身攻击者有之，强词夺理者有之，互相谩骂者有之，辩论至此，真理宁论！哪里还谈到越辩越明呢？

我在《东西文化议论集》中先把我自己的看法鲜明地摆出来，然后收入赞成我的看法的文章，反对我的看法的文章，只要能搜罗到，我也照收不误。我的意思是让读者自己去辨曲直，明是非。读者是有这个能力的。

我在这里想顺便澄清一个问题。在《西方不亮东方亮》那一篇发言中，我讲到了，有人告诉我说有的学者认为，搞国学就是想反对马克思主义，而且说文章就发表在《哲学研究》某一期上，言之凿凿，不由得我不信。我没有去查阅《哲学研究》。如果上面没有刊登过这样的文章的话，我向《哲学研究》表示歉意。说句老实话，即使有人这样主张，也只能说是“百家争鸣”中的一家，算不得“大逆不道”。每个人有发表自己意见的权利，别人阻挡不得，当然，我也有骇怪的权利，别人也阻挡不得。至于“西方不亮东方亮”那一个观点，我仍然坚持不放。

“我与东方文化研究”，想要写下去的话，还是大有话可说的，限于时间，先就写这样多吧。我还有两点要补充或者说明一下。第一是一点希望，希望不同意我的看法的学者们，要多读一点我写的东西，不要看了我一篇文章，对其中的要领并不完全清楚，也许是我没有完全说清楚，就立即反驳，或者要与我“商榷”。这有点失之过急，让我读了啼笑皆非。还有一点是，我的一些说法，看起来不管多么新奇，都是先有人说过的。我决不敢立即到专利局去申请专利。希望某一些反对我的某一些看法的学者眼光放远一点，书要多读一点，不要急于把“荣誉”或者谴责都一古脑堆到我身上。

侈谈东西方文化，已经颇有些年头了，这违反我的天性，已如上述。但是既然已经走上了这一条路，我还要走下去的。特别是对东西文化之差异处，我仿佛害了“差异狂”，越看越多。没有办法，事实告诉我是这样，我只有这样相信，我这个“半瓶醋”晃荡了这样许多年，醋是否减少了一点，或者增加了一点呢？我看不出。我只是相信，如果醋增加到了装满了瓶子，那就没有晃荡的余地，想晃荡也不会出声。反之，如果醋减少到了一滴不剩，那么，瓶子里只剩下了空气，同样是不能出声。我看而且也希望，我这个“半瓶醋”，永远保留半瓶，给永远晃荡下去提供条件和基础。

1997年12月16日

# 谈翻译

题目虽然是《谈翻译》，但并不想在这里谈翻译原理，说什么信达雅。只自己十几年来看了无数的翻译，有从古代文字译出来的，有从近代文字译出来的，种类很复杂，看了就不免有许多杂感。但因为自己对翻译没有多大兴趣，并不想创造一个理论，无论“软译”或”硬译”，也不想写什么翻译学入门，所以这些杂感终于只是杂感堆在脑子里。现在偶有所感，想把它们写出来。因为没有适当的标题，就叫做《谈翻译》。

题目虽然有了，但杂感仍然只是杂。我不想“而且也不能把这些杂感归纳到一个系统里面去。以下就分两方面来谈。

## 一　论重译

世界上的语言非常多，无论谁也不能尽通全世界的语言。连专门研究比较语言学的学者顶多也不过懂几十种语言。一般人大概只能懂一种，文盲当然又除外。在这种情况下，我们就非要翻译不行。

但我们不要忘记，翻译只是无可奈何中的一个补救办法。《晏子春秋·内篇》说：“橘生淮南则为橘，生于淮北则为枳，叶徒相似，其实味不同。所以然者何？水土异也。”橘移到淮北，叶还能相似。一篇文章，尤其是文学作品，倘若译成另外一种文字，连叶也不能相似，当然更谈不到味了。

譬如说，我们都读过《红楼梦》。我想没有一个人不惊叹里面描绘的细腻和韵味的深远的。倘若我们现在再来读英文译本，无论英文程度多么好，没有人会不摇头的。因为这里面只是把故事用另外一种文字重述了一遍，至于原文字里行间的意味却一点影都没有了。这就是所谓“其实味不同”。

但在中国却竟有许多人把移到淮北化成枳了果子又变味的橘树再移远一次。可惜晏子没有告诉我们，这棵树又化成什么。其实我们稍用点幻想力就可以想象到它会变什么离奇古怪的东西。倘我们再读过中国重译的书而又把原文拿来校对过的话，那么很好的例子就在眼前，连幻想也用不着了。

十几年前，当我还在中学里的时候，当时最流行的是许多从俄文译出来的文艺理论的书籍，像蒲力汗诺夫的《艺术论》，卢那卡尔斯基的什么什么之类。这些书出现不久。就有人称之曰天书，因为普通凡人们看了就如丈二和尚摸不着头脑。我自己当时也对这些书籍感到莫大的狂热。有很长的时间，几乎天天都在拚命念这些书。意义似乎明白，又似乎不明白。念一句就像念西藏喇嘛的番咒。用铅笔记出那是主词，那是动词，那是副词，开头似乎还有径可循，但愈来愈糊涂，一个长到两三行充满了“底”“地”“的”的句子念到一半的时候，已经如坠入在五里雾中，再也难挣扎出来了。因而就很失眠过几次。译者虽然再三声明，希望读者硬着头皮看下去，据说里面还有好东西，但我宁愿空看一次宝山，再没有勇气进去了。而且我还怀疑译者自己也不明白，除非他是一个超人。这些天书为什么这样难明白呢？原因很简单，这些书，无论译者写明白不写明白，反正都是从日文译出来的，而日本译者对俄文原文也似乎没有看懂。

写到这里，也许有人抗议，认为我是无的放矢，因为这样的书究竟不多，在书店我们只找到很少几本书是写明重译的。其余大多数的译本，无论从希腊文拉丁文和其他中国很少有人会的文字译出来的，都只写原著者和译者的名字。为什么我竟会说中国有许多人在转译呢？这原因很复杂。我以前认识一个人，我确切知道他一个俄文字母也不能念，但他从俄文译出来的文艺作品却是汗牛又充栋。诸位只要去问一问这位专家，就保险可以探得其中的奥秘了。

像这样的人又是滔滔者天下皆是。我现在只再举一个例。一位上海的大学者，以译俄国社会科学的书籍出了大名，他对无论谁都说他是从俄文原文直接译出来的。但认识他的人却说，他把俄文原本摆在书桌上，抽屉里面却放了日译本。这样他工作的时候当然是低头的时候多而抬头的时候少，也许根本就不抬头。倘若有人访他，却只看到桌上摆的俄文原本而震惊于这位大学者的语言天才了。

我们现在并不想拆穿这些大学者们的真相，这种人也有权利生活的。我们只是反对一切的重译本，无论写明的也好，不写明的也好。把原文摆在桌子上把日译本放在抽屉里，我们也仍然是反对。科学和哲学的著作不得已时当然可以重译，但文艺作品则万万不能。也许有人要说，我们在中国普通只能学到英文或日文，从英文或日文转译，也未始不是一个办法。是的，这是一个办法，我承认。但这只是一个懒人的办法。倘若对一个外国的诗人戏剧家或小说家真有兴趣的话，就应该有勇气去学他那一国的语言。倘若连这一点勇气都没有，就应该自己知趣走开，到应该去的地方去。不要在这里越俎代庖，鱼目混珠。我们只要有勇气的人！

## 二　著者和译者

著者和译者究竟谁用的力量多呢？不用思索就可以回答，当然是著者。所以在欧洲有许多译本封面上只写著者的姓名，译者的姓名只用很小的字印在反面，费许多力量才能发现。在杂志上题目的下面往往也只看到著者的姓名，译者的姓名写在文章的后面，读者念完文章才能看到。他们的意思也不过表示译者和著者不敢抗衡而已。

在中国却又不然。我看到过很多的书，封面上只印着译者的姓名，两个或者三个大金字据傲地站在那里，这几个字的光辉也许太大了，著者的姓名只好逃到书里面一个角落里去躲避。在杂志的封面上或里面的目录有时我们只能找到译者的姓名，甚至在本文的上面也只印着译者的姓名，著者就只能在本文后面一个括弧里找到一块安身立命的地方。从心理上来看，这是一个很有趣的现象。译者就害怕读者只注意著者的姓名。但又没有勇气把著者一笔抹煞，好在文章既然到了他手里，原著者已经没有权利说话，只好任他处置，他也就毫不客气把著者拚命往阴影里挤了。我不是心理学家，但我能猜想到，变态心理学家一定在他们的书里替这些人保留一块很大的地盘的。

我还看到几个比较客气一点的译者，他们居然肯让著者的姓名同他们自己的列在一块。但也总觉得心有所不甘，于是就把自己的姓名用大号字排印，著者的姓名用小号字，让读者一看就有大小偏正之感，方法也颇显明。我立刻想到德国大选时希特勒的作风。现在被谥为希魔的德国独裁者当时正兴高采烈，在各个城市里大街小巷的墙壁上都贴满了放大了的选举票的式样。上面写了他自己和戈林、戈培尔、赫斯、福利克的名字，下面印了两个圈，一个很大，一个很小，像是太阳和地球。年纪大一点的或眼睛近视的无论如何也不会看到那小圈。这当然有它的作用，因为赞成希特勒的人要在大圈里画一个记号，小圈却是为反对他的人预备的。结果希特勒果然成了功，百分之九十八的德国人都选举了他。他总怀疑有些人根本没看到那小圈，既然每个人都必须画一个记号，他们只好拿起笔来向大圈里一抹了。我们中国这些客气的译者的心理同希特勒大概差不多，这真可以说是东西辉映，各有千秋。至于他们究竟像不像希特勒那样成功呢？这我可就有点儿说不上来了。

我前面说过，有的译者没有勇气把著者一笔抹煞。但这里正像别处也并不缺少有勇气的人。有一位姓丁双名福保的大学者“著”了一部几十册厚的佛学字典。我们一看就知道这里面有问题，因为这种工作需要多年的搜集和研究。我们从来没听说中国有这样一位专家，现在却凭空掉出了这样一部大著，不由人不怀疑。书的序里提到日本织田得能的佛教大词典，我们拿来一对才知道原来就是这部书的翻译。但丁先生却绝对否认是“译”，只承认是“著”，因为他添了些新东西进去。我又有点糊涂起来。译一部几百万字的大著只要增加十个字八个字的新材料就可以把这部书据为己有，恐怕世界上每个人都要来译书了。但丁先生的大“著”并非毫无可取，里面插入许多丁先生的玉照，例如研究生理时代之丁福保，研究医学时代之丁福保，也颇琳琅满目。丁先生的尊容也还过得去，虽然比畹华博士还差一筹。但我终于恍然大悟。以前有的人想把自己的玉照登在报纸上，但苦于没有机会，只好给儿安氏大药房写信，当然附上玉照，信里说吃了某某药，自己的某某病已经好了，特此致谢。于是隔了不久，自己的尊容就可以同名人一样出现在报纸上，虽然地方不大对，也顾不了那样许多了。现在丁先生又发明了一个方法，使以后想出名的人再也不必冒充自己有梅毒或瘾君子写信给大药房了。真是功德莫大。我们能不佩服丁先生的发明能力么？

另外还有一位更有勇气的人，当然也是一位学者。他译了几篇日本人著的关于鲜卑和匈奴的论文，写上自己的名字发表了。后来有人查出原文来去信质问，他才声明因时间仓促把著者的名字忘掉了。这当然理由充足，因为倘若在别人和自己的名字中间非忘掉一个不行的话，当然会忘掉别人的，谁不爱自己的名字呢？

我上面只是随便举出两个例子。像这样的有勇气的人，在我们中真是俯拾即是，比雨后的春笋还要多。只是在我们国内耍这一套，关系还不太大，因为好多人都是彼此彼此，心照不宣，但偶尔让外国学者知道了，就不免替我们丢人。我上面说的丁福保的字典，一位德国汉学家现在剑桥大学任教授的就同日文原文对照过，他把结果告诉了我，弄得我面红耳赤半天说不上话来。在外国这是法律问题。倘若一个人在自己的博士论文里偷了人家的东西而不声明，以后发现了，立刻取消博士头衔，我希望中国的法律也会来制裁这一群英雄！

1946年11月14日

# 论新体旧诗

五四运动以来的白话诗运动，我不认为是成功的。问题不在于白话与否，而在于迄今还没有找到合适的形式。既然叫诗，必然要有诗的形式。这是一个常识问题。那些反对这些常识的理论，以我愚鲁，听起来介于明白与不明之间。

我的所谓形式，包括两个方面：一是行数和字数。一是韵律。前者在中国文学史上发展的规律大体上是由少到多，单拿字数来讲，总的趋向是由四言发展到五言，由五言发展到七言。其他字数不同的诗，也是有的，但只是偶一见之而已。为什么没有向九言发展？原因说简就简，说繁就繁，这里暂且不谈。

我个人觉得，形式中韵律更为重要。其目的在给人们的听觉以美感享受。原始民族的歌唱，以及给摇篮中婴儿唱的催眠曲，可以为证。这种听觉享受是人类（还有动物？）的良能。世界所有的民族没有没有音乐的。诗当然不是音乐，但是部分可以具有音乐的功能，这就是诗歌的韵律是熔意义和乐声于一炉的。

现在，我们的白话诗，缺乏的正是这种诉之于目的比较整齐的字数和诉之于耳的音乐性。作者虽然苦心孤诣制作一些迷离模糊的意象。可是至少对我来说是“只堪自怡悦”的，不能使我感动，更谈不到什么美感享受。

我不是什么诗人，但喜欢读诗，中外诗都读过不少，至今虽已至垂暮之年，积习依然难除，快乐仍旧未减。因此才敢斗胆提出我对新诗的看法。简短截说，我认为，白话诗这样下去，前途是渺茫的。现在有人提倡新体旧诗，我看诗人们不妨试上一试。

诗韵是很重要的问题。近读澳门林佐榆教授的《无悔集》，在“自序”中，林教授引程祥徽教授的一首七律：

诗家最忌十三元
戒律无端锁艺魂
未死挺斋录鬼语
狂生季立论人言
地分南北调常异
时隔古今音不浑
濠畔群贤修禊后
中原音韵出笼樊

总的意思是说，十三元这一类中包含着许多古代能叶韵而后来不能叶的字。诗中的“季立”是明代的陈第，他论音韵时说过：“时有古今，地有南北，字有更革，音有转移，亦势所必至。”这是非常正确的意见。这种例子，还不限于十三元，“台”和“回”，古代叶韵，现在就不叶。叶韵的目的是为了读起来铿锵悦耳，韵不叶，则达不到这个目的。所以，我们今天写新体旧诗，千万不要再胶柱鼓瑟，死死抱住旧韵不放，一定要用今天的新韵，也就是通行全国甚至世界的普通话的韵。字数和行数，则五绝、五律、七绝、七律均可，甚至还可以自创新形式，目的只在诉诸耳目，使读者能得美感享受。

1998年6月15日

# 民族性

有没有民族性呢？我认为，稍微客观一点的、观察比较细致一点的人，都会承认有的。

世界上有成千上万的民族，就有成千上万的民族性。尽管民族性与民族性之间，有的差别极大，有的则相当接近，其有差别则一也。

民族性是怎样形成的呢？这是一个理论问题，我对理论一向敬而远之的。这一次不妨提一点看法。《三字经》上有两句话："性相近，习相远。""性"，约略等于本能。人的本能是互相接近的。"习"，约略相当于环境，人们的生存环境，也可以说是风习，是相差颇远的。二者结合起来，就产生了民族性。

我就只有这么高的一点理论水平。为了藏拙计，还是多谈一点我的感性认识吧。

我曾在欧洲呆了多年，在那里，我同许多国家的人民接触过，我对他们有不同程度的了解。我发现，他们的性格、脾气、待人接物的态度，抽象称之为民族性，是不相同的。仅就欧洲众语族中的三大语族的人来说（语言同民族并不总是统一的），日耳曼西支的德国人和英国人民族性接近。德国人是一个伟大的民族。虽没有太长的历史，但是学术艺文，彪炳寰宇，人民一般说起来老实、诚恳、认真有时到了板滞的程度。同他们交往，不必怀着戒心，也用不着虚伪客气。我们中国这一套谦虚客气，他们就信以为真。就是在瑞士一个国家中，北部的德国种人同南部的法国种人，作风都有相当大的差异。在北部到医院探视病人，必须严格遵守时间，丝毫不能通融，到了南部的日内瓦等地，则极不严格。在同一个国家中，不同来源的民族的民族性仍能完整地保留。民族性之威力大矣哉。

法国人也是一个伟大的民族，但性格却与德国人大异其趣。他们活泼、伶俐、喜交友。在德国饭店中，常见一个人独据一桌的情况，在日内瓦或法国，则见到认识或不认识的人同坐一桌，谈笑风生。有人说，德国人把心藏在腔子里，而法国人则把心托在手心上。这是一种很形象的说法，然而却是耐人思考的。

至于俄国人，其性格则具有另外一番景象。他们深沉、奥秘，总带有点忧郁的意味。你只要听一听《伏尔加船夫曲》，或者读一读托尔斯泰、陀斯妥耶夫斯基等的长篇小说，再拿来同欧洲其他国家的歌曲和长篇小说一对比，其区别立即可见。特别是法国的长篇小说，如福楼拜的《包法利夫人》、斯汤达的《红与黑》，结构简单，条理分明，有如清泉，清澈见底。而俄国小说则难免给人以"阿房宫"的感觉，"五步一楼，十步一阁，廊腰缦回，檐牙高啄；各抱地势，勾心斗角。"德国哥廷根大学的一位俄文教授告诉我：读法国小说和其他欧洲小说，总有点肤浅之感。我认为，这话有些道理。文学是民族性最鲜明的反映。

总之，我认为，民族性的存在是不能否定的。而我们的科学工作者，不管研究的是文学和语言，或是哲学和历史，都不应该忽视这一点。我们的外交家们更不应该忽视，否则会给工作带来极大的不利。常言道："入境问俗。"我们首先应该问的，应该研究的就是民族性。

1998年7月14日

# 略说中国传统文化及其特点

## 一

说在中国传统文化的宝库中，中国传统道德是最重要的一部分内容，这话完全正确。因为从世界各国来看，像中国这样几千年如一日重视伦理道德的还没有第二个国家。什么叫做中国传统道德？或者说中国传统道德有哪些内容呢？这个问题很复杂，每个人的回答都可能不一样。我讲讲自己的看法，我想这里面起码应包括这么几部分内容。

第一，正如我的老师——清华大学陈寅恪教授曾经说过的，《白虎通》当中的三纲六纪是中国文化的精华。什么叫三纲呢？就是君臣、父子、夫妇。他讲的当然是君为臣纲，父为子纲，夫为妻纲。这里边有糟粕，如夫妻应该是平等的，怎么男人成了女人的纲了呢？这个我们先不讲它。六纪，一是仲父，就是父亲的兄弟姊妹；二是兄弟；三是族人；四是族舅，就是母亲家的人；五是师长；六是朋友。他说，这三纲六纪是中国文化的中心，我看他的话很有道理。因为人类自有社会以来，必然要有一种规则来维系，不然的话社会就乱七八糟。现在马路上为什么要有交通警？为什么要有红绿灯？这就是一种规则，一种规章制度，要求大家都来遵守，这样社会生活才能进行。要是没有这些规则，社会生活就不能进行。《白虎通》的三纲六纪，把当时社会所有的人际关系都规定了。

第二，我们的文化还有一个提法，是我们的特点，就是“格、致、正、诚、修、齐、治、平”。意思就是格物、致知、正心、诚意、修身、齐家、治国、平天下八个步骤。先从自己开始格物，就是了解事物，了解以后致知，把规律找出来，正心、诚意就不用讲了，修身就是修自己，然后齐家，把家治好，然后再治国，治国以后是平天下。就是从个人内心一直到天下。那么，什么叫国，什么叫天下呢？在周代来讲，像齐国、燕国、郑国等国是国，天下则指整个周代的中国。现在像中国、日本叫国，天下就是世界。个人要从内心出发，正心、诚意，一直推到治国、平天下。这套系统的步骤，属于伦理道德范畴，也属于政治范畴，是其他任何国家所没有的。

第三，“礼义廉耻，国之四维”。就是说，礼义廉耻是国家的四个支柱。除了这个提法外。古人还提出了“孝悌忠信，礼义廉耻”等说法，意思都差不多。

上述三个方面是古代伦理道德最先最主要的内容。懂得了这三个方面的内容，大体就了解了中国伦理道德最基本的内容。我们的道德伦理又全面又有体系，其他的内容当然就多了，需要写一部中国伦理学史来阐述。

## 二

中国传统道德是中国传统文化当中最精华的内容，它在世界人类文明遗产中的特殊性非常之明显。为什么这么说呢？因为世界上任何国家，从古希腊一直到古印度，尽管每个国家都有自己的道德规范，每个民族都有自己的道德规范，可是内容这么全面、年代这么久远、涉及面这么广泛的道德规范，在全世界来看，中国是唯一的。现在中国周围这些国家，像日本、韩国、越南等，有一个名词叫汉文化圈，属于汉文化圈的国家基本上都受我国的影响。

我们一向讲中国是四大文明古国之一。现在我们的考古发现越多，就越证明我们的历史长久。比如"五四"时代连尧、舜、禹、汤的禹都有怀疑是不是确有其人，现在已经证明了有禹这个人。随着考古学的不断进步，我估计将来考古发现不但有夏、有禹，一定还会有更古的尧、舜，还要往上发展。总而言之，我的看法是考古发现越多，我们的历史越长。这是从形成的历史时间看。

那么从具体内容上看，我们民族的特点就更明显了。

比如"孝"这个概念，"三纲五常"里面都有。除了中国以外，全世界各国都没有这么具体。何以证之呢？可以看一看欧洲现在社会的情况跟我们作比较。当然现在青年人也不像以前那样愚忠愚孝，"割肉疗母"我们也不提倡，可是就拿眼前来讲，我们中国的青年人还比世界各国的要孝得多，虽然程度不如以前了。我是研究语言的，有件事情很有意思：把"孝"这个词翻译为英语，用一个词翻译不出来，得用两个词。什么原因呢？因为虽然不能说外国没有孝，但是孝并非作为一个很重要的概念，所以译过去就得用两个词。英文里面两个什么词呢？就是儿女的"虔诚"与"尊敬"，而在中文中光一个"孝"就够了。这就说明"孝"这个词有中国的特点。

我认为中国伦理道德中有两点值得提倡，第一点是讲气节、骨气。一个人要有骨头。我们现在不是还讲解放军硬骨头六连吗？文章也讲风骨。骨头本来是讲一种生理的东西，用到人身上，就是指人要讲气节。孟子就讲富贵不能淫，贫贱不能移，威武不能屈，此之谓大丈夫。富贵我们也不怕，贫贱我们也不怕，威武我们也不怕，这在别的国家是没有的。就是说作为一个人，我有我的人格，顶天立地，不管你多大的官，多么有钱，你做得不对我照样不买你的账。例子很多。《三国演义》里有个祢衡敢骂曹操，不怕他能杀人。近代的章太炎，他就敢在袁世凯住进中南海称帝时，到中南海新华门前骂袁称帝。这种骨气别的国家也不提倡。“骨气”这个词也不好译，翻成英文也得用两个词：道德的“反抗的力量”，或者“不屈不挠的力量”，我们用一个“气节”、“骨气”，多么简洁明了。我们中国的小说中，随便看看，都有像祢衡这样的人。我们为什么崇拜包公？就是因为他威武不能屈。皇帝掌握生杀大权，但皇帝做错了包公照样不买账；达官显贵虽然有钱有势，包公也照样不买账。这种品行外国是不提倡的。

我常对年轻人讲，不仅在国内要有人格，不能一见钱就什么都不讲了，出国也要有国格，不能忘记自己是中国人，不能忘记国格。

第二点是爱国主义。世界上真正提倡爱国主义的是中国。比如苏武北海牧羊而气节不改的故事，连小孩都知道。写《满江红》的抗金英雄岳飞，他的爱国精神更是历代传诵，后人在杭州西湖边专给他盖了一座庙。又如文天祥，谁都知道他的名言“人生自古谁无死，留取丹心照汗青”，全国都有他的祠堂。近代、现代的爱国英雄也多得很，如抗日战争中的张自忠、佟麟阁，等等。

当然，我们讲爱国主义要分场合，例如抗日战争里，我们中国喊爱国主义是好词，因为我们是正义的，是被侵略、被压迫的。压迫别人、侵略别人、屠杀别人的“爱国主义”是假的，是军国主义、法西斯。所以我们讲爱国主义要讲两点：一是我们决不侵略别人，二是我们决不让别人侵略。这样爱国主义就与国际主义、与气节联系上了。

## 三

关于中国传统道德在世界文明史中的地位问题，我想最好先举例来说明。大家都知道《歌德谈话录》这本书，在1827年1月30日歌德与埃克曼的谈话录中，歌德说，我今天看了一本中国的书:《好逑传》。中国人了不起，在中国人眼中，人跟宇宙合二为一（这是我这几年宣传的人与大自然和谐），男女谈情说爱，相互彬彬有礼，那么和谐、和睦，这个境界我们西方没有。可以说，《好逑传》在中国文学史上最多与《今古奇观》处在一个水平上，甚至中国文学史也不会写它。可是传到欧洲，当时欧洲文化的第一代表人歌德却大加赞美。但他是有根据的。虽然我国这类才子佳人题材的小说有些理想化，像《西厢记》。但是在当时的西方文化泰斗看来，起码中国作者心中的境界是很高的。歌德指出的这一点不是很值得我们回味吗？

我认为，从世界文化的发展趋向看，中国文化包括中国道德的精华，在二十一世纪的将来，会在人类精神文明的发展中，发挥更重要的作用。这是我所期望的。

# 关于中国美学的一点断想

## ——为老友王元化教授八秩华诞寿

前两年，我写过一篇文章《美学的根本转型》，我称之为“怪论”。这并非谦辞，而是实情。我对美学研究，最多只能算是一知半解。以这样的水平而胆敢乱发议论，其结果非“怪论”而何？但是，我天性好胡思乱想。既然想到了，何妨写出来？有道是“愚者千虑，必有一得”。在这里，我是“愚者”，自不待言。算不算“一得”呢？那就要由专家们去评断了。

我的总印象（只能算是印象）是：近代美学在中国是一个“舶来品”，中国近现代的美学家过多地倚靠、信任、追随西方美学家，亦步亦趋，甚至拾人牙慧。他们似乎忘记了一个基本事实：中国人心目中的美同西方人不完全一样。作为一个中国美学家，首先应该研究中国的美，这是责无旁贷的事。

中国和西洋的美区别究竟何在呢？我观察、思考和读书的结果给我的印象（又是印象）是：西方的美重点在眼睛和耳朵，他们美学家研究的对象重点是音乐、绘画、雕塑等等。中国的美则涉及眼、耳、鼻、舌、身等五官。汉文的“美”字，据《说文》从羊大。对于这个问题，中国学者意见解释不同，上述拙文中已略涉及，兹不赘。上面谈到的中西学者的意见，请参阅朱光潜《西方美学史》、李泽厚的许多论文和专著，以及许多其他学者的有关著作，我不想一一列举了。

“美”这个字，根据外语教学与研究出版社《汉英词典》，英文是beautiful，pretty，good，very satisfactory，be pleased with mersely。其中最重要的是前二者，都与眼睛有关。因为中国有“美酒”、“美食”、“美餐”等等一系列与舌头有关的说法，不得不加上good一个解释。“美酒”只能译为good wine，“美食”、“美餐”只能译为good food或tasty food和table delicacies，决不能译为beautiful food。这只是一个极其简单明了的例子，其他的例子还有不少。总之，中国人的与西方人的“美”不完全相同。中国的美学家研究美学，决不应忘记了自己。换言之，中国美学家不应当囿于眼睛和耳朵，而应当延伸到五官，其中最主要的是舌头。

极其粗略地说，我的“怪论”就是这样。

从被西方美学家忽略了的舌头一官，也就是味觉，我想了开去，想到了东方的中国和印度的古代美学。这两个国家的古代的美学思想也是十分丰富的，学说也是很多的。其中给我留下印象最深的学说是中国的“味”或“滋味”和印度的nasa，nasa的意思也是“味”，二者都与舌头和味觉有关。试简论之如下。

先谈中国。《说文解字》：

> 味，滋味也，从口未声。
>
> 滋，益也，从水兹声。

这里没有讲到“滋味”。但是《康熙字典》中却有解释：

滋味也。《礼月令》:“薄滋味,无致和。”

此外,汉文中还有一个“品”字,与文艺理论有关。中国古代有两本关于文艺理论的书,都名《诗品》,一钟嵘作,一司空图作。按《说文解字》:

品,众庶也,从三口,凡品之属皆从品。

这个解释也与文艺理论无关。又是在《康熙字典》中,有“品尝”一个解释,这就与文艺理论挂上了钩。

在中国古代许多与文艺理论有关的书中时常能够见到“味”字,比如陆机《文赋》:“阙大羹之遗味。”《文心雕龙》中有:“张衡怨篇,清典可味”(“明诗”),“子云沉寂,故老隐而味深”(“体性”),“味之者不厌矣”、“深文隐蔚,余味曲包”(“隐秀”),等等。

现在谈印度。古代印度的文艺理论也是颇为丰富的,“味(nasa)论”是其中之一。古代印度的语法学家有一种理论,认为所有的名词都来源于动词。但是,根据西方近代梵文学者的意见,nasa这个名词却不来源于vnas,而vnas反而来源于名词nasa。参看W. D. Whitney: *Root, Vertforms and Primary Derivatives of the Sans Krit language* 和 Monies-Williams: *Sanskir-English-Dictionary* 等书。nasa的含义颇多,最基本是taste(味)。详细解释,请参阅黄宝生:《印度古典诗学》(北京大学出版社1993年版)第五章味论。黄宝生说:“而婆罗多在《舞论》中,将生理意义上的滋味移用为审美意义上的情味。他所谓的味是指戏剧表演的感情效应，即观众在观剧时体验到的审美快感。”（315页）nasa的数目一般为八种：艳情、滑稽、悲悯、暴戾、英勇、恐怖、厌恶、奇异，有的人增加为十种。

中国的“味”和印度的nasa，含义或引申义并不相同，但是，二者都同出于舌头，而不像西方那样审美对象只限于眼之所见和耳之所闻。其中必有原因。我现在并不想详细讨论这个问题，我只是把极其粗糙的想法提了出来。我想，这对于中国的美学家们会有一些帮助的。

1998年7月5日

# 门外中外文论絮语

## 从《中外文化与文论》谈起

对中外文论我都涉猎过一点，也确实读过不少的书。但所务不专，浅尝辄止。又因为自己的专业不在这方面，因此没有特别加以注意。所以一直到今天，兴趣虽在，钻研不深，仍然留在中外文论的门外，遑论登堂入室。但是，天下万事万物，都要一分为二。在某一些方面，一个门外汉反而能看出点门道。因为他所入不深，了无所蔽。没有真正专家们的条条框框，没有那一些“枷锁”，跳起舞来，反而更能轻松如意。这种情况恐怕很多人都是承认的，用不着详细论证。

我是一个脑筋闲不住的人，酷好幻想，幻想的不一定都能切中肯綮；但偶尔也能搔到痒处，谈到点子上。见仁见智，各人看法不同，我不好再在这里“老王卖瓜”了。

最近读到了中国中外文艺理论学会和四川联合大学中文系·汉语言文学研究所合办出版的《中外文化与文论》（1996年版），十分感兴趣，觉得是一本好书，立即推开手边的其他工作，读了起来。但我其他的工作毕竟还是太多，太杂，太急。没有能读完全书，被迫放下。仅就读过的几篇来说，我学习了不少的知识，获得了很大启发。我那爱好胡思乱想的老毛病又发作起来，如骨鲠在喉，必须一吐为快。这就是一篇“絮语”的由来。

## 论所谓“失语症”

“失语症”这个词儿见于曹顺庆教授的一篇文章中:《重建中国文论话语》(本书20—22页)。为了避免失真,我索性先抄一段曹先生的话:

> 二十一世纪中国文化发展战略的第一步,是要主动地迎接并推动世界文化的转型,主动与西方文化展开对话,在对话中互释互补,达到跨文化的创造与建构。然而,对话,首先要解决文化话语问题。遗憾的是,中国现当代文化基本上是借用西方的一整套话语,长期处于文化表达、沟通和解读的“失语”状态。因此,重建中国文化话语具有相当的紧迫性和重要性,因为中国文化要想自立于世界民族之林,就必须重新建构自己的理论话语,否则,就只能充当西方文化的摹仿者、追随者甚至附庸。
>
> 然而,当今文艺理论研究,最严峻的问题就是文化失语症。

而曹先生引了我的话,说“我们东方国家,文艺理论方面噤若寒蝉”,在近现代没有创造什么有影响的文艺理论体系。他又引了香港黄维梁教授的话,说“在当今的世界文论中,完全没有我们中国的声音”。这些话我都是完全同意的。在文章的最后，曹顺庆教授提出了一些具体的做法，他说，“首先是从话语角度对中国传统文论进行发掘整理，这包括三个层次的工作”。为了把他的想法说明白，我看，我还是抄他的原话吧：

> 1. 对话语核心概念范畴的清理；2. 对文化架构的清理；3. 对话语表述方式、言说特征的清理。其二是在与西方文论话语对话中使之凸现、复苏与更新。这包括中西不同话语面对同一基本问题的共同言说，中西话语表述方式的互照，中西范畴的互释，中西文论话语的互译等等。其三是将初步复苏的中国话语放到古代文学中，甚至在外国文学中测试其话语的有效性及其可操作性，在实践操作中对传统话语进行改造与更新。最后，在“杂语共生态”中，在广取博收之中，逐步建立起既立足于本民族深厚文化根基，又适合于当代文学实践的中国文论新话语。

这无疑都是好的、很有见地的意见。“话语”一词是一个新词儿，是英文discourse的释译，涵义颇多。根据我肤浅的理解，主要指术语一类的东西。

如果曹先生这一篇写在一两年前而我又能读到的话，我无疑会完全赞成的。可是，最近一个时期以来，我这“半瓶醋”又有点不安分起来，又想晃荡一下了。我原来也认为，中国文论虽然历史悠久，内容极为丰富；但是使用的术语——我也想学着使用一下这个新词儿“话语”，但不知恰当否——比较笼统、模糊、渺茫、玄虚，总之一句话是不“科学”。我认为西方文论的术语是确切的、清晰的，是“科学的”。我们应该努力学习和使用西方“科学”的术语，用来分析我们的文学作品。这样，我们的文论就会在世界上有了声音。改模糊为确切，改混沌为具体，改感悟为分析，改印象为逻辑，最好能改成数学的方程式——这就是我们的奋斗目标。

但是，最近以来“晃荡”的结果，我忽然得到了“顿悟”，觉得东西方文学有极大的不同。专就西方文学而论，西方文论家是有“话语”的，没有“失语”；但一读到中国文学，我认为，患“失语症”的不是我们中国文论，而正是西方文论。我们中国文论家必须改弦更张，先彻底摆脱西方文论的枷锁，回归自我，仔细检查、阐释我们几千年来使用的传统的术语，在这个基础上建构我们自己的话语体系，然后回头来面对西方文论，不管是古代的，还是现代的，加以分析，取其精华，为我所用。

## 中外（东西）文论的根本差异

我这一番话说得有点石破天惊，必须详细地说明我的理由，我先从中外文论的根本差异谈起。

既然同称文论，必有其共同之处，这一点不待辨而自明。用不着多说。我在这里强调的是差异。

理论是怎样产生的呢？是从哪里来的呢？一般说来，必先有现实或实践，然后从现实或实践中综合、抽绎、归纳成一些带规律性的东西，这就是理论。把这种理论再拿回现实或实践中去检查，能够符合实际，这理论就算是正确的，否则就是部分或者全体不正确的，这理论还不能算是成立了，必须重新研讨。

众所周知，中国汉族文学的载体是单音节的方块字，语法上没有形体上的曲折变化。这同西方的自古希腊罗马传留下的有字母的，有语法变化的语言文字是完全不相同的。语言文字的载体不同，从而在把单词儿编成的文章上，特别是在诗歌创作上，其审美标准决不会相同。诗歌讲韵律（有的也不讲，那是另外一个问题），这是共性，但使用的语言文字不同，韵律也会大异其趣。从中产生出来的理论也决不会一样。这个道理并不难明白。

但是，我认为，最重要的差异还不在形式上，而在根本的思维方式上。我认为，西方的思维方式是分析的，而东方的以中国为代表的思维方式则是综合的。我悟出这个道理以后，近几年来，我曾在许多篇文章中，在许多次座谈会和讨论会上，宣扬过我这个观点。文章和发言都很多，请有兴趣者自己去参考，我在这里不再刺刺不休地说个不停。读我的文章和听我的发言的人，有赞赏者，有反对者，有态度不明者。这本是十分正常的现象，不这样反倒会是怪事。我既不兴奋，也不败兴。但是，最近我在光明日报社召开的有文理工农各科学者都参加的座谈会上，听到了中国科学院自然科学史研究所所长王渝生教授的发言，却感到了兴奋。他说，在最近在香港召开的一次国际学术讨论会上，他就这个会的讨论主题：二十一世纪前沿科学的展望问题，发表了自己的看法。他首先讲到，二十一世纪的前沿科学，其中首先是自然科学的研究指导思想，应该是中国几千年一直流传的“天人合一”

的思想。其次，他又讲到，他以一个数学家和自然科学史研究专家的身份，感到西方的基本思维方式是分析的，而以中国为代表的东方基本思维方式则是综合的。由于行当不同，我的那些文章他决不会读到，我的那些发言他决不会听到的。这完全是“英雄所见略同”。我窃自比为“英雄”，有点不够谦虚，不过这是一句成语，我也无从改变。总之，我听了王先生的发言以后，石破天惊，空谷足音，我真有点“喜欲狂”的劲头了。我万万没有想到，自己能够在本行以外一个自然科学家的嘴中听到了完全相同的意见。我的信心倍增，再坚持自己的看法时决不会心里打鼓了。

话收了回来：东西文艺理论之差异，其原因不仅由于语言文字的不同，而根本是由于基本思维方式之不同。只有在这个最根本的基础上来探讨东西文论之差异，才真正能搔着痒处，不致只作皮相之论。

## 试论王静安的“境界”说

王静安先生的《人间词话》，篇幅虽不算太长，但在中国近代文论史上却占有颇为重要的地位，有颇大的影响。我对这部书虽读过多遍，却不敢说有什么深刻的理解。我现在仅就书中最著名的“境界说”提一点小小的不同的看法。

“境界”二字来自佛典翻译，这是大家都承认的事实。《人间词话》的基本思想是受了西方一些哲学家学说的影响，恐怕也是一个事实。

静安先生对自己的“境界说”是颇为得意的。他写道：“然沧浪所谓兴趣，阮亭所谓神韵，犹不过道其面目，不若鄙人拈出境界二字为探其本也。”

对于静安先生境界说本身，我不敢赞一词。但是对于“有我之境”和“无我之境”，我却有一点疑问，一个小小的无伤大雅的疑问。王先生说：“‘泪眼问花花不语，乱红飞过秋千去’，‘可堪孤馆闭春寒，杜鹃声里斜阳暮’，有我之境也。‘采菊东篱下，悠然见南山’，‘寒波澹澹起’、‘白鸟悠悠下’，无我之境也。有我之境，以我观物，故物皆着我之色彩。无我之境，以物观物，故不知何者为我，何者为物。”所举的例子中，别的我且不说，只说陶渊明的两句诗“采菊东篱下，悠然见南山”，王先生把它列入无我之境。我认为，实际上是有我的，汉文可以不用主语，如译为英、德、法等文，主语必赫然有一个“我”字（I，ich，je）在。既然有个“我”字在，怎么能说是“无我”呢？我觉得，在这里不是“无我”，而是“忘我”，不是“以物观物”，而仍然是“以我观物”，不过在一瞬间忘记了“我”而已。

这种想法同境界说关系不大，但也不能说一点关系都没有。

## 言意之辨

蕴藏于人类内心中的思想、经验等等谓之意，外化为声音或文字谓之言。在动物界中，这是人类所独有的东西。言、意二者之间有极大的矛盾，早为哲人所感知。西方古代哲人也发现了这个矛盾，而在中国，无论是在哲学史上还是文学史上，这都是一个重要的问题，在美学上，当然也会例外。其关键就在于：“言”

能不能够充分地、完整地、真实地表达出心中的那个“意”来，简略的说法就是：言能不能尽意？

这是一个大问题，中外古今哲人论之者众矣。我在这里不想详尽地讨论，我只想对于这个问题提出一点自己的粗浅的看法。想要了解详细情况，请参阅任继愈先生的许多著作，比如任先生主编的《中国哲学发展史》（魏晋南北朝）（人民出版社1988年版），《魏晋玄学和文学》中的《魏晋玄学言、意之辨和文学创作》，敏泽先生的《中国文学理论批评史》（上）（吉林教育出版社1992年版）。此外，还有很多可以参考的书，无法一一列举。

在年青一代学者的著作中，童庆炳先生和程正民先生主编的《心理美学丛书》中的陶东风先生著的《中国古代心理美学六论》，是一部很值得注意、很有独到见解的书。书中《三、言不尽意与言外之意——言意论》章是专门探讨言意问题的。此文贯穿古今，融会中外，有非常精彩的独到的见解。这里用不着细讲。

我现在只想根据我在上面提出来的东西基本思维方式不同这个看法，来谈一点个人的意见，以求教于陶先生和其他内行里手、专家学者。我在上面已经提到东方的思维方式是综合，而西方的思维方式是分析。我在这儿想补充几句。

我想把话说得远一点，以扩大我们的眼界，开拓我们的思路。我想从两门西方新兴起的学科谈起，一门是模糊学，一门是混沌学。先谈模糊学。1965年，美国加州大学伯克莱分校教授、系统科学家扎德（L. A. Zadeh），在一篇论文中提出了研究事物模糊性的问题，并且制定了模糊集合这个新概念，由此产生了一门新科学：模糊学。在中国介绍模糊学最全面的著作是苗东升先生的

《模糊学导引》（中国人民大学出版社1987年版）。模糊学从模糊数学开始，逐渐到模糊逻辑、模糊语言学，还有一系列冠以模糊二字的学科，影响遍及人文社会科学和自然科学。混沌学开始得稍晚一点，混沌研究从七十年代初逐渐进入高潮，到了今天，在过去的二十多年中，研究队伍扩大迅速，成果累累，影响巨大。在国外，格莱克的那一部脍炙人口的著作《混沌：开创新科学》，已有中文译本。在世界上，在中国，引起了人们的极大的兴趣。有的人给混沌学以极高的评价，称之为二十世纪伟大的理论之一。在中国介绍混沌学的仍然是苗东升先生和他的学生刘华杰先生。他们合著的《混沌学纵横论》（中国人民大学出版社1993年版）受到读者的欢迎。

这两门新学科都是从自然科学开始的。可惜我对自然科学所知甚微。我读过上面说到的几本书，也是生吞活剥，不甚了了，我不是想“求甚解”，而是无法求得。我只能从最大的宏观上来体会这几部书和这两门新学科的涵义和意义。中外许多人士都认为这两门新学科意义极其重大，这与我的意见相同。但是，他们认为意义重大的理由决不会同我的一样，这一点我是敢于肯定的。

那么，我认为意义重大的理由究竟何在呢？一言以蔽之，就在我在上面谈过的东西思维方式之不同上。西方主分析，想把世界上万事万物都搞个清清楚楚，泾渭分明。但是，根据一般人的经验来看，宇宙间绝对清清楚楚，泾渭分明的东西是没有的。清清楚楚的对立面是模模糊糊。模模糊糊不是一个好词儿。然而它却反映了世界的真实情况。西方的思维方式，分析的思维方式，表现得最清楚的是古希腊亚里士多德的逻辑思想，他的形式逻辑是以矛盾律和排中律两个公理为基础的。他认为，在同一个时间内，A不能既是X又不是X。模糊逻辑扬弃了亚里士多德的绝对教条，建立了更复杂的多评价系统。这种模糊逻辑现在已经应用到许多东西上，包括电视机、洗衣机等等，等等，连制定规划等工作也使用了模糊数学，而且都已获得了成功。

西方的思维方式是主分析的，怎么会忽然兴起了模糊科学？这同东方的综合的思维方式却不谋而合。综合的思维方式主张整体概念，普遍联系，不像西方那样只见树木，不见森林，东方是又见树木，又见森林。不想把一切事物绝对化，不想把一切事物分析得彻底清清楚楚，这是根本办不到的，是违反事物的根本现象的。因此，我说，西方最近半个世纪以来许多有识之士，在无意识中，感到分析思维模式不就是真理，他们想方设法以济其穷。世界上的思维方式非分析则综合。这话有点语病，有点像亚里士多德的公理。不过从大体上说是如此而已，绝对的分析和绝对的综合，也是并不存在的。总之，我认为，最近半个世纪以来发生的事情，是西方向东方靠拢的朕兆。这种朕兆在二十一世纪的前沿科学中，必然会表现得更明显。这一点我是完全相信的。

我本来只想用短短几句话就把问题说清楚，但一下笔却就说了这样多。这非我所愿，我是不得已也。

现在回到本题。

在陶东风先生很精彩的文章中，他虽然说得不十分清楚，但却能让人领会到他的本意。他认为，许多中国当代的美学家只知中，而不知外，没有充分利用当代或近代西方一些学者的研究成果，没有注意到西方的新兴学说，什么语义学、心理学、符号学等等，比如语言学家索绪尔、布龙菲尔德、萨皮尔等等的学说。他似乎颇为欣赏弗洛伊德的心理分析，人类意识有不同的层次：意识、前意识、无意识三层。他对现代符号学大师卡西尔，似乎也很欣赏。他还认为："拉康的理论也值得注意。他受精神分析的影响但对之加以改造，认为语言结构和人的意识结构、人格结构之间有一种对应，图示如下：

$$\frac{\text{能指（S）}}{\text{所指（S）}}=\frac{\text{表层}}{\text{深层}}=\frac{\text{显梦}}{\text{隐梦}}=\frac{\text{意识}}{\text{无意识}}=\frac{\text{超我}}{\text{本我}}$$

拉康的观点显然是综合了索绪尔、乔姆斯基和弗洛伊德的理论而来。"（见该书76页）我觉得，先不去纠缠那些理论细节，从宏观上来看，这个表和弗洛伊德对意识的三分法，都是西方典型的分析思维的产物。人类的意识真能清清楚楚地，泾渭分明地划分为三个整整齐齐的层次吗，这是办不到的。反不如根据接近于东方的综合思维方式的新兴的模糊理论，来阐释人类意识的层次，这样更能接近客观事实。

谈到言和意。如上所述，意的层次是无穷无尽模糊不清的。外化为言，言的层次也是无穷无尽模糊不清的。此外还有言时的一些外在条件，比如眼神、手势、脸部表情、声音高低、疾徐等等。化为文字也有许多外在条件。这样的言，听到别人耳中，看在别人眼中，听的人和读的人，又要根据各自不同的经验，来加以体会，加以了解。这样一来，听者和读者体会到的和了解到的东西，同原来说者和写者所要想表达的意，绝对不可能完全符合。这是一个典型的模糊关系。从这个观点上来看哲学家们争论不休的"言意之辨"，颇有点庸人自扰的味道。最好了之以模糊理论，这样反而能使天下太平。至于怎样去阐述，简单几句话是不够的，最好还是要多说几句。可是那就非我的能力所能及，只能靠大体上能同意我这个“野狐”的看法的真正的专家学者的力量了。

此外，中国哲学史、文学史、特别是绘画史上的“形神问题”，与言意之辨不是一码事，但却又有某些类似之处，我在这里就先不谈了。

## 中国文论的“话语”

我现在又必须回到我在上面二“论所谓‘失语症’”中所谈的“话语”问题上来了。

我在那里已经说过，曹顺庆先生的文章是一篇很好的，很有见地的文章。我们意见不同之处只在“失语症”这个词儿上，究竟是谁患了文论话语的“失语症”？是中国，还是西方？我在那里说过两句话：“我认为，患‘失语症’的不是我们中国文论，而正是西方文论。”对于这两句话，我现在必须加以解释。

曹先生说：“中国文化要想自立于世界民族之林，就必须重新建树自己的理论话语。”这是正确的意见，我只是对“重新”二字有点保留意见。怎样来“建构”呢？曹先生的意思似乎是想把东西文论的话语糅合在一起！形成一个“杂语共生态”。这是完全办不到的。因为东西两方面的文论话语来源于两个完全不同的思维模式，还是我那一套老话：东方综合，而西方分析。西方文论学家企图把一篇文学作品加以分析，解剖，给每一个被分析的部分一个专门名词，支离繁琐。而东方的以中国文论家为代表的文论家则从整体出发，把他们从一篇文学作品中悟出来的道理或者印象，用形象化的语言，来给它一个评价，比如“清新庾开府，俊逸鲍参军”，对李白则称之曰“飘逸豪放”，对杜甫则称之为“沉郁顿挫”，如此等等，例子不胜枚举，这是两种截然不同的文论话语，想把它们融汇在一起，不亦难乎！至于这两种话语哪一个更好，我无法回答。我是不薄西方爱东方。就让这两种话语并驾齐驱，共同发展下去吧。二者共存，可以互补互利，使对方时时有所借鉴，当然也并不能排除，在某些方面，能互相学习。所有这一切，都只能说是好事情。抑一个，扬一个，甚至想消灭一个，都是不妥当的。

说了半天，一个重要的问题还没有答复：中国文论的话语究竟应该是一个什么样子呢？我在上面已经说过，理论来自实际，来自实践，中国文学的载体是中国的语言和文字，讲中国文论不能离开这个实际，从而中国文论的话语也决不能离开这个实际。

空口无凭，这里需要一些实际的例子。王静安《人间词话》说：“‘红杏枝头春意闹’，著一‘闹’字而境界全出。‘云破月来花弄影’，著一‘弄’字而境界全出矣。”这类有关“炼”字的论述，古代文论中极多。西方写散文和写诗，使用的词儿有时也会不相同的，其中也有“炼”的意味，但不像中国这样严重而已。在中国类似的例子还可以举出许多来，仅就大家所熟知的例子就有“春风又绿江南岸”中的“绿”字，也可以说著一“绿”字而境界全出。“先生之德，山高水长”改一个字，把“德”改为“风”，则意味迥乎不同。至于“池塘生青草”这样传颂千古的名句，若译为西文，则必平淡枯燥，让西方人大惑不解。唐代王维的诗，与此句有相通之处。我个人认为，这是中国诗歌与禅趣密切相联的表现，只能意会，不能言传，一落言筌，立即失色。这又只能以模糊理论来解释了。至于中国的对仗，排比，四声平仄，声音之响亮与低沉，都可以说是中国诗歌的特点，是由汉文本身所决定的。

谈到文论的话语，中国早就有一套的。魏晋南北朝时表现得最明显具体。评人论文，莫不皆然。归根结底，这都与综合的思维方式密切相联。我在下面先举一些具体的例子：

世说新语《四部丛刊》本

德行第一

林宗曰："叔度汪汪如万顷之波，澄之不清，扰之不浊，其器深广，难测量也。"

季方曰："吾家君譬如桂树生泰山之阿，上有万仞之高，下有不测之深……。"

言语第二

徐曰："譬如人眼中有瞳子，无此必不明。"

文学第四

刘尹答曰："譬如泻水著地。正自纵横流漫，略无正方圆者。"

孙兴公曰："潘文烂若披锦，无处不善。陆文若排沙简金，往往见宝。"

赏誉第八

世目李元礼："谡谡如劲松下风。"

公孙度目邴原："所谓云中白鹤，非燕雀之网所能罗也。"

裴令公目夏侯太初："肃肃如入廊庙中，不修敬而人自敬。"一曰："如入宗庙，琅琅但见礼乐器。见钟士季，如观武库，但睹矛戟。见傅兰硕，汪墙（汪洋——引者）靡所不有。见山巨源，如登山临下，幽然深远。"

王戎目山巨源："如璞玉浑金，人皆钦其宝，莫能名其器。"

庾子嵩目和峤："森森如千丈松，虽磊砢有节目，施之大厦，有栋梁之用。"张华见褚陶，语陆平原曰："君兄弟龙跃云津，顾彦先凤鸣朝阳。"

有问秀才："吴旧姓何如？"答曰："……严仲弼，九皋之鸣鹤，空谷之白驹。顾彦先，八音之琴瑟，五色之龙章。张威伯，岁寒之茂松，幽夜之逸光。陆士衡、士龙，鸿鹄之裴回，悬鼓之待槌。"

## 容止第十四

魏明帝使后弟毛曾与夏侯玄共坐。时人谓"蒹葭倚玉树"。

时人目夏侯太初"朗朗如日月之入怀。李安国颓唐如玉山之将崩"。

嵇康身长七尺八寸，风姿特秀。见者叹曰："萧萧肃肃，爽朗清举。"或云："肃肃如松下风，高而徐引。"山公曰："嵇叔夜之为人也，岩岩若孤松之独立；其醉也，傀俄若玉山之将崩。"

裴令公目王安丰"眼烂烂如岩下电"。

双眸闪闪,若岩下电。

如玉山上行,光映照人。

琳琅珠玉。

王大将军称"太尉处众人中,似珠玉在瓦石间"。

时人目王右军"飘如游云,矫若惊龙"。

轩轩如朝霞举。

濯濯如春月柳。

自新第十五[1]

有人哭和长舆曰:"峨峨若千丈松崩。"

巧艺第二十一

顾长康道画:"手挥五弦易,目送归鸿难。"

从上面《世说新语》的这些例子中,我们能够明确无误地看到,当时的评论人物,讲述事实,评判文章,用的都是形象化的语言,不用干巴巴的理论性的抽象的话语。

我还可以从《诗品》中举出几个例子来,比如,讲到谢灵运,就说"譬犹青松之拔灌木,白玉之映尘沙";讲嵇康则用"峻切";讲班姬则用"清捷";讲曹植则用"骨气奇高";讲刘桢则用"真骨凌霜"等等。其中"峻切"等词,似与西方分析性的抽象话语相似,但是,倘一仔细品味,其间仍有不同,仍然是中国感悟式、印象式的词语,不可同日而语。至于后来的"羚羊挂角,无迹可求"、"镜中花"、"水中月"等等,都是一脉相承的。

中国这些话语,表面上看起来似乎很笼统,很不确切,有人可能认为是不"科学"——我坦白承认,我从前就属于这类人

——很模糊。我现在却认为，妙就妙在模糊上。模糊能给人以整体概念和整体印象。这样一来，每个读者都有发挥自己想象力和审美能力的完全的自由，海阔天空，因人而异，每个人都能够得到自己那一份美感享受，不像西方文论家那样，对文学作品硬作机械的分析，然后用貌似谨严、“科学”的话语，把自己的意见表达出来，牵着读者的鼻子走，不给读者以发挥自己想象力的自由。如果给点自由的话，也决不会太多。

## 怎样在世界文论中发出声音

曹顺庆先生在担心之余提出了这个问题。我自己在《〈东方文论选〉·序》中也慨叹过：“我们东方国家，在文艺理论方面噤若寒蝉，在近代没有一个人创立出什么比较有影响的文艺理论体系，……没有一本文艺理论著作传入西方，起了影响，引起轰动。”（见曹文20页引）黄维梁先生也十分感叹地说：“在当今的世界文论中，完全没有我们中国的声音。二十世纪是文评理论风起云涌的时代，各种主张和主义，争妍斗丽，却没有一种是中国的。……尽管中国的科学家有多人得过诺贝尔奖，中国的作家却无人得此殊荣，中华的文评家无人争取到国际地位。”（见曹文21页引）够了，够了，不必再多征引了。大家讲的都是一码事。

我在上面已经说过，我们在文论话语方面，决不是赤贫，而是满怀珠玑。我们有一套完整的与西方迥异的文论话语。我在这里想补充几个例子。我在上面讲的主要是文论的话语，间或涉及人物评论。其实，不但文论和人物评论如此，连中国书法评论也不例外。例子无需多举,我只举中国的书圣王羲之。查《晋书》,卷八十《王羲之传》,附《王献之传》。献之是羲之之子,也是著名的书法家。在《王羲之传》最后的“制曰”中,详细分析了羲之和献之父子二人书法之高低不同,连带谈到了钟繇。对钟繇的书法说:“钟虽擅美一时,亦为迥绝。论其尽善,或有所疑。至于布纤浓,分疏密,霞舒云卷,无所间然。但其体则古而不今,字则长而逾制,语其大意,以此为瑕。”谈到钟繇的书法艺术,也使用了一些形象的比喻:“霞舒云卷”。这与当时的做法是相一致的。谈到王献之的书法,则说:“献之虽有父风,殊非新巧。观其字势疏瘦,如隆冬之枯树;览其笔踪拘束,若严家之饿隶。其枯树也,虽槎枿而无屈伸;其饿隶也,则羁羸而不放纵。兼斯二者,故翰墨之病欤!”谈到王羲之的字则说:“观其点曳之工,裁成之纱,烟霏露结,状若断而还连;凤翥龙蟠,势若斜而反直。”梁武帝《古今书人优劣评》说:“王羲之书,字势雄逸,如龙跳天门,虎卧凤阙,故历代宝之。”你看,上面这些评论书法的“话语”,全是形象化的比喻,与文论完全一致,不加逻辑分析,而使用生动的形象。这是中国文论和画论以及书论的特点。(梁武帝一文,蒙欧阳中石先生见告,书此志谢。)

我们中国有长达两千多年的文论萌芽和发展的历史。不像西方那样开头兴旺,中间有了断层,最近又极为兴旺。可是眼前世界的文论界几乎完全为西方所垄断,新学说、新主义风起云涌,而又变化迅速。有的主义延长的时间长一点,有的简直是“蟪蛄不知春秋”,“江山时有主义出,各领风骚数十天”。在这样的热闹声中,却独独没有中国的声音。这岂不是天大的怪事?

据我个人的看法，要想追究其原因，也并不十分困难。我们不妨先从黄维梁先生提到的诺贝尔文学奖谈起。这个奖已经有接近百年的历史。获此奖者确有一些伟大的作家，但也不乏一些名不见经传的二三流的作家，他们的作品不过如曹操的诗所说的，“譬如朝露，去日苦多”而已。最令人大惑不解——其实也是小惑易解——的是，中国迄今亦无一人获得，连在中国文学史上占有地位的鲁迅诸大师，也与此奖无缘。我为什么又说小惑易解呢？简单明了地说一句话：这出乎西方某一些，特别是主其事者的瑞典某汉学家等人的偏见。时至今日，西方文化的弊端已经开始显露之际，竟还有一些西方人把枕头垫得高高地做着甜美的“天之骄子”的梦，对中国毫不了解，而且也根本不想了解。相对而言，中国虽不能说没有崇洋媚外者流，但是连一般老百姓都能够或多或少地或深或浅地了解欧美情况。孙子说：“知己知彼，百战不殆。”我们能做到知己知彼，而西方则做不到。将来一旦有事，优劣之势立见，这是我敢断言的。

在这样的情况下，想使中国文论在世界上发出声音，要在世界文论之林中占一个地位，其关键不在西人手中，而全在我们手中。当年鲁迅主张“拿来主义”，我们现在要在拿来的同时，大力张扬“送去主义”。你不来拿，我偏要送给你。但送之必有术。其术在首先认真钻研我们这一套植根于东方综合思维模式的文论话语，自己先要说得清楚，不能以己之昏昏使人昭昭。其次则要彻底铲除“贾桂思想”，理直气壮地写出好文章，提出新理论。只要我们的声音响亮准确，必能振聋发聩。这样一来，我们必能把世界文论水平大大地向前推进一步。只有这样，我们才对得起中国几千年的优秀的文论传统，对得起我们的先人，对得起我们的后世子孙，对得起全世界的人民。

这是我的门外絮语。知我罪我，端在解人。

1996年8月23日写毕

**注释：**

1 “伤逝第十七”之误。——编者注

# 国学漫谈

## 一

那是一个阴雨连绵的晚间，天气已颇有寒意。报告定在晚上七时。我毫无自信，事先劝同学们找一个不太大的教室，能容下一百人就行了。我是有私心的，害怕人少，讲者孑然坐在讲台上，面子不好看。然而他们坚持找电教大楼的报告大厅，能容下四百人。完全出我意料，不但座无虚席，而且还有不少人站在那里，或坐在台阶上，都在静静地谛听，整个大厅里鸦雀无声。我这个年届耄耋的世故老人，内心十分激动，眼泪在眼睛里打转。据说，有人五点半就去占了座位。面对这样一群英姿勃发的青年，我心里一阵阵热浪翻滚，笔墨语言都是形容不出来的。

海外不是有一些人纷纷扬扬，说北大学生不念书，很难对付吗？上面这现象又怎样解释呢？

人世间有果必有因，上面说的这种情况也必有其原因。我经过思考，想用两句话来回答：顺乎人心，应乎潮流。

我们中华民族拥有五千年的光辉灿烂的文化，对人类作出了卓越的贡献。很难想象，世界上如果缺少了中华文化会是一个什么样子。前几年，弘扬中华优秀文化的号召一经提出，立即受到了国内外炎黄子孙的热烈拥护。原因何在呢？这个号召说到了人们的心坎上。弘扬什么呢？怎样来弘扬呢？这就需要认真地研究。我们的文化五色杂陈，头绪万端。我们要像韩愈说的那样“沉浸酞郁，含英咀华”，经过这样细细品味、认真分析的工作，把其中的精华寻找出来，然后结合具体情况，从而发扬光大之，期有利于中国人民和世界人民的前进与发展。“国学”就是专门做这件工作的一门学问。旧版《辞源》上说：国学，一国所固有之学术也。话虽简短朴实，然而却说到了点子上。七八十年以来，这个名词已为大家所接受。除了“脑袋里有一只鸟”的人（借用德国现成的话），大概不会再就这个名词吹毛求疵。如果有人有兴趣有工夫去探讨这个词儿的来源，那是他自己的事，我无权反对。

国学决不是“发思古之幽情”。表面上它是研究过去的文化的，因此过去有一些学者使用“国故”这样一个词儿。但是，实际上，它既与过去有密切联系，又与现在甚至将来有密切联系。现在我们不是都谈建设有中国特色的社会主义吗？什么叫“特色”？特色表现在什么地方？我曾反复思考过这个问题。我觉得，科技对我们国家建设来说，对发展生产力来说，是非常重要的，万万不能缺少的。但是，科技却很难表现出什么特色。你就是在原子能、电脑、宇宙飞船等等尖端科技方面，有突出的成就，超过了世界先进国家，同其他国家比较起来，也只能是差别，是水平的差别，谈不到什么特色。我姑且称这些东西为“硬件”。硬件的本质都是一样的，没有什么特色可言。

特色最容易表现在精神文化方面，我姑且称之为“软件”，哲学、宗教、文学、艺术、伦理、道德、经营、管理等等都属于这个范畴。这些东西也是能够交流的，所谓“固有”并不排除交流，这个道理属于常识范围。以上这些学问基本上都保留在我们所说的“国学”中。其中有不少的东西可以说是中华文化、中华智慧的结晶，直至今日，不但对中国人发挥影响，它的光辉也照到了国外去。最近听一位国家教委的领导说，他在新德里时亲耳听到印度总统引用中国《管子》关于“十年树木，百年树人”的话。在巴基斯坦他也听到巴基斯坦总理引用中国古训的话，足征中华智慧已深入世界人民之心。这是我们中国人应该感到骄傲的。所有这一些中国智慧都明白无误地表露了中国的特色。它产生于中国的过去，却影响了中国和世界的今天，连将来也会受到影响。事实已经证明，连外国人都会承认这一点的。

## 二

国学的作用还不就到此为止，它还能激发我们整个中华民族的爱国热情。“爱国主义”是一个好词儿，没有听到有人反对过。但是，我总觉得，爱国主义有真伪之分。在历史上，被压迫被侵略的民族，为了自己的生存与尊严，不惜洒热血、抛头颅，奋抗顽敌，伸张正义。这是真爱国主义。反之，压迫别人，侵略别人的民族，有时候也高呼爱国主义，然而却不惜灭绝别的民族；这样的“爱国主义”是欺骗自己人民的口号，是蒙蔽别国人民的幌子，它实际上是极端民族沙文主义的遮羞布。例子不用举太远的，近代的德、意、日法西斯主义就是这一类货色。这是伪爱国主义。

中国的爱国主义怎样呢？它在主体上是属于真爱国主义范畴的。有历史为证。不管我们在漫长的封建时期内，“天朝大国”

的口号喊得多么响，事实上我国始终有外来的侵略者，主要来自北方，先后有匈奴、突厥、辽、金、蒙、满等等。今天，这些民族基本上都成了中华民族的组成部分；但在当时只能说是敌对者，我们不能否定历史的本来面目。在历史上，连一些雄才大略的开国君主也难以逃避耻辱。刘邦曾被困于平城，李渊曾称臣于突厥，这是最明显的例子。我们也不能说，中国过去没有主动地侵略过别人，这情况也是有过的，但不是主流，主流是中国始终受到外来的威胁。正是由于这个原因，我们中国人民敬仰、歌颂许多爱国者，岳飞、文天祥、史可法等等都是。一直到今天，爱国主义，真正的爱国主义，始终左右我们民族的心灵。我常说，北京大学的优良传统之一，就是爱国主义，我这说法得到了许多人的赞同。探讨和分析中国爱国主义的来龙去脉，弘扬爱国主义思想，激发爱国主义热情，是我们今天“国学”的重要任务。国学的任务可能还可以举出一些来，以上三大项，我认为，已充分说明其重要性了。我上面说到“顺乎人心，应乎潮流”。我现在所谈的就是“人心”，就是“潮流”。我没有可能对所有的人都调查一番。我所说的“人心”，可能有点局限。但是，一滴水中可以见宇宙，从燕园来推测全国，不见得没有基础。我最近频接触了一些青年学生。我发现，他们是很肯动脑筋的一代新人。有几个人告诉我，他们感到迷惘。这并不是坏事，这说明他们正在那里寻觅祛除迷惘的东西，正在那里动脑筋。他们成立了许多社团，有的名称极怪，什么“吠陀”，什么禅学，这一类名词都用上了。也许正在燕园悄然兴起的“国学”，正投了他们之所好，顺了他们的心。否则怎样来解释我在本文开头时说的那种情况呢？中国古话说“得道多助，失道寡助”，顺应人心和潮流的就是“道”。

但是，正如对人世间的万事万物一样，对国学也有不同的看法。提倡国学要有点勇气，这话是我说出来的。在我心中主要指的是以“十年浩劫”为代表的那一股极“左”思潮。我可万万没有想到，今天半路上竟杀出来了一个程咬金，在小报上写文章嘲讽国学研究，大扣帽子。不知国学究竟于他何害，我百思不得其解。无独有偶，北师大古籍研究所编纂《全元文》，按说这工作有百利而无一弊，然而竟也有人想全面否定。我觉得，有这些不同意见也无妨。国学，弘扬中华优秀文化，既然是顺乎人心、应乎潮流的事业，必然会发展下去的。

1993年

# 文化漫谈

人类已经进入了一个新世纪，二十一世纪，一个新千年，第三个千年。这真可以说是一个非常关键的时刻。全世界有识之士都在关心人类文化将何去何从；中国人士，还有某一些外国的目光远大的人士，还在关心以中国文化为中心的东方文化将何去何从。这一切都是正常的，没有什么独特之处。

谈到文化，我一向主张文化产生多元论，换句话说，就是，世界上每一个民族，不论大小，不论历史久暂，几乎都对人类共有的文化宝库作出了或大或小的贡献。那种只有一个民族能创造文化的论调，是法西斯的主张。

文化这东西有一个非常突出的特点，那就是，它一旦在世界上某一个地方，一个部族中，一个国家中被创造出来，被发明，被发现，它就必然会向外扩散，什么力量也阻挡不住的。我常说，文化交流是促进人类社会前进的主要动力之一，如果没有文化交流，各个部族，各个国家所创造出来的文化都禁锢起来，秘而不宣，我们今天世界上的文化，我们的精神生活和物质生活将会是一个什么样子，你能想象吗？

而且文化交流的速度还会随着人类社会的前进而加速。我们可以说，文化交流的速度与社会前进的速度成正比。到了今天，社会发展已经到了很高的水平，信息爆炸，空间上相距千里万里，而鸡犬之声可以相闻。一个新的发明创造——这些都属于文化范畴——出现，立刻就能传遍世界。什么知识产权，什么保密，绝密，都无济于事。原子能，特别是原子弹就是一个好例子。哪一个自命“天之骄子”的想独霸世界的骄纵恣睢的大国能够阻碍别的国家制造原子弹呢？

在这样的情况下，任何国家都必须关心文化交流的问题，关心世界文化的走向，关心本国文化的发展与走向。在经济建设的同时，努力进行文化建设，而二者是密切相关的。进行文化建设，无非是做两个方面的工作：一个是弘扬本国本民族文化的优良部分，一个是“拿来”外国文化中的优良的东西。不要认为，一提到文化，里面都是好东西。对外来的文化要批判吸收，对本国文化也要批判继承，也就是要去粗取精，去伪存真。这是十分必要的，千万不能等闲视之。胡子眉毛一把抓，对文化发展是不利的。

在这里，我必须对精华和糟粕谈一点看法。我在最近几年来逐渐发现，一般人认为精华与糟粕是固定了的，精华永远是精华，糟粕永远是糟粕。实际情况并不是这样。这二者的标准并不固定，有时候甚至互相转换。这完全取决于时代的需要。需要就是精华，不需要就是糟粕。时代不停地变化，标准也不能一成不变。

在这里，我还必须补充一点自己的看法。在过去几千年中，人类尽管创造出来了很多不同的文化，但是，归纳起来，可以分为两大体系：东方文化和西方文化。二者尽管有很多相同和相似之处，同为文化，这是不可避免的；但是，从根本的思维模式和社会实践来看，却是有极大的差别的，关于这一个问题，我曾在很多文章中阐发过，这里不再重复。

我一向主张，人生必须解决三大问题：一是人与大自然的关系，也就是天人关系；二是人与人的关系，也就是人际关系、社会关系，国与国之间的关系也属于这个范畴；三是个人心中思想与感情的问题。东西文化的差异充分表现在解决这三大问题的思路和方法上。我现在只想就第一个问题谈一点个人的看法。解决天人问题，东西方法迥乎不同。要想说明白这个问题，需要千言万语。简短截说，西方主“征服自然”，而东方主“天人合一”。“天人合一”这个词儿在哲学上有成百上千的说法，我的“新解”就是：人类与大自然要和睦相处，和谐相处，不能视自然为敌人而欲“征服”之。坦白地说，我们中国也没有能完全做到，可是至少我们先人有这样一个学说，这也可以聊以自慰了。东西这两种态度产生了什么后果呢？恩格斯明明白白地说：“我们不能过分陶醉于我们对自然界的胜利，对于每一次这样的胜利，自然界都报复了我们。”这几句话是一百多年以前说的。当时大自然对人类征服的报复还不太明显，可恩格斯就以他那天才的预见性见到了这一点，真不愧是马克思主义奠基人之一。到了现在，事实已经充分证明了恩格斯的预见。例子是不胜枚举的。仅举其荦荦大者就有不少，比如，生态平衡，物种灭绝，温室效应，全球变暖，二氧化碳增加，臭氧出洞，淡水匮乏，洪水泛滥，新疾病产生，如此等等，不一而足。连近来令人谈牛色变的疯牛病，据说也与此有关。

中国怎样呢？中国古代也有过制天而胜之的哲学家，在十年浩劫评法批儒的运动中被尊为“法家”，是唯物主义者。在这之前，在五十年代末，浮夸风达到疯狂的时候，有人说：“与天斗，其乐无穷；与地斗，其乐无穷；与人斗，其乐无穷。”只能说是我们中华民族发高烧时的呓语。跟着来的就是三年自然（！）灾害，这是不折不扣的大自然对人类进行的报复。可惜至今还没有看到作如是解者。我认为，中国的主导思想是“天人合一”，儒、道、汉化了的佛，都有这种思想。宋代大儒张载说：“民吾同胞，物吾与也。”“与”字是“伙伴”的意思。这两句话一般缩为“民胞物与”四个字。无论从哪方面来看，这都是中华文化的精华。

中华文化，博大精深，条理万端，“天人合一”的思想，就算是精华吧，也只是其中的一小部分。我们对自己的文化自我感觉良好，这是人之常情，未可厚非。但是，一个人，一个民族，最忌自满；一旦自满的苗头出现，就表示了停滞不前的倾向。古人说：“他山之石，可以攻玉。”对一个国家来说，“他山”就是外国。苏东坡诗：“不识庐山真面目，只缘身在此山中。”一个人，一个民族了解自己，并不容易。必须跳出此山，而外国人的意见尚矣。对外国广大的芸芸众生，我们不能要求他们都了解中国。作家，当然还有思想家、哲学家、科学家、艺术家等等，是他们中的精英。这些人想了解中国文化，能够了解而且评价中国文化，是意料中的事。我们要寄希望于他们。他们对中国文化的赞扬，对我们很有用。他们对中国文化的否定，也同样对我们很有用。我们倘想发展、弘扬我们的固有文化，眼前必须有一面镜子，这镜子决不能是哈哈镜，而只能是一面正常的镜子，从中可以照见我们的是与非，美与丑，这对我们客观评估自己的文化，会有很大的好处。

我自己并不是研究外国文学的专家，学过一点，但所知不多。我知道，外国作家对中国文化的看法是形形色色的，五花八门的，有的扬，有的抑；有的有真知灼见，有的也胡说八道。但是，不管怎样，他们总是一面明亮的镜子，照一照会对自己有利。有时候，他们也真能搔到痒处，比如德国的歌德在他的《谈话录》中，在1827年1月31日，他就对爱克曼说了中国人能同大自然和谐共处的话，用哲学的话来说，就是“天人合一”。我们不能不佩服歌德观察与思考之细致深刻。

在本文一开头我就提出了在新世纪中世界文化的走向问题，中国文化的发展问题。在行文过程中，我已经回答了一部分。在新世纪中，文化交流必须继续；文化交流必然导致文化融合，这些都是不可避免的。但是，融合怎样进行呢？是不是简单的1+1=1呢？我希望不是，其中必须有个重点，说白了，就是必须以东方文化济西方文化之穷，必须以“天人合一”思想改变粗暴的“征服自然”的思想。这样人类才有可能避免走向穷途末路。

然而实际怎样呢？环保之声虽然洋洋乎盈耳，可真正采取措施者并不多。发达国家以其科技骄人，然而污染环境破坏天人和谐者正是这一帮人。大自然有点怪脾气，你对它征服得越卖劲，它对人类的报复得越冷酷。人类昏昏，而自然却是昭昭。我们现在只有希望，世界各国中，特别是发达国家中的精华，作家能够以他们的远见卓识和博大的胸怀，看出全人类所面临的危险，大声疾呼，催人猛省，在文化交流中，认识到中国传统的“天人合一”的思想之英明，慎思之，明辨之，笃行之，扭转当前全世界浑浑噩噩的状态，为人类立一大功，立一新功，跂予望之矣。

2001年2月15日

# 我最喜爱的书

我在下面介绍的只限于中国文学作品，外国文学作品不在其中。我的专业书籍也不包括在里面，因为太冷僻。

## 一　司马迁《史记》

《史记》这一部书，很多人都认为它既是一部伟大的史籍，又是一部伟大的文学作品。我个人同意这个看法。平常所称的“二十四史”中，尽管水平参差不齐，但是哪一部也不能望《史记》之项背。

《史记》之所以能达到这个水平，司马迁的天才当然是重要原因；但是他的遭遇起的作用似乎更大。他无端受了宫刑，以致郁闷激愤之情溢满胸中，发而为文，句句皆带悲愤。他在《报任少卿书》中已有充分的表露。

## 二　《世说新语》

这不是一部史书，也不是某一个文学家和诗人的总集，而只是一部由许多颇短的小故事编纂而成的奇书。有些篇只有短短几句话，连小故事也算不上。每一篇几乎都有几句或一句隽语，表面简单淳朴，内容却深奥异常，令人回味无穷。六朝和稍前的一个时期内，社会动乱，出了许多看来脾气相当古怪的人物，外似放诞，内实怀忧。他们的举动与常人不同。此书记录了他们的言行，短短几句话，而栩栩如生，令人难忘。

## 三 陶渊明的诗

有人称陶渊明为“田园诗人”。笼统言之，这个称号是恰当的。他的诗确实与田园有关。“采菊东篱下，悠然见南山。”这样的名句几乎是家喻户晓的。从思想内容上来看，陶渊明颇近道家，中心是纯任自然。从文体上来看，他的诗简易淳朴，毫无雕饰，与当时流行的镂金错彩的骈文，迥异其趣。因此，在当时以及以后的一段时间内，对他的诗的评价并不高，在《诗品》中，仅列为中品。但是，时间越后，评价越高，最终成为中国伟大诗人之一。

## 四 李白的诗

李白是中国文学史上最伟大的天才之一，这一点是谁都承认的。杜甫对他的诗给予了最高的评价：“白也诗无敌，飘然思不群。清新庾开府，俊逸鲍参军。”李白的诗风飘逸豪放。根据我个人的感受，读他的诗，只要一开始，你就很难停住，必须读下去。原因我认为是，李白的诗一气流转，这一股“气”不可抗御，让你非把诗读完不行。这在别的诗人作品中，是很难遇到的现象。在唐代，以及以后的一千多年中，对李白的诗几乎只有赞誉，而无批评。

## 五　杜甫的诗

杜甫也是一个伟大的诗人，千余年来，李杜并称。但是，二人的创作风格却迥乎不同；李是飘逸豪放，而杜则是沉郁顿挫。从使用的格律上，也可以看出二人的不同。七律在李白集中比较少见，而在杜集中则颇多。摆脱七律的束缚，李白是没有枷锁跳舞；杜甫善于使用七律，则是带着枷锁跳舞，二人的舞都达到了极高的水平。在文学批评史上，杜甫颇受到一些人的指摘，而对李白则是绝无仅有。

## 六　南唐后主李煜的词

后主词传留下来的仅有三十多首，可分为前后两期：前期仍在江南当小皇帝，后期则已降宋。后期词不多，但是篇篇都是杰作，纯用白描，不作雕饰，一个典故也不用，话几乎都是平常的白话，老妪能解；然而意境却哀婉凄凉，千百年来打动了千百万人的心。在词史上蔚然成一大家，受到了文艺批评家的赞赏。但是，对王国维在《人间词话》中赞美后主有佛祖的胸怀，我却至今尚不能解。

## 七　苏轼的诗文词

中国古代赞誉文人有三绝之说。三绝者，诗、书、画三个方面皆能达到极高水平之谓也。苏轼至少可以说已达到了五绝：诗、书、画、文、词。因此，我们可以说，苏轼是中国文学史和艺术史上的最全面的伟大天才。论诗，他为宋代一大家。论文，他是唐宋八大家之一。笔墨凝重，大气磅礴。论书，他是宋代苏、黄、米、蔡四大家之首。论词，他摆脱了婉约派的传统，创豪放派，与辛弃疾并称。

## 八　纳兰性德的词

宋代以后，中国词的创作到了清代又掀起了一个新的高潮。名家辈出，风格不同，又都能各极其妙，实属难能可贵。在这群灿若明星的词家中，我独独喜爱纳兰性德。他是大学士明珠的儿子，生长于荣华富贵中，然而却胸怀愁思，流溢于楮墨之间。这一点我至今还难以得到满意的解释。从艺术性方面来看，他的词可以说是已经达到了完美的境界。

## 九　吴敬梓的《儒林外史》

胡适之先生给予《儒林外史》极高的评价。诗人冯至也酷爱此书。我自己也是极为喜爱《儒林外史》的。

此书的思想内容是反科举制度，昭然可见，用不着细说。它的特点在艺术性上。吴敬梓惜墨如金，从不作冗长的描述。书中人物众多，各有特性，作者只讲一个小故事，或用短短几句话，活脱脱一个人就仿佛站在我们眼前，栩栩如生。这种特技极为罕见。

## 十　曹雪芹的《红楼梦》

在古今中外众多的长篇小说中，《红楼梦》是一颗璀璨的明珠，是状元。中国其他长篇小说都没能成为“学”，而“红学”则是显学。内容描述的是一个大家族的衰微的过程。本书特异之处也在它的艺术性上。书中人物众多，男女老幼、主子奴才、五行八作，应有尽有。作者有时只用寥寥数语而人物就活灵活现，让读者永远难忘。读这样一部书，主要是欣赏它的高超的艺术手法。那些把它政治化的无稽之谈，都是不可取的。

2001年3月21日